T R A N Z L A T Y

Language is for everyone

Dil herkes içindir

Folk Tales of Bengal

Bengal Halk Hikayeleri

Part One
Birinci Bölüm

1 / 2

Lal Behari Day

English / Türkçe

Folk Tales of Bengal
Bengal Halk Hikayeleri

Life's Secret
Hayatın Sırrı
Phakir Chand
Phakir Çand
The Indignant Brahman
Öfkeli Brahman
The Story of the Rakshasas
Rakshasaların Hikayesi
The Story of Swet and Bachanta
Swet ve Bachanta'nın Hikayesi
The Evil Eye of Sani
Sani'nin Nazarı
The Boy whom Seven Mothers Suckled
Yedi Annenin Emdiği Çocuk
The Story of Prince Sobur
Prens Sobur'un Hikayesi
The Origins of Opium
Afyonun Kökenleri
Strike, but Listen First
Vur, ama önce dinle

Life's Secret
Hayatın Sırrı

Once upon a time there was a king.
Bir zamanlar bir kral varmış.
This King had married two Queens.
Bu Kral iki kraliçeyle evlenmişti.
The two queens were called Duo and Suo.
İki kraliçenin adı Duo ve Suo'ydu.
Both of the queens were childless.
Her iki kraliçenin de çocuğu yoktu.
One day a Faquir came to the palace gate.
Bir gün saray kapısına bir Faquir geldi.
The Faquir had come to ask for alms.
Faquir sadaka istemeye gelmişti.
Queen Suo went to the door.
Kraliçe Suo kapıya gitti.
And she gave him a handful of rice.
Ve ona bir avuç pirinç verdi.
The mendicant asked her a question.
Dilenci ona bir soru sordu.
"Do you have any children?"
"Çocuğunuz var mı?"
The queen had no children.
Kraliçenin çocuğu yoktu.
"I wish had children, but I have none"
"Keşke çocuğum olsaydı ama yok"
The holy man refused to take alms from her.
Kutsal adam ondan sadaka almayı reddetti.
In these times there were different traditions.
O dönemlerde farklı gelenekler vardı.
And the people believed many different things.
Ve halk pek çok farklı şeye inanıyordu.
Don't take charity from the hands of a childless woman.
Çocuksuz bir kadının elinden sadaka almayın.
Such hands were ceremonially unclean.
Bu tür eller törensel olarak kirli sayılırdı.

The mendicant offered her a medicine.
Dilenci ona bir ilaç teklif etti.
This medicine was to remove her barrenness.
Bu ilaç onun kısırlığını giderecekti.
She expressed her willingness to take the medicine.
İlacı almaya istekli olduğunu ifade etti.
The mendicant told her how to take the medicine.
Dilenci ona ilacı nasıl alması gerektiğini anlattı.
"This is the potion you must swallow"
"Bu yutmanız gereken iksirdir"
"Prepare the juice of a pomegranate flower"
"Nar çiçeğinin suyunu hazırlayın"
"Swallow the medicine with the juice"
"İlacı suyuyla birlikte yutun"
"If you do this, you will soon have a son"
"Bunu yaparsan yakında bir oğlun olacak"
"Your son will be exceedingly handsome"
"Oğlunuz çok yakışıklı olacak"
"His complexion will be beautiful"
"Cildi güzel olacak"
"He will have the colour of pomegranate flowers"
"Nar çiçeği renginde olacak"
"And you shall call him Dalim Kumar"
"Ve ona Dalim Kumar diyeceksin"
"But he will also have enemies"
"Ama onun düşmanları da olacak"
"They will try to take your son's life"
"Oğlunuzun canını almaya çalışacaklar"
"But there is a secret to his life"
"Ama onun hayatının bir sırrı var"
"And I will tell you this secret"
"Ve sana bu sırrı söyleyeceğim"
"In front of your palace is a pond"
"Sarayınızın önünde bir gölet var"
"In that pond there is a big Boal fish"
"Şu gölette büyük bir Boal balığı var"
"Your son's life is connected to that fish"

"Oğlunuzun hayatı o balığa bağlı"
"In the heart of the fish is a small box"
"Balığın kalbinde küçük bir kutu vardır"
"This small box is made of wood"
"Bu küçük kutu tahtadan yapılmıştır"
"In the box of wood is a necklace of gold"
"Ahşap kutunun içinde altın bir kolye var"
"That necklace is the life of your son"
"O kolye oğlunun hayatıdır"
The mendicant gave her the medicine.
Dilenci ona ilacı verdi.
And they said their farewells.
Ve vedalaştılar.

Soon all in the palace whispered of an heir.
Kısa süre sonra saraydaki herkes bir veliahttan bahsetmeye
başladı.
Great was the joy of the King.
Kralın sevinci çok büyüktü.
He had visions of an heir to the throne.
Tahtın varisi konusunda hayalleri vardı.
A never-ending succession of powerful monarchs.
Hiç bitmeyen güçlü hükümdarlar silsilesi.
He dreamt of how they perpetuated his dynasty.
Hanedanlığını nasıl sürdüreceklerini hayal ediyordu.
These ideas floated before his mind.
Bu düşünceler zihninde uçuşuyordu.
It made him the happiest he had ever been.
Bu onu hayatında hiç olmadığı kadar mutlu etti.
Many ceremonies were performed for the occasion.
Bu vesileyle çok sayıda tören düzenlendi.
The people of the kingdom played loud music.
Ülke halkı yüksek sesle müzik çalıyordu.
The birth of a prince was a truly special event.
Bir prensin doğumu gerçekten özel bir olaydı.
Soon queen Suo gave birth to a son.
Kısa süre sonra Kraliçe Suo bir oğlan doğurdu.

He was more beautiful than anyone had imagined.
Herkesin hayal ettiğinden çok daha güzeldi.
The King saw his son's face.
Kral oğlunun yüzünü gördü.
And his heart leaped with joy.
Ve yüreği sevinçle coştu.
Soon the child ate his first rice.
Çocuk kısa bir süre sonra ilk pirincini yedi.
Mukhe bhaat was celebrated with great joy.
Mukhe bhaat büyük bir sevinçle kutlandı.
And the whole kingdom was filled with gladness.
Ve bütün ülke sevinçle doldu.

Dalim Kumar grew up to be a fine boy.
Dalim Kumar iyi bir çocuk olarak büyüdü.
There was one activity he particularly liked.
Özellikle hoşuna giden bir aktivite vardı.
He loved playing with the pigeons.
Güvercinlerle oynamayı çok severdi.
However, the pigeons often flew to Queen Duo.
Ancak güvercinler çoğu zaman Kraliçe Duo'ya uçuyordu.
Nobody knows why they did this.
Bunu neden yaptıklarını kimse bilmiyor.
And they flew into her apartment.
Ve onun dairesine uçtular.
So Dalim Kumar often met Queen Duo.
Yani Dalim Kumar sık sık Queen Duo ile tanışıyordu.
At first, she happily gave the pigeons back.
Önce sevinçle güvercinleri geri verdi.
But later she wasn't as willing to return the pigeons.
Ancak daha sonra güvercinleri geri verme konusunda pek istekli olmadı.
She gave the pigeons up with some reluctance.
Güvercinleri biraz isteksizce de olsa teslim etti.
She felt she could use this to her advantage.
Bunu kendi lehine kullanabileceğini düşündü.
She naturally hated the child.

Doğal olarak çocuktan nefret ediyordu.
Since Dalim's birth the king had neglected her.
Dalim doğduğundan beri kral onu ihmal etmişti.
And the King idolized the mother of Dalim.
Ve Kral Dalim'in annesini putlaştırdı.
Somehow, she had heard of the mendicant.
Bir şekilde dilencinin adını duymuştu.
She heard he had given queen Suo a medicine.
Kraliçe Suo'ya bir ilaç verdiğini duydu.
She had also heard about what he had said.
Onun söylediklerini o da duymuştu.
There was a secret to the prince's life.
Prensin hayatında bir sır vardı.
She had heard his life was bound to something.
Hayatının bir şeye bağlı olduğunu duymuştu.
But she did not know what his life was bound to.
Ama hayatının neye bağlı olduğunu bilmiyordu.
She was determined to get the secret.
Sırrı öğrenmeye kararlıydı.

Of course, the pigeons came back to her.
Elbette güvercinler ona geri döndüler.
And the pigeons flew into her room again.
Ve güvercinler tekrar odasına uçtular.
This time she refused to give the pigeons back.
Bu kez güvercinleri geri vermeyi reddetti.
"I won't just give you your pigeon back"
"Güvercinini sana geri vermeyeceğim"
"First, you have to tell me something"
"Önce bana bir şey söylemelisin"
"What do you want, aunty?" the boy asked.
"Ne istiyorsun teyze?" diye sordu çocuk.
"Oh, my darling, do not worry"
"Ah canım, endişelenme"
"It's just a small thing I want"
"İstediğim sadece küçük bir şey"
"I want to know where your life is hidden"

"Hayatının nerede saklı olduğunu bilmek istiyorum"
The boy was very confused by this.
Çocuk bu duruma çok şaşırdı.
"What is that, aunty?"
"Nedir bu teyze?"
"Where can my life be, except in me?"
"Hayatım benden başka nerede olabilir?"
"No, child, that is not what I meant"
"Hayır çocuğum, demek istediğim bu değildi"
"A holy mendicant told your mother a secret"
"Kutsal bir dilenci annenize bir sır verdi"
"Your life is bound up with something"
"Hayatınız bir şeye bağlı"
"I wish to know what that thing is"
"O şeyin ne olduğunu bilmek istiyorum "
The boy was confused by what she said.
Çocuk, kadının söyledikleri karşısında şaşkına döndü.
"I never heard of any such thing"
"Böyle bir şey duymadım"
But Queen Duo insisted it was true.
Ancak Kraliçe Duo bunun doğru olduğunu iddia etti.
"Promise to find out from your mother"
"Annenden öğreneceğine söz ver"
"Ask her where your life is hidden"
"Ona hayatının nerede saklı olduğunu sor"
"Then I will let you have the pigeons"
"O zaman güvercinleri sana vereceğim"
"Otherwise, I will keep the pigeons"
"Aksi takdirde güvercinleri tutacağım"
The boy wanted his pigeons back.
Çocuk güvercinlerini geri istiyordu.
So he agreed to get the information.
Bu yüzden bilgi almayı kabul etti.
But first she made him promise.
Ama önce ona söz verdirdi.
"Promise me you won't tell your mother"
"Annene söylemeyeceğine söz ver"

And the boy promised not to tell her.
Ve çocuk ona söylemeyeceğine söz verdi.
"I promise I won't tell my mum"
"Anneme söylemeyeceğime söz veriyorum"
Queen Duo freed the prince's pigeons.
Kraliçe Duo, prensin güvercinlerini serbest bıraktı.
Dalim was overjoyed to have his birds again.
Dalim kuşlarına tekrar kavuştuğu için çok mutluydu.
And he forgot the entire conversation.
Ve tüm konuşmayı unuttu.

The next day Dalim was playing again.
Ertesi gün Dalim yine oynamaya başladı.
You can imagine what happened again.
Tekrar ne olduğunu tahmin edebilirsiniz.
The pigeons flew to Queen Duo's apartment.
Güvercinler Kraliçe Duo'nun dairesine uçtu.
And they flew into her room again.
Ve tekrar odasına uçtular.
Dalim went in to his stepmother's apartment.
Dalim üvey annesinin dairesine girdi.
And he asked her for the pigeons.
Ve ondan güvercinleri istedi.
Of course she asked him for the information.
Elbette ondan bilgi istedi.
Dalim could not tell her where his life was hidden.
Dalim, hayatının nerede saklı olduğunu ona söyleyemezdi.
"I promise I will ask her today"
"Bugün ona soracağıma söz veriyorum"
"But please can I have my pigeons"
"Ama lütfen güvercinlerimi alabilir miyim?"
She didn't give the pigeons back so quickly.
Güvercinleri hemen geri vermedi.
But, in the end, he got his pigeons again.
Ama sonunda güvercinlerine kavuştu.

After playing, Dalim went to his mother.

Dalim oyun oynadıktan sonra annesinin yanına gitti.
"Mamma, please tell me where my life is hidden"
"Anneciğim, lütfen bana hayatımın nerede saklı olduğunu
söyle"
"What do you mean, child?" asked the mother.
"Ne demek istiyorsun çocuğum?" diye sordu anne.
She was astonished at the question.
Soruya şaşırmıştı.
Why would her child ask her this?
Çocuğu neden ona bunu sorsun ki?
"Yes, mamma," replied the child.
"Evet, anneciğim," diye cevapladı çocuk.
"I have heard of a holy mendicant"
"Kutsal bir dilenciden bahsedildiğini duydum"
"He told you something about my life"
"Sana hayatım hakkında bir şey anlattı"
"He said my life is hidden in something"
"Hayatımın bir şeyde saklı olduğunu söyledi"
"Tell me what that thing is"
"Bana o şeyin ne olduğunu söyle"
"My child, my darling, my treasure"
"Çocuğum, sevgilim, hazinem"
"My golden moon," his mother pleaded.
"Altın ayım," diye yalvardı annesi.
"Do not ask such a question"
"Böyle bir soru sorma"
"Cover my enemies' mouths with ashes"
"Düşmanlarımın ağzını külle örtün"
"Let my Dalim live forever," she begged.
"Dalim'im sonsuza kadar yaşasın," diye yalvardı.
But the child insisted on knowing the secret.
Ama çocuk sırrı öğrenmekte ısrar ediyordu.
He refused to eat or drink until he knew.
Öğrenene kadar ne yemek yedi ne de su içti.
Queen Suo had no choice but to tell him.
Kraliçe Suo'nun ona söylemekten başka seçeneği yoktu.
Eventually she told him the secret of his life.

Sonunda ona hayatının sırrını söyledi.

The next day Dalim was playing again.
Ertesi gün Dalim yine oynamaya başladı.
You can imagine where the pigeons flew.
Güvercinlerin nereye uçtuğunu hayal edin.
Dalim chased after the birds into the apartment.
Dalim kuşların peşinden apartmana doğru koştu.
His stepmother told him many sweet words.
Üvey annesi ona çok tatlı sözler söyledi.
And finally, she got his secret from him.
Ve sonunda sırrını ondan öğrendi.
She wasted no time to start her wicked plan.
Kötü niyetli planını başlatmak için hiç vakit kaybetmedi.
And she gave orders to her servants.
Ve hizmetkarlarına emirler verdi.
"Get some dried stalk from the hemp plant"
"Kenevir bitkisinden biraz kurutulmuş sap alın"
"Make sure the stalks are very brittle"
"Sapların çok kırılgan olduğundan emin olun"
Brittle hemp stalks make a cracking sound.
Kırılgan kenevir sapları çatırtı sesi çıkarır.
The sound is similar to the cracking of joints.
Ses, eklemlerin çıtırdamasına benziyor.
And it sounds like the bones of old people.
Ve yaşlı insanların kemiklerine benziyor.
She put the brittle hemp stalks under her bed.
Kırılgan kenevir saplarını yatağının altına koydu.
And then she lied on her bed.
Ve sonra yatağına uzandı.
She wanted to test the hemp stalks.
Kenevir saplarını denemek istiyordu.
The stalks cracked just as much as she wanted.
Saplar tam istediği kadar çatladı.
She was satisfied with how her plan was going.
Planının gidişatından memnundu.
She gave more orders to her servants.

Hizmetçilerine daha fazla emir verdi.
"Tell the King I am very ill"
"Kral'a çok hasta olduğumu söyle"
"He must come to see me immediately"
"Hemen gelip beni görmeli"
The king did not love this queen.
Kral bu kraliçeyi sevmiyordu.
But he still had a duty to care for her.
Ama yine de ona bakmakla yükümlüydü.
If she was ill, he had to look after her.
Hasta olduğunda ona bakmak zorundaydı.
The King came to her bedroom.
Kral onun yatak odasına geldi.
She rolled on the bed in pain.
Acı içinde yatakta yuvarlandı.
The King heard the cracking of her bones.
Kral, onun kemiklerinin çatırtısını duydu.
He ordered his best physician to attend her.
En iyi doktorunun ona bakmasını emretti.
But the queen had thought of this.
Ama kraliçe bunu düşünmüştü.
She had already spoken with the physician.
Zaten doktorla konuşmuştu.
"There is only one remedy," he told the king.
Krala, "Tek bir çare var," dedi.
"There's a pond in front of the palace"
"Sarayın önünde bir gölet var"
"In the pond there's a large Boal fish"
"Göletin içinde büyük bir Boal balığı var"
"The remedy is in that fish"
"Çare o balıkta"
So the king let the physician catch the fish.
Bunun üzerine kral hekimin balığı tutmasına izin verdi.
Meanwhile Dalim was busy playing.
Bu arada Dalim oyun oynamakla meşguldü.
He knew nothing of his aunt's illness.
Teyzesinin hastalığından haberi yoktu.

The fish was taken out the water.
Balık sudan çıkarıldı.
Dalim fell to the ground immediately.
hemen yere düştü .
He flopped around on the floor.
Yerde çırpınıyordu.
And he could not breathe.
Ve nefes alamıyordu.
The guards immediately noticed.
Muhafızlar hemen fark ettiler.
Dalim was taken to his mother's room.
Dalim annesinin odasına götürüldü.
And the King was informed of his son.
Ve Kral'a oğlundan haber verildi.
He couldn't believe his son's illness.
Oğlunun hastalığına inanamadı.
The fish was taken to Queen Duo.
Balık Queen Duo'ya götürüldü.
Queen Duo was being saved.
Kraliçe Duo kurtarılıyordu.
At the same time Dalim was dying.
Aynı zamanda Dalim ölüyordu.
The fish was cut open.
Balık kesildi.
And they found the wooden box.
Ve tahta kutuyu buldular.
In the box lay a necklace of gold.
Kutunun içinde altın bir kolye vardı.
Queen Duo put on the necklace.
Kraliçe Duo kolyeyi taktı.
And Dalim died at the very same moment.
Ve Dalim tam o anda öldü.

News of the tragedy reached the king.
Felaketin haberi krala ulaştı.
He was plunged into an ocean of grief.
Bir keder okyanusuna sürüklenmişti.

News of Queen Duo's recovery did not help.
Kraliçe Duo'nun iyileştiği haberi de durumu daha da kötüleştirdi.
He wept painful and bitter tears.
Acı ve ızdırap dolu gözyaşları döktü.
No one thought he would recover.
Hiç kimse onun iyileşeceğini düşünmüyordu.
He could not bear to bury his son.
Oğlunu gömmeye dayanamadı.
Nor did he allow his body to be burned.
Cesedinin yakılmasına da izin vermedi.
He could not accept that his son had died.
Oğlunun öldüğünü kabullenemiyordu.
His death was so sudden and senseless.
Ölümü çok ani ve anlamsızdı.
He had the dead body moved to a garden-houses.
Cesedini bahçeli bir eve naklettirdi.
This garden-house was in the suburbs.
Bu bahçe evi banliyödeydi.
Here his son was laid in state.
Oğlu burada toprağa verildi.
All sorts of provisions were put there.
Oraya her türlü imkânlar konmuştu.
Although everyone knew it was unnecessary.
Oysa ki herkes bunun gereksiz olduğunu biliyordu.
The young boy did not need food anymore.
Genç çocuğun artık yiyeceğe ihtiyacı kalmamıştı.
The house was kept locked day and night.
Ev gece gündüz kilitli tutuluyordu.
Dalim had had one very close friend.
Dalim'in çok yakın bir arkadaşı vardı.
Only this friend was allowed to visit.
Sadece bu arkadaşın ziyaretine izin verildi.
He was the son of the prime minister.
Başbakanın oğluydu.
He was entrusted with the key of the house.
Evin anahtarı ona emanet edildi.

Once a day he could visit his dead friend.
Günde bir kez ölen arkadaşını ziyaret edebilirdi.

Queen Suo retired after the loss of her son.
Kraliçe Suo, oğlunu kaybettikten sonra emekliye ayrıldı.
Now the King spent the nights with Queen Duo.
Artık Kral geceleri Kraliçe Duo ile geçiriyordu.
The Queen wanted to avoid suspicion.
Kraliçe şüphe uyandırmak istemiyordu.
So she took the necklace off at night.
Bu yüzden geceleyin kolyeyi çıkardı.
But Dalim's life was tied to the necklace.
Ama Dalim'in hayatı kolyeye bağlıydı.
And his death was not so simple.
Ve ölümü o kadar basit olmadı.
He was dead when the queen wore the necklace.
Kraliçe kolyeyi taktığında o ölmüştü.
But when she took the necklace off, he returned to life.
Ancak kolyeyi çıkarınca hayata döndü.
And so he returned to life every night.
Ve böylece her gece hayata geri döndü.
Every morning she put the necklace on again.
Her sabah tekrar kolyeyi takıyordu.
And so, he died again every morning.
Ve böylece her sabah yeniden ölüyordu.
At night he ate whatever food he liked.
Geceleri canının çektiği yemeği yerdi.
Because there was plenty of food for him.
Çünkü ona yetecek kadar yiyecek vardı.
He walked around in the premises.
Binanın içinde dolaşıyordu.
And he meditated on the strangeness of his life.
Ve hayatının tuhaflığı üzerinde düşündü.
Dalim's friend only visited him during the day.
Dalim'in arkadaşı onu sadece gündüzleri ziyaret ediyordu.
So he always saw him as a lifeless corpse.
Bu yüzden onu her zaman cansız bir ceset olarak görüyordu.

But his body never seemed to change.
Ama vücudu hiç değişmemiş gibiydi.
There was no sign of putrefaction.
Çürüme belirtisi yoktu.
The body was lifeless and pale.
Ceset cansız ve solgundu.
But there were no symptoms of death.
Ancak ölüm belirtisi yoktu.
It all seemed too strange for him.
Bütün bunlar ona çok garip geliyordu.
So he decided to watch the corpse more closely.
Bu yüzden cesedi daha yakından izlemeye karar verdi.
And he visited his friend at night.
Ve geceleyin arkadaşını ziyaret etti.
He was astonished at what he saw that night.
O gece gördükleri karşısında şaşkına döndü.
His dead friend was walking about in the garden.
Ölen arkadaşı bahçede dolaşıyordu.
At first, he thought Dalim might be a ghost.
İlk başta Dalim'in bir hayalet olabileceğini düşündü.
So he went to see if he could touch him.
Bunun üzerine gidip ona dokunabilir miyim diye baktı.
And then he saw it was really his friend.
Ve sonra onun gerçekten arkadaşı olduğunu gördü.
Dalim told his friend everything that had happened.
Dalim, arkadaşına olan biten her şeyi anlattı.
He told him all the circumstances of his death.
Ona ölümünün bütün ayrıntılarını anlattı.
And soon they solved the mystery.
Ve kısa sürede sırrı çözdüler.
They understood why he revived only at night.
Onun neden sadece geceleri uyandığını anladılar.
Every night the king came to see Queen Duo.
Kral her gece Kraliçe Duo'yu görmeye geliyordu.
When the King visited, she took off her necklace.
Kral ziyarete geldiğinde kolyesini çıkardı.
The life of the prince depended on the necklace.

Prensin hayatı kolyeye bağlıydı.
So the two friends worked on a plan.
Böylece iki arkadaş bir plan üzerinde çalışmaya başladılar.
Night after night they consulted together.
Gece gündüz birbirleriyle istişare ediyorlardı.
But they could not think of any feasible scheme.
Ama akıllarına uygulanabilir bir plan gelmiyordu.

Eventually the Gods must have taken pity.
Sonunda Tanrılar acımış olmalı.
And they decided to free Dalim.
Ve Dalim'i serbest bırakmaya karar verdiler.
But we must understand how the Gods work.
Ama Tanrıların nasıl çalıştığını anlamamız gerekiyor.
These things are planned long before.
Bunlar çok önceden planlanmış şeyler.
The sister of Bidhata-Purusha had had a daughter.
Bidhata-Purusha'nın kız kardeşinin bir kızı vardı.
Bidhata-Purusha was a great fortune teller.
Bidhata-Purusha büyük bir falcıydı.
He had written something on the child's forehead.
Çocuğun alnına bir şeyler yazmıştı.
"This child will marry the dead bridegroom"
"Bu çocuk ölen damatla evlenecek"
Her mother was very saddened by this.
Annesi bu duruma çok üzüldü.
She did not want this destiny for her daughter.
Kızının böyle bir kaderi yaşamasını istemiyordu.
But she could not argue with him.
Ama onunla tartışamadı.
He never changed what he had written.
Yazdıklarını hiç değiştirmedi.
The child became exceedingly beautiful.
Çocuk son derece güzelleşti.
But the mother could not take any pleasure in this.
Fakat anne bundan hiç zevk alamıyordu.
Because she knew the destiny of her child.

Çünkü çocuğunun kaderini biliyordu.
Eventually the girl came to marriageable age.
Sonunda kız evlenme çağına geldi.
She had to find a way to avoid her fate.
Kaderinden kurtulmanın bir yolunu bulmalıydı.
So the mother fled the country with her child.
Bunun üzerine anne çocuğuyla birlikte ülkeden kaçtı.
Perhaps she could avoid her dreadful destiny.
Belki de korkunç kaderinden kurtulabilirdi.
But what was written was written.
Ama yazılanlar yazıldı.
And fate cannot be overruled like this.
Ve kader bu şekilde alt edilemez.
Together they journeyed through the land.
Birlikte toprakları dolaştılar.
You can imagine how fate was working.
Kaderin nasıl estiğini tahmin edebilirsiniz.
They wandered past Dalim's resting place.
Dalim'in dinlenme yerinin yanından geçtiler.
The shade of the evening was approaching.
Akşamın karanlığı yaklaşıyordu.
"Mother, I am thirsty," said her child.
"Anne, susadım," dedi çocuğu.
"Sit at this gate," replied her mother.
Annesi, "Bu kapının önünde otur," diye cevap verdi.
"I will search for water in the village"
"Köyde su arayacağım"
The girl was curious about the garden.
Kız bahçeye meraklıydı.
And in the garden she saw strange house.
Ve bahçede garip bir ev gördü.
She pushed the gate, which opened itself.
Kapıyı itti, kapı kendiliğinden açıldı.
When she went in, she saw a beautiful palace.
İçeri girdiğinde güzel bir saray gördü.
But she had an uneasy feeling about the palace.
Ama saraya karşı içinde bir huzursuzluk vardı.

However, the door had shut itself.
Ancak kapı kendi kendine kapanmıştı.
So she had no way of getting out.
Yani dışarı çıkma imkânı yoktu.

When night came the prince revived.
Gece olunca prens kendine geldi.
As usual, he walked around in the garden.
Her zamanki gibi bahçede dolaşıyordu.
But this time he saw a female figure.
Ama bu sefer bir kadın figürü gördü.
The figure was standing near the gate.
Şekil kapının yakınında duruyordu.
Soon he saw that it was a girl.
Çok geçmeden bunun bir kız olduğunu gördü.
And he saw she was of unsurpassed beauty.
Ve onun eşsiz bir güzelliğe sahip olduğunu gördü.
"Who are you?" he asked her.
"Sen kimsin?" diye sordu ona.
She told Dalim everything that had happened.
Olan biten her şeyi Dalim'e anlattı.
All the details of her little history.
Küçük hikayesinin tüm detayları.
"My uncle is the divine Bidhata-Purusha"
"Amcam ilahi Bidhata-Purusha'dır"
"He wrote on my forehead at birth"
"Doğduğumda alnıma yazdı"
"This child will marry the dead bridegroom"
"Bu çocuk ölen damatla evlenecek"
"My mother did not want that life for me"
"Annem benim için böyle bir hayat istemedi"
"So we left our house and city"
"Böylece evimizi ve şehrimizi terk ettik"
"And we wandered through the country"
"Ve ülkeyi dolaştık"
"We had come to the gate of your palace"
"Sarayınızın kapısına gelmiştik"

"After our journey I was thirsty"
"Yolculuğumuzdan sonra susadım"
"So my mother went to look for water"
"Annem su aramaya gitti"
"And now I am standing here before you"
"Ve şimdi burada sizin karşınızda duruyorum"
Dalim Kumar knew the meaning of the story.
Dalim Kumar hikayenin anlamını biliyordu.
"I am the dead bridegroom," he told the girl.
Kıza, "Ben ölen damatım" dedi.
"It is me who you will marry"
"Benimle evleneceksin"
"Come with me to the house," he asked of her.
"Benimle eve gel," diye rica etti ona.
But the girl wasn't so easily persuaded.
Ama kız o kadar kolay ikna olmadı.
"You are standing and speaking to me"
"Ayakta duruyorsun ve benimle konuşuyorsun"
"How can you be the dead bridegroom?"
"Sen nasıl ölü damat olabilirsin?"
The prince understood her objection.
Prens onun itirazını anlamıştı.
"You will understand it afterwards"
"Sonradan anlayacaksın"
The girl followed the prince into the house.
Kız prensin peşinden eve girdi.
She had been fasting the whole day.
Bütün gün oruç tutmuştu.
So the prince gave her wonderful food.
Bunun üzerine prens ona harika bir yemek verdi.
Meanwhile, the girl's mother had come back.
Bu arada kızın annesi geri dönmüştü.
She was standing at the gates of the garden.
Bahçenin kapısında duruyordu.
But her daughter was not there anymore.
Ama kızı artık orada değildi.
She cried out for her daughter.

Kızını ağlayarak çağırdı.
But she got no reply from her daughter.
Ancak kızından bir cevap alamadı.
So she went looking for her in the village.
Bunun üzerine onu köyde aramaya başladı.

As usual, Dalim's friend came that night.
Her zamanki gibi o gece Dalim'in arkadaşı geldi.
Dalim was still entertaining his guest.
Dalim hala misafirini eğlendiriyordu.
He was not expecting to see a stranger.
Yabancı birini görmeyi beklemiyordu.
And the girl retold him her story.
Ve kız ona hikayesini tekrar anlattı.
You can imagine his surprise when she told him.
Ona söylediğinde ne kadar şaşırdığını tahmin edebilirsiniz.
He was able to confirm Dalim's story.
Dalim'in hikayesini doğrulayabildi.
Soon they had all accepted destiny.
Çok geçmeden hepsi kaderi kabullenmişti.
That night they fulfilled their fates.
O gece kaderlerini yerine getirdiler.
They decided to unite the couple in matrimony.
Çifti evlilikle birleştirmeye karar verdiler.
It was going to be impossible to get a priest.
Bir rahip bulmak imkânsız olacaktı.
So Dalim's friend performed the hymeneal rites.
Böylece Dalim'in arkadaşı nikah törenini gerçekleştirdi.
The friend of the bridegroom left the palace.
Damadın arkadaşı saraydan ayrıldı.
The newly-weds had the palace to themselves.
Yeni evli çift sarayı kendilerine ayırmışlardı.
The happy couple did not sleep much that night.
Mutlu çift o gece pek uyuyamadı.
So it was long after sunrise that they woke up.
Yani güneş doğduktan çok sonra uyandılar.
Of course it was only the young wife that woke up.

Tabi ki uyanan sadece genç karısıydı.
The prince had become a cold corpse again.
Prens yeniden soğuk bir ceset haline gelmişti.
The queen had put on her necklace.
Kraliçe kolyesini takmıştı.
And life had departed from him again.
Ve hayat yine ondan uzaklaşmıştı.
You can imagine how the young wife felt.
Genç kadının neler hissettiğini tahmin edebilirsiniz.
She shook her husband to try and wake him.
Kocasını sarsarak uyandırmaya çalıştı.
She kissed him on his cold lips.
Soğuk dudaklarından öptü onu.
But all her efforts were in vain.
Ancak bütün çabaları boşa çıktı.
He was as lifeless as a marble statue.
Mermer bir heykel kadar cansızdı.
The young wife was stricken with horror.
Genç kadın dehşete kapıldı.
She smote her breast with her fists.
Yumruklarıyla göğsüne vurdu.
She struck her forehead with her palms.
Avuçlarıyla alnına vurdu.
And she tore her hair from her head.
Ve saçlarını başından yoldu.
She ran through the garden like a mad woman.
Bahçede deli gibi koşturuyordu.
Dalim's friend did not come during the day.
Dalim'in arkadaşı gün içinde gelmedi.
He did not want to see his friend this way.
Arkadaşını bu halde görmek istemiyordu.
The poor girl did not know what to do.
Zavallı kız ne yapacağını bilemiyordu.
Time could not pass quickly enough.
Zaman yeterince hızlı geçmiyordu.
The day seemed as long as a year.
Gün sanki bir yıl kadar uzun geliyordu.

But the even longest day has its end.
Ama en uzun günün bile bir sonu vardır.
The shades of evening were descending.
Akşamın gölgeleri çöküyordu.
Her dead husband was awakened into consciousness.
Ölen kocası uyanıp kendine geldi.
He rose up from his bed again.
Tekrar yatağından kalktı.
And he embraced his new wife.
Ve yeni eşine sarıldı.
Again they ate, drank, and became merry.
Yine yediler, içtiler, eğlendiler.
His friend made his usual appearance.
Arkadaşı her zamanki gibi göründü.
And the whole night was spent celebrating.
Ve bütün gece kutlamayla geçti.

They spent the next seven years this way.
Sonraki yedi yılı bu şekilde geçirdiler.
During the day Dalim was lifeless.
Dalim gündüzleri cansızdı.
But at night he came to life.
Ama geceleyin canlandı.
And their life was quite usual.
Ve hayatları gayet sıradandı.
The princess gave her husband two lovely boys.
Prenses kocasına iki sevimli oğlan çocuğu verdi.
They were the exact image of their father.
Onlar babalarının tıpatıp aynısıydılar.
Of course the king and Queens did not know.
Elbette kral ve kraliçeler bunu bilmiyordu.
They did not know they were grandparents.
Büyükanne ve büyükbaba olduklarını bilmiyorlardı.
And they did not know Dalim was alive.
Ve Dalim'in hayatta olduğunu bilmiyorlardı.
To be precise I should say he was alive at night.
Daha doğrusu gece hayattaydı demeliyim.

They all thought he had long been dead.
Hepsi onun çoktan öldüğünü sanıyordu.
They assumed his corpse would now be gone.
Artık cesedinin gitmiş olduğunu sanıyorlardı.
But the heart of Dalim s wife was yearning.
Ama Dalim'in karısının yüreği özlemle doluydu.
She wanted nothing more than her mother-in-law.
Kaynanasından başka bir şey istemiyordu.
Over the years she had come up with a plan.
Yıllar içinde bir plan yapmıştı.
Perhaps she could see her mother-in-law.
Belki kayınvalidesini görebilirdi.
Maybe they could get hold of the necklace.
Belki kolyeyi ele geçirebilirlerdi.
She asked for the consent of her husband.
Kocasının rızasını istedi.
And he allowed her to disguise herself.
Ve onun kendisini gizlemesine izin verdi.
She took on the appearance of a female barber.
Kadın berber görünümüne büründü.
Like every female barber, she needed equipment.
Her kadın berber gibi onun da ekipmana ihtiyacı vardı.
She took the following tools;
Aşağıdaki araçları aldı;
An iron instrument for preparing finger nails.
Tırnakları hazırlamaya yarayan demir alet.
Another iron instrument for scraping the feet.
Ayakları ovmaya yarayan bir diğer demir alet.
A piece of burnt jhama brick.
Yanmış jhama tuğlasının bir parçası.
For rubbing the soles of the feet.
Ayak tabanlarını ovmak için.
And paint for the edges of the feet.
Ve ayak kenarlarına boya.
She took all her tools with her.
Bütün aletlerini yanına aldı.
And she stood at the gate of the King's palace.

Ve o, Kralın sarayının kapısında duruyordu.
I forgot something else she brought.
Getirdiği bir şeyi daha unuttum.
She had come with her two sons.
İki oğluyla gelmişti.
She spoke with the guards.
Muhafızlarla konuştu.
"I work as a barber"
"Berber olarak çalışıyorum"
"I have come to offer my services"
"Hizmetlerimi sunmaya geldim"
"I desire to see Queen Suo"
"Kraliçe Suo'yu görmeyi arzuluyorum"
Queen Suo quickly gave her an interview.
Kraliçe Suo hemen ona bir röportaj verdi.
The queen was quite fond of the two little boys.
Kraliçe iki küçük oğlan çocuğuna çok düşkündü.
They strangely reminded her of her own son.
Garip bir şekilde ona kendi oğlunu hatırlatıyorlardı.
And she remembered her lost treasure.
Ve kaybettiği hazinesini hatırladı.
Tears fell profusely from her eyes.
Gözlerinden yaşlar boşanıyordu.
She had not the remotest idea who they were.
Bunların kim olduğuna dair en ufak bir fikri yoktu.
Of course we know who they are.
Elbette kim olduklarını biliyoruz.
The two little boys are her grandsons.
İki küçük oğlan da onun torunlarıdır.
She spoke to the barber.
Berberle konuştu.
"My son died when he was young"
"Oğlum genç yaşta öldü"
"I have given up these vanities"
"Bu kibirlerden vazgeçtim"
"I stopped having my feet ceremoniously dyed"
"Ayaklarımın törensel olarak boyanmasını bıraktım"

"But I would be glad to see your two fine boys"
"Ama iki güzel oğlunu görmekten mutluluk duyarım"
The barber agreed to let Queen Suo see her boys.
Berber, Kraliçe Suo'nun oğullarını görmesine izin verdi.
But she had one question before she went.
Ama gitmeden önce bir sorusu vardı.
"Are there other ladies in the palace?
"Sarayda başka hanımlar var mı?
"Someone else I could provide my service to"
"Hizmetlerimi sunabileceğim başka biri"
She was told there was another queen.
Başka bir kraliçenin daha olduğu söylendi.
And she was also allowed to go to that queen.
Ve o kraliçenin yanına gitmesine de izin verildi.
Queen Duo allowed her to prepare her nails.
Kraliçe Duo, tırnaklarını hazırlamasına izin verdi.
And she was allowed to scrape her feet.
Ve ayaklarını sürtmesine izin verildi.
She painted her feet with alakta.
Ayaklarını alakta ile boyadı.
And the queen was very pleased with her skill.
Ve kraliçe onun becerisinden çok memnundu.
She also enjoyed the sweetness of her disposition.
Ayrıca onun mizacının tatlılığından da hoşlanıyordu.
So she booked to have more of her services.
Bu yüzden daha fazla hizmet alabilmek için rezervasyon
yaptırdı.
The female barber had come for something else.
Kadın berber başka bir şey için gelmişti.
And she quickly noticed the necklace.
Ve hemen kolyeyi fark etti.
The necklace was around the Queen's neck.
Kolye Kraliçe'nin boynundaydı.

The day of her second visit had come.
İkinci ziyaretinin günü gelmişti.
She gave her eldest son the instructions.

En büyük oğluna talimatları verdi.
"We are going into the palace again"
"Yine saraya giriyoruz"
"When in the palace you have to cry"
"Sarayda ağlamak zorundasın"
"Say you would like the queen's necklace"
"Kraliçenin kolyesini istediğini söyle"
"Don't stop crying until you have her necklace"
"Kolyesini alana kadar ağlamayı bırakma"
The female barber went to queen Duo's apartment.
Kadın berber kraliçe Duo'nun dairesine gitti.
Soon the elder boy started to cry.
Çok geçmeden büyük oğlan ağlamaya başladı.
The boy acted his role well.
Çocuk rolünü iyi oynadı.
Nothing would console the boy.
Hiçbir şey çocuğu teselli edemiyordu.
"What is wrong?" Queen Duo asked.
"Ne oldu ?" diye sordu Kraliçe Duo.
They boy could hardly speak.
Çocuk neredeyse konuşamıyordu.
"Your necklace is so beautiful"
"Kolyen çok güzel"
And he continued to sob.
Ve hıçkırmaya devam etti.
"Can I please hold the necklace?"
"Kolyeyi tutabilir miyim lütfen?"
Queen Duo did not want to let him.
Kraliçe Duo buna izin vermek istemedi.
"I cannot part with my necklace"
"Kolyemden ayrılamıyorum"
"It is my most valuable jewel"
"En değerli mücevherim odur"
But the boy did not stop crying.
Ama çocuk ağlamayı kesmedi.
So she took the necklace off her neck.
Bunun üzerine boynundaki kolyeyi çıkardı.

And she put the necklace into the boy's hand.
Ve kolyeyi çocuğun eline verdi.
The boy quickly stopped crying.
Çocuk hemen ağlamayı kesti.
And he held the necklace in his hand.
Ve kolyeyi elinde tutuyordu.
The female barber had finished her work.
Kadın berber işini bitirmişti.
She was packing up her tools.
Aletlerini topluyordu.
And she was about to leave the palace.
Ve saraydan ayrılmak üzereydi.
So the queen wanted the necklace back.
Kraliçe de kolyeyi geri istiyordu.
But the boy would not let her have the necklace.
Fakat çocuk kolyeyi ona vermedi.
His mother attempted to snatch the necklace from him.
Annesi kolyeyi elinden almaya çalıştı.
But he wept bitterly when she tried.
Ama o bunu denediğinde acı acı ağladı.
And he cried as if his heart would break.
Ve sanki yüreği parçalanacakmış gibi ağladı.
The female barber politely asked the queen;
Kadın berber kraliçeye nazikçe sordu;
"Please let the boy take the necklace home"
"Lütfen çocuğun kolyeyi eve götürmesine izin verin"
"He will fall asleep after drinking his milk"
"Sütünü içtikten sonra uykuya dalacak"
"And then I will bring your necklace back"
"Ve sonra kolyeni geri getireceğim"
She could see she had no choice.
Başka seçeneği olmadığını görebiliyordu.
The boy would not allow her to take the necklace.
Çocuk kolyeyi almasına izin vermedi.
So she agreed to the proposal.
Bu yüzden teklifi kabul etti.
"Dalim must now be long dead," she thought.

"Dalim artık çoktan ölmüş olmalı," diye düşündü.
And she had nothing to worry about.
Ve endişelenecek hiçbir şeyi yoktu.

The princess had the prized necklace.
Prensesin değerli kolyesi vardı.
The treasure bound to her husband's life.
Kocasının hayatına bağlı hazine.
She rushed back to the garden-house.
Bahçe evine doğru koştu.
And she gave the necklace to Dalim.
Ve kolyeyi Dalim'e verdi.
Dalim had been alive all morning.
Dalim bütün sabah hayattaydı.
It was the first time he saw the sun again.
Güneşi ilk kez yeniden görüyordu.
Their joy of his life knew no bounds.
Yaşam sevincinin sınırı yoktu.
Their friend advised them to go to the palace.
Arkadaşlarının tavsiyesi üzerine saraya gittiler.
"Go to the palace tomorrow"
"Yarın saraya git"
"Present yourselves to the King and Queen"
"Kendinizi Kral ve Kraliçe'ye tanıtın"
"Let them know you're alive and well"
"Hayatta olduğunuzu ve iyi olduğunuzu onlara bildirin"
The couple accepted their friend's advice.
Çift, arkadaşlarının tavsiyesini kabul etti.
And they prepared everything for their arrival.
Ve onların gelişine her şeyi hazırladılar.
An elephant was brought for the prince.
Prens için bir fil getirildi.
A pair of ponies were brought for the boys.
Çocuklar için bir çift midilli getirildi.
And there was a grand chaturdala.
Ve muhteşem bir chaturdala vardı.
It was furnished with curtains of gold lace.

Altın dantelli perdelerle döşenmişti.
Word was sent to the king and Queen Suo.
Haber Kral ve Kraliçe Suo'ya iletildi.
"Prince Dalim Kumar is alive and well"
"Prens Dalim Kumar hayatta ve iyi durumda"
"And he is coming to visit you"
"Ve o seni ziyarete geliyor"
"Now he has a wife and two sons"
"Şimdi bir karısı ve iki oğlu var "
The King and Queen Suo could hardly believe it.
Kral ve Kraliçe Suo buna inanamadılar.
But they were assured that it was all true.
Ama onlara bunların hepsinin gerçek olduğuna dair güvence
verildi.
Queen Duo quickly realized her predicament.
Kraliçe Duo içinde bulunduğu zor durumu hemen fark etti.
And she became overwhelmed with grief.
Ve büyük bir kedere kapıldı.
A band of musicians followed the prince.
Prensin peşinden bir grup müzisyen geliyordu.
Prince Dalim Kumar approached the palace-gate.
Prens Dalim Kumar saray kapısına yaklaştı.
The King and Queen Suo went to the gates.
Kral ve Kraliçe Suo kapılara doğru gittiler.
And they welcomed their long-lost son.
Ve uzun zamandır kayıp olan oğullarını karşıladılar.
You can imagine how happy they were.
Ne kadar mutlu olduklarını tahmin edebilirsiniz.
Dalim told his parents of his death.
Dalim, anne ve babasına ölüm haberini verdi.
He told them of the pond by the palace.
Sarayın yanındaki göletten bahsetti.
And he told them of the fish in the pond.
Ve onlara havuzdaki balıklardan bahsetti.
He told them of the wooden box in the fish.
Balıktaki tahta kutudan bahsetti onlara.
He told them of the necklace in the wooden box.

Onlara tahta kutunun içindeki kolyeden bahsetti.
And he told them the secret of his life.
Ve onlara hayatının sırrını anlattı.
He told them how he died each night.
Her gece nasıl öldüğünü anlattı.
Of course he also mentioned his new wife.
Elbette yeni eşinden de bahsetti.
The king was inflamed with rage at the news.
Kral bu haber karşısında öfkeden kudurdu.
He ordered Queen Duo into his presence.
Kraliçe Duo'yu huzuruna çağırdı.
A large hole was dug in the ground.
Yere büyük bir çukur kazıldı.
The hole was as deep as the height of a man.
Çukurun derinliği bir insan boyu kadardı.
Queen Duo was made to stand in the hole.
Kraliçe Duo'nun çukurda durması sağlandı.
Prickly thorns were heaped around her.
Etrafı dikenli çalılarla çevriliydi.
The thorns went up to the crown of her head.
Dikenler başının tepesine kadar çıkıyordu.
And in this manner she was buried alive.
Ve bu şekilde diri diri gömüldü.

Phakir Chand
Phakir Çand

There was once a king, who had a son.
Bir zamanlar bir kral varmış, bu kralın bir oğlu varmış.
The king's minister also had a son.
Kralın vezirinin de bir oğlu vardı.
The two sons loved each other dearly.
İki oğul birbirlerini çok seviyorlardı.
And they did everything together.
Ve her şeyi birlikte yaptılar.
The two sons sat and stood up together.
İki oğul birlikte oturup kalktılar.
They walked together to the same places.
Aynı yerlere birlikte yürüdüler.
They ate their meals together.
Birlikte yemeklerini yediler.
They slept and got up together.
Birlikte yatıp birlikte kalktılar.
They spent years in each other's company.
Yıllarca birbirlerinin yanında oldular.
One day they both felt a new desire.
Bir gün ikisi de yeni bir arzu duydular.
They wanted to see foreign lands.
Yabancı toprakları görmek istiyorlardı.
And so they set out on their journey.
Ve böylece yola koyuldular.
One of them was the son of a king.
Bunlardan biri de bir kralın oğluydu.
One of them was the son of his chief minister.
Bunlardan biri başbakanının oğluydu.
So of course they were both quite rich.
Yani ikisi de oldukça zengindi elbette.
But they did not take any servants with them.
Fakat yanlarına hiçbir hizmetçi almadılar.
They went by themselves, on horseback.
Kendi başlarına, at sırtında gittiler.

The horses were beautiful to look at.
Atlar bakmaya değer güzellikteydi.
They were Pakshirajes horses.
Bunlar Pakshirajes atlarıydı.
Such horses are known as the kings of birds.
Bu tür atlara kuşların kralı denir.
The two sons rode together for many days.
İki oğul günlerce birlikte at sırtında yolculuk ettiler.
They passed through extensive plains.
Geniş ovalardan geçtiler.
And the plains were covered with paddy.
Ve ovalar pirinç tarlalarıyla kaplıydı.
And they passed through strange cities.
Ve garip şehirlerden geçtiler.
And they passed through towns, and villages.
Ve kasabalardan, köylerden geçtiler.
They passed through treeless deserts.
Ağaçsız çöllerden geçtiler.
And they passed through forests.
Ve ormanların içinden geçtiler.
And the forests were dense with trees.
Ve ormanlar ağaçlarla doluydu.
These forests were the abode of the tiger.
Bu ormanlar kaplanların yurduydu.
And the bear also lived in these forests.
Ve ayı da bu ormanlarda yaşıyordu.
One evening they were overtaken by the night.
Bir akşam, gece bastırdı.
They had not seen any human habitations.
Hiçbir insan yerleşimi görmemişlerdi.
But it was getting darker and darker.
Ama hava gittikçe kararıyordu.
So they dismounted beneath a lofty tree.
Bunun üzerine yüksek bir ağacın altına indiler.
They tied their horses to the tree.
Atlarını ağaca bağladılar.
And then they climbed up the tree.

Ve sonra ağaca tırmandılar.
They covered the branches with thick foliage.
Dalları sık yapraklarla kapladılar.
So that they could sit on the branches.
Böylece dalların üzerine oturabilirlerdi.
The tree had grown near a large body of water.
Ağaç büyük bir su kütlesinin yakınında büyümüştü.
The water was as clear as the eye of a crow.
Su, bir karganın gözü kadar berraktı.
The two friends made themselves comfortable.
İki arkadaş rahat bir şekilde yerlerini aldılar.
Of course it wasn't very comfortable in a tree.
Elbette ağaçta olmak pek de rahat değildi.
But it wasn't uncomfortable in the tree either.
Ama ağaçta da rahatsız değildi.
They had decided to spend the night there.
Orada geceyi geçirmeye karar vermişlerdi.
They sometimes chatted together in whispers.
Bazen fısıldaşarak sohbet ediyorlardı.
They felt whispering was better than talking.
Fısıltının konuşmaktan daha iyi olduğunu düşünüyorlardı.
Because the region seemed very strange to them.
Çünkü bölge onlara çok yabancı geliyordu.
And soon they were falling into a doze.
Ve çok geçmeden uykuya daldılar.
But their attention was suddenly jolted.
Ancak dikkatleri birdenbire dağıldı.
From the water they heard a noise.
Suyun içinden bir ses duydular.
It sounded like the rushing of water.
Suyun çağıltısına benziyordu.
In front of them was a terrible sight!
Karşılarında korkunç bir manzara vardı!
A huge serpent came from under the water.
Suyun altından kocaman bir yılan çıktı.
The snake swam ashore and slithered around.
Yılan kıyıya doğru yüzdü ve sürünerek ilerledi.

But something else attracted their attention.
Ama dikkatlerini çeken başka bir şey daha vardı.
The crested hood of the serpent was shining.
Yılanın tepeli başlığı parlıyordu.
The snake had a brilliant manikya embedded.
Yılanın üzerinde parlak bir manikya vardı.
The jewel shone like a thousand diamonds.
Mücevher binlerce elmas gibi parlıyordu.
The crystal lit up the water in the tank.
Kristal tanktaki suyu aydınlattı.
The embankments and trees were irradiated.
Setler ve ağaçlar ışınlandı.
The serpent doffed the jewel from its crest.
Yılan mücevheri tepesinden çıkardı.
And the serpent threw the jewel on the ground.
Ve yılan mücevheri yere attı.
And then the serpent went in search of food.
Ve sonra yılan yiyecek aramaya gitti.
They could not believe what they had seen.
Gördüklerine inanamadılar.
They stayed in the safety of the tree.
Ağacın emniyetinde kaldılar.
But they greatly admired the jewel.
Ama mücevhere büyük hayranlık duyuyorlardı.
The ruby shed an ineffable luster.
Yakut tarifsiz bir parlaklık saçıyordu.
Everything had a magical glow around it.
Her şeyin etrafında büyülü bir parıltı vardı.
They had never seen anything like it.
Daha önce buna benzer bir şey görmemişlerdi.
Although, they had heard of this treasure.
Oysa bu hazinenin varlığından haberdardılar.
The jewel equaled the treasures of seven kings.
Mücevher yedi kralın hazinesine eşitti.
But their admiration soon changed to fear.
Ancak hayranlıkları kısa sürede korkuya dönüştü.
The serpent came to the foot of their tree.

Yılan onların ağacının dibine geldi.
The serpent had found their horses!
Yılan atlarını bulmuştu!
The poor horses had been tied to the tree.
Zavallı atlar ağaca bağlanmıştı.
The animals had no way of escaping.
Hayvanların kaçma imkânı yoktu.
One by one the serpent ate their horses.
Yılan teker teker atlarını yedi.
But the serpent's appetite did not seem satisfied.
Ama yılanın iştahı tatmin olmuşa benzemiyordu.
They feared they would be the next victims.
Bir sonraki kurbanın kendileri olacağından korkuyorlardı.
But their fears were soon relieved.
Ancak korkuları kısa sürede ortadan kalktı.
The gigantic cobra had not seen them.
Dev kobra onları görmemişti.
And eventually the snake left again.
Ve sonunda yılan yine gitti.
The minister's son saw an opportunity.
Bakanın oğlu bir fırsat gördü.
This was his chance to take the gem.
Bu, mücevheri alma şansıydı.
But there was one problem they had.
Ancak bir sorunları vardı.
The jewel shone incredibly bright.
Mücevher inanılmaz derecede parlak bir şekilde parlıyordu.
The serpent would know what had happened.
Yılan ne olduğunu anlayacaktı.
But there was a way to overcome this problem.
Ama bu sorunu aşmanın bir yolu vardı.
And the minister's son knew the solution.
Ve bakanın oğlu çözümü biliyordu.
He had to cover the stone with horse-dung.
Taşı at gübresiyle örtmek zorundaydı.
And there was some horse-dung by the tree.
Ve ağacın yanında biraz at gübresi vardı.

He quietly came down from the tree.
Sessizce ağaçtan indi.
He picked up the horse-dung off the floor.
Yerdeki at gübresini topladı.
And he threw the dung upon the precious stone.
Ve gübreyi değerli taşın üzerine attı.
And then he climbed up into the tree again.
Ve sonra tekrar ağaca tırmandı.
The serpent noticed something had happened.
Yılan bir şeylerin olduğunu fark etti.
The light of the jewel had vanished.
Mücevherin ışığı kaybolmuştu.
The serpent rushed back with great fury.
Yılan büyük bir öfkeyle geri koştu.
The serpent returned to where it had left the stone.
Yılan, taşı bıraktığı yere geri döndü.
The serpent let out a frightful hiss at the night.
Yılan geceleyin korkunç bir tıslama sesi çıkardı.
The snake's groans and convulsions were terrible.
Yılanın inlemeleri ve çırpınmaları korkunçtu.
The snake went round and round the jewel.
Yılan mücevherin etrafında dönüp duruyordu.
But the stone was covered with horse-dung.
Fakat taşın üzeri at gübresiyle kaplıydı.
This way the serpent could not see its treasure.
Böylece yılan hazinesini göremezdi.
Finally, the serpent breathed its last breath.
Sonunda yılan son nefesini verdi.

The two friends did not sleep much that night.
İki arkadaş o gece pek uyuyamadılar.
In the morning they came down from the tree.
Sabahleyin ağaçtan indiler.
They went to where the crest-jewel was.
Arma-mücevherin olduğu yere gittiler.
The mighty serpent was still laying there.
Kudretli yılan hâlâ orada yatıyordu.

But now the snake's body was perfectly lifeless.
Ama artık yılanın bedeni tamamen cansızdı.
The friend of the prince stepped over the dead snake.
Prensin arkadaşı ölü yılanın üzerinden atladı.
And he picked up the dung covered jewel.
Ve gübreyle kaplı mücevheri aldı.
Both of them went to the bank of the water.
İkisi de su kenarına gittiler.
And they washed the precious stone.
Ve değerli taşı yıkadılar.
Finally, all the dung had been washed off.
Sonunda bütün pislikler yıkanmıştı.
And the jewel shone as brilliantly as before.
Ve mücevher eskisi gibi parlak bir şekilde parladı.
The jewel lit up the entire bed of the tank of water.
Mücevher su deposunun tüm yatağını aydınlatıyordu.
Now they could see the innumerable fishes.
Artık sayısız balıkları görebiliyorlardı.
But the light also revealed something else.
Ama ışık başka bir şeyi daha ortaya çıkardı.
This astonished them more than all the fishes.
Bu onları bütün balıklardan daha çok şaşırttı.
In the bottom of the water there was something.
Suyun dibinde bir şey vardı.
They could see there were lofty walls.
Yüksek duvarların olduğunu görebiliyorlardı.
The walls were from a magnificent palace.
Duvarlar muhteşem bir sarayın duvarlarıydı.
The prince's friend was feeling venturesome.
Prensin arkadaşı maceraperest bir ruh halindeydi.
He convinced the king's son to follow him.
Kralın oğlunu da kendisini takip etmeye ikna etti.
And then they wanted to swim to the palace below.
Ve sonra aşağıdaki saraya yüzmek istediler.
The prince's friend took the jewel in his hand.
Prensin arkadaşı mücevheri eline aldı.
And they both dived into the waters.

Ve ikisi de suya daldılar.
Soon they stood at the gate of the palace.
Çok geçmeden sarayın kapısının önünde durdular.
To their surprise the gate was open.
Kapının açık olduğunu görünce şaşırdılar.
They saw no being, human or superhuman.
Hiçbir varlık, insan veya insanüstü bir varlık görmediler.
So they decided to venture inside the gate.
Bunun üzerine kapıdan içeri girmeye karar verdiler.
Inside the walls there was a beautiful garden.
Duvarların içinde güzel bir bahçe vardı.
In the middle of the garden was a house.
Bahçenin ortasında bir ev vardı.
No one had ever seen so many flowers.
Hiç kimse bu kadar çok çiçeği bir arada görmemişti.
There were roses of all imaginable varieties.
Akla gelebilecek her çeşit gül vardı.
There were endless numbers of yellow jessamine.
Sayısız sarı yasemin vardı.
And there were numerous white bell flowers.
Ve çok sayıda beyaz çan çiçeği vardı.
These flowers were the king of smells.
Bu çiçekler kokuların kralıydı.
The most scented lily of the valley.
Vadinin en güzel kokulu zambağı.
There were the flowers from the champaka tree.
Çampaka ağacının çiçekleri vardı.
And a thousand other sweet-scented flowers.
Ve binlerce başka hoş kokulu çiçek.
Acres covered with the delicious jessamine.
Nefis yaseminlerle kaplı dönümler.
All the plants were gemmed with flowers.
Bütün bitkiler çiçeklerle donatılmıştı.
And all the flowers were in full bloom.
Ve bütün çiçekler açmıştı.
So the air was loaded with rich perfume.
Böylece hava zengin bir kokuyla doldu.

A wilderness of sweet scents everywhere.
Her tarafta tatlı kokuların olduğu bir vahşi doğa.
They went through this paradise of perfumery.
Parfümeri cennetini gezdiler.
And eventually they reached the house.
Ve sonunda eve ulaştılar.
The house was surrounded by lofty trees.
Evin etrafı yüksek ağaçlarla çevriliydi.
Soon they stood at the door of the house.
Çok geçmeden evin kapısının önünde durdular.
Now they could see it was a fairy palace.
Artık bunun bir peri sarayı olduğunu görebiliyorlardı.
The walls were of burnished gold.
Duvarlar cilalanmış altındandı.
Here and there shone diamonds of dazzling hue.
Burada ve orada göz kamaştırıcı renkte elmaslar parlıyordu.
But they did not see any beings.
Fakat hiçbir varlık görmediler.
So they went inside the palace.
Böylece sarayın içine girdiler.
The palace was richly furnished.
Saray zengin bir şekilde döşenmişti.
They went from room to room.
Odadan odaya dolaştılar.
But they did not see anyone.
Ama kimseyi göremediler.
It seemed to be a deserted house.
Terk edilmiş bir ev gibiydi.
At last, however, they found a special room.
Sonunda özel bir oda buldular.
In this room there was a young lady.
Bu odada genç bir kadın vardı.
She was sleeping on a golden bed.
Altın bir yatakta uyuyordu.
The young lady was of exquisite beauty.
Genç hanım olağanüstü bir güzelliğe sahipti.
Her complexion was a mixture of red and white.

Ten rengi kırmızı ve beyazın karışımıydı.
She seemed to be about sixteen years of age.
On altı yaşlarında görünüyordu.
The two friends gazed upon her.
İki arkadaş ona baktılar.
They were enchanted by her beauty.
Onun güzelliğine hayran kalmışlardı.
But they could not admire her for long.
Ama ona uzun süre hayran kalamadılar.
Because the young lady opened her eyes.
Çünkü genç kız gözlerini açtı.
Her eyes seemed like the eyes of a gazelle.
Gözleri ceylan gözüne benziyordu.
On seeing the strangers she said;
Yabancıları görünce şöyle dedi;
"How have you come here, ye unfortunate men?"
"Ey talihsiz adamlar, buraya nasıl geldiniz?"
"Be gone, be gone! I beg of you two"
"Defolun gidin, defolun gidin! İkinizden de rica ediyorum."
"This is the abode of a mighty serpent"
"Burası güçlü bir yılanın meskenidir "
"The serpent which has devoured my parents"
"Anne babamı yiyen yılan"
"And my brothers, and all my relatives"
"Ve kardeşlerim ve bütün akrabalarım"
"I am the only one that he has spared"
"Beni bağışlayan tek kişiyim"
"Flee for your lives while you still can"
"Hala yapabiliyorken canınızı kurtarmak için kaçın"
"Or else the serpent will eat you both"
"Yoksa yılan ikinizi de yer"
The prince's friend told her what had happened.
Prensin arkadaşı olanları anlattı.
"The serpent has breathed his last breath"
"Yılan son nefesini verdi"
"The snake's body lies lifeless on the floor"
"Yılanın bedeni yerde cansız yatıyor"

"We took the head-jewel of the serpent"
"Yılanın baş mücevherini aldık"
"The jewel's light showed us to the palace.
"Mücevherin ışığı bizi saraya götürdü.
She thanked the strangers for their bravery.
Yabancılara cesaretlerinden dolayı teşekkür etti.
"You have freed me from the infernal serpent"
"Beni cehennem yılanından kurtardın"
"Please live with me in my palace"
"Lütfen sarayımda benimle yaşayın"
"But please promise never to desert me"
"Ama lütfen beni asla terk etmeyeceğine söz ver"
They gladly accepted the invitation.
Daveti memnuniyetle kabul ettiler.
The king's son was smitten with the princess.
Kralın oğlu prensese vurulmuştu.
He adored the charms of the peerless princess.
Eşsiz prensesin cazibesine hayran kalmıştı.
And he married her after a short time.
Ve kısa bir süre sonra onunla evlendi.
There was no priest at the palace.
Sarayda rahip yoktu.
So the hymeneal knot was tied by other means.
Yani hymenal düğüm başka yollarla atılmış oldu.
A simple exchange of garlands of flowers.
Çiçek çelenklerinin basit bir değiş tokuşu.
The king's son became inexpressibly happy.
Kralın oğlu anlatılmaz bir mutluluk duydu.
He delighted in the company of the princess.
Prensesin arkadaşlığından çok hoşlanıyordu.
The prince's friend also had a wife.
Prensin arkadaşının da bir karısı vardı.
Of course she was living in the upper world.
Elbette o, üst dünyada yaşıyordu.
But he participated in his friend's happiness.
Ama arkadaşının mutluluğuna o da ortak oldu.
The time they spent together passed merrily.

Birlikte geçirdikleri zaman çok keyifli geçiyordu.
But they could not live here forever.
Ama burada sonsuza kadar yaşayamazlardı.
The prince had to return to his kingdom.
Prens krallığına geri dönmek zorundaydı.
But he knew the return would require some planning.
Ancak dönüşün biraz planlama gerektireceğini biliyordu.
The occasion would come with a lot of pomp.
Bu durum çok büyük bir ihtişamla karşılanacaktır.
There were going to be many ceremonies.
Birçok tören yapılacaktı.
Because there was a lot to be celebrated.
Çünkü kutlanacak çok şey vardı.
First the prince's friend was going to go.
Önce prensin arkadaşı gidecekti.
And then he was going to return with the attendants.
Ve sonra görevlilerle birlikte geri dönecekti.
Horses, and elephants for the happy pair.
Mutlu çifte atlar ve filler.
The prince accompanied his friend.
Prens arkadaşına eşlik etti.
Together they went back to the surface.
Birlikte yüzeye geri döndüler.
And they saw the upper world again.
Ve tekrar üst dünyayı gördüler.
The two friends bid each other adieu.
İki arkadaş birbirlerine veda ettiler.
The prince returned to his lovely wife.
Prens güzel karısının yanına döndü.
Before leaving everything had been organized.
Gitmeden önce her şey organize edilmişti.
The prince's friend arranged his return.
Prensin arkadaşı onun dönüşünü ayarladı.
He said when he was going to go to the embankment.
Setin yanına ne zaman gideceğini söyledi.
He was going to have the horses that they needed.
İhtiyaç duydukları atlara sahip olacaktı.

Elephants were going to be there too, and attendants.
Orada filler de olacaktı, görevliler de.
They were going to wait upon the prince and princess.
Prens ve prensese hizmet edeceklerdi.
The snake-jewel gave them the rights to this.
Yılan mücevheri onlara bu hakkı verdi.
The prince's friend went back to his country.
Prensin arkadaşı ülkesine geri döndü.
To prepare for the return of his friend.
Arkadaşının dönüşüne hazırlanmak için.

One day the prince was sleeping.
Bir gün prens uyuyordu.
He had just had his midday meal.
Öğle yemeğini yeni yemişti.
The princess had never seen the upper regions.
Prenses daha önce hiç yukarı bölgeleri görmemişti.
She felt the desire to see the upper world.
Üst dünyayı görme arzusunu duydu.
For this she needed the snake-jewel.
Bunun için yılan mücevherine ihtiyacı vardı.
Only this could help her through the water.
Sadece bu, onun suda ilerlemesine yardımcı olabilirdi.
The jewel was shining its bright light in the room.
Mücevher parlak ışığıyla odanın içinde parlıyordu.
She took the snake-jewel into her hand.
Yılan mücevherini eline aldı.
And then she left the palace and the garden.
Ve sonra saraydan ve bahçeden ayrıldı.
She successfully swam to the upper world.
Üst dünyaya başarıyla yüzdü.
No mortal had caught sight of her.
Hiçbir ölümlü onu görmemişti.
At the edge of the water were some steps.
Suyun kenarında birkaç basamak vardı.
The steps were for the convenience of bathers.
Merdivenler, banyo yapanların rahatı için yapılmıştı.

And this is also where she sat.
Ve o da buraya oturdu.
She scrubbed her body with the sand.
Vücudunu kumla ovdu.
She washed her hair with the fresh water.
Saçlarını taze suyla yıkadı.
And she played with the water for fun.
Ve eğlenmek için suyla oynuyordu.
She walked about on the water's edge.
Su kenarında dolaşıyordu.
And she admired all the scenery around.
Ve etrafındaki manzaraya hayran kalmıştı.
But finally she returned back to her palace.
Ama sonunda sarayına geri döndü.
Her husband was still deep in sleep.
Kocası hâlâ derin uykudaydı.
But eventually he had slept enough.
Ama sonunda yeterince uyumuştu.
She did not tell him about her adventures.
Maceralarını ona anlatmadı.
The next day her husband fell asleep again.
Ertesi gün kocası tekrar uykuya daldı.
And again she paid a visit to the upper world.
Ve yine üst dünyaya bir ziyarette bulundu.
And she remained unnoticed by mortal man.
Ve ölümlü insan tarafından fark edilmeden kaldı.
Her success was starting to give her courage.
Başarısı ona cesaret vermeye başlıyordu.
So she repeated her adventure a third time.
Böylece macerasını üçüncü kez tekrarladı.
The rajah's son was out hunting that day.
O gün racanın oğlu ava çıkmıştı.
He had his tent not far from the water.
Çadırını suyun çok uzağında kurmuştu.
His attendants were cooking his meal.
Hizmetçileri yemeğini pişiriyordu.
So, he wandered about along the water.

Böylece su kenarında dolaşmaya başladı.
Nearby an old woman was gathering sticks.
Yakınlarda yaşlı bir kadın çalı çırpı topluyordu.
She was collecting dried branches of trees.
Ağaçların kurumuş dallarını topluyordu.
She needed the sticks for kindling wood.
Yakacak odun yapmak için çubuklara ihtiyacı vardı.
This was when the princess came out the water.
İşte prenses tam bu sırada sudan çıktı.
She gazed around and she saw a man.
Etrafına bakındı ve bir adam gördü.
And then she saw there was also a woman.
Ve sonra orada bir kadın daha olduğunu gördü.
The princess knew she didn't want to be seen.
Prenses görülmek istemediğini biliyordu.
So she went back down to her palace.
Bunun üzerine sarayına geri döndü.
But the rajah's son had caught a glimpse of her.
Fakat racanın oğlu onu bir anlığına görmüştü.
And the old woman gathering sticks saw her too.
Ve çalı çırpı toplayan yaşlı kadın da onu gördü.
The rajah's son stood gazing on the waters.
Racanın oğlu sulara bakarak duruyordu.
He had never seen such a beautiful woman.
Daha önce hiç bu kadar güzel bir kadın görmemişti.
She seemed to him to be a deva-kanyas Goddess.
Ona bir deva-kanyas Tanrıçası gibi göründü.
Heavenly goddesses he had read of in old books.
Eski kitaplarda okuduğu göksel tanrıçalar.
They are said to visit the upper world.
Üst dünyayı ziyaret ettikleri söylenir.
And the upper world is honored to have them.
Ve üst dünya onlara sahip olmaktan onur duyar.
But it is said to happen only rarely.
Ancak bunun çok nadir gerçekleştiği söyleniyor.
The way that angels only visit rarely.
Meleklerin nadiren ziyaret ettiği yol.

He had seen the princess' unearthly beauty.
Prensesin olağanüstü güzelliğini görmüştü.
She had made a deep impression on his heart.
Onun kalbinde derin bir iz bırakmıştı.
Although he had seen her only for a moment.
Onu sadece bir an görmüştü.
But her beauty distracted his mind.
Ama onun güzelliği aklını karıştırıyordu.
He stood there like a statue, for hours.
Saatlerce orada heykel gibi durdu.
All he could do was gaze into the waters.
Yapabildiği tek şey sulara bakmaktı.
In the hope of seeing the lovely figure again.
Tekrar o güzel şahsiyeti görebilmek ümidiyle.
But all his time was spent in vain.
Ama bütün vaktini boşa harcamıştı.
The princess did not appear again.
Prenses bir daha görünmedi.
The rajah's son became mad with love.
Racanın oğlu aşktan delirdi.
He kept muttering, "now here, now gone!"
"Şimdi burada, şimdi gitti!" diye mırıldanıp duruyordu.
He refused to leave the water's edge.
Suyun kenarından ayrılmayı reddetti.
His attendants had to forcibly remove him.
Hizmetçileri onu zorla dışarı çıkarmak zorunda kaldılar.
They took him to his father's palace.
Onu babasının sarayına götürdüler.
But he was in a state of hopeless insanity.
Ama o, ümitsiz bir delilik halindeydi.
He couldn't be made to speak to anyone.
Kimseyle görüştürülemedi.
And he spent his days sobbing heavily.
Ve günlerini hıçkıra hıçkıra ağlayarak geçiriyordu.
No others words came out of his mouth.
Ağzından başka bir söz çıkmadı.
"Now here, now gone!"

"Şimdi burada, şimdi gitti!"
"Now here, now gone!"
"Şimdi burada, şimdi gitti!"
You can imagine the rajah's grief.
Racanın üzüntüsünü tahmin edebilirsiniz.
"What could have deranged my son's mind?"
"Oğlumun aklını ne bozmuş olabilir?"
"'Now here, now gone,' what does it mean?"
"'Şimdi burada, şimdi gitti' ne anlama geliyor?"
He could not unravel the words' meaning.
Kelimelerin anlamını çözemedi.
His attendants couldn't decipher the words either.
Hizmetçileri de kelimeleri çözemediler.
The land's best physicians were consulted.
Ülkenin en iyi hekimlerine danışıldı.
But their consultation had no effect.
Ancak onların istişareleri bir sonuç vermedi.
The sons of æsculapius were not able to help.
Aesculapius'un oğulları yardım edemediler.
No one could ascertain the cause of the madness.
Bu deliliğin sebebini kimse tespit edemedi.
Without knowing the cause there was no cure.
Sebebi bilinmediği için bir tedavi yöntemi bulunamadı.
The physicians tried to ask the prince.
Hekimler prense sormaya çalıştılar.
But all he said was, "now here, now gone!"
Ama söylediği tek şey şuydu: "Şimdi burada, şimdi gitti!"
The rajah was distracted with grief.
Raca üzüntüden aklı karışmıştı.
Day and night he worried for his son.
Gece gündüz oğlu için endişeleniyordu.
He wished for his son's intellects to return.
Oğlunun aklının geri dönmesini istiyordu.
A proclamation was made in the capital.
Başkentte bir bildiri yayınlandı.
Town criers were sent into the city.
Şehre tellallar gönderildi.

And they beat their drums for attention.
Ve dikkat çekmek için davullarını çaldılar.
"The rajah's son has lost his mental faculties"
"Rajah'ın oğlu akıl sağlığını yitirdi"
"The rajah seeks a cure for his son"
"Rajah oğlu için bir çare arıyor"
"A reward is offered for the cure"
"Tedaviye ödül veriliyor"
"The hand of the rajah's daughter"
"Rajah'ın kızının eli"
"Her hand comes with half his kingdom"
"Onun eli krallığının yarısıyla birlikte gelir"
The drum was beaten around the city.
Şehrin her yerinde davul çalınıyordu.
But no one felt they could touch the drum.
Ama hiç kimse davula dokunabileceğini hissetmiyordu.
No one knew the cause of his madness.
Deliliğinin sebebini kimse bilmiyordu.
At last an old woman came forward.
Sonunda yaşlı bir kadın öne çıktı.
And she stepped up to touch the drum.
Ve davula dokunmak için öne çıktı.
"I will discover the cause of his madness"
"Onun deliliğinin nedenini bulacağım"
"And I will cure him from his disease"
"Ve onu hastalığından iyileştireceğim"
She had seen what happened to the boy.
Çocuğun başına gelenleri görmüştü.
She was at the water's edge that day.
O gün su kenarındaydı.
It was her who was gathering up sticks.
Çubukları toplayan oydu.
This woman had a crack-brained son.
Bu kadının çatlak bir oğlu vardı.
Her son was named of Phakir-Chand.
Oğlunun adı Phakir-Çand'dı.
So she was called Phakir's mother.

Bu yüzden ona Fakir'in annesi denildi.
The woman was brought before the rajah.
Kadın rajahın huzuruna getirildi.
And the following conversation took place.
Ve şu konuşma geçti.
"You are the woman that touched the drum"
"Sen davula dokunan kadınsın"
"You know the cause of my son's madness?"
"Oğlumun delirmesinin sebebini biliyor musun?"
"Yes, oh incarnation of justice!"
"Evet, ey adaletin tecellisi!"
"I know the cause of your son's madness"
"Oğlunuzun deliliğinin nedenini biliyorum"
"But I will not say the cause of his madness"
"Ama onun deliliğinin nedenini söylemeyeceğim"
"First I will cure your son of his madness"
"Önce oğlunun deliliğini iyileştireceğim"
"How can I believe you are able to?"
"Bunu başarabileceğine nasıl inanabilirim?"
"The best physicians of the land have failed"
"Ülkenin en iyi hekimleri başarısız oldu"
"You need not now believe, my king"
"Şimdi inanmanıza gerek yok, kralım"
"Wait till I have performed the cure"
"Tedaviyi gerçekleştirinceye kadar bekle"
"Many an old woman knows many secrets"
"Birçok yaşlı kadın birçok sır biliyor"
"Secrets wise men are unacquainted with"
"Akıllıların bilmediği sırlar"
"Very well, let me see what you can do"
"Pekala, neler yapabileceğini göreyim"
"In what time will you perform the cure?"
"Tedaviyi ne zaman yapacaksınız?"
"It is impossible to fix the time"
"Zamanı düzeltmek imkansız"
"Ff course I will begin work immediately"
"Elbette hemen çalışmaya başlayacağım"

"But I need your lordship's assistance"
"Ama lordumun yardımına ihtiyacım var"
"What help do you require from me?"
"Benden ne gibi yardım istiyorsunuz?"
"Your lordship will please order a hut"
"Lütfen efendimiz bir kulübe sipariş edin."
"Have the hut raised on the embankment of the water"
"Kulübeyi suyun kenarına inşa ettirin"
"Where your son first caught the disease"
"Oğlunuzun hastalığı ilk kaptığı yer"
"I mean to live in that hut for a few days"
"Birkaç gün o kulübede yaşamayı düşünüyorum"
"And please order some of your servants"
"Ve lütfen hizmetkarlarınızdan birkaçına emir verin"
"They have to be in attendance at a distance"
"Uzaktan katılım göstermeleri gerekiyor"
"Tell them to be about a hundred yards away"
"Onlara yaklaşık yüz metre uzakta olmalarını söyle"
"That way I can call them over when we need them"
"Bu şekilde ihtiyaç duyduğumuzda onları çağırabilirim"
The king had listened attentively.
Kral dikkatle dinlemişti.
"I will order that to be immediately done"
"Bunun hemen yapılmasını emredeceğim"
"Do you want anything else?"
"Başka bir şey ister misiniz?"
"Those are all the preparations I need"
"İhtiyacım olan tüm hazırlıklar bunlar"
"But let me remind you of the agreement"
"Ama size anlaşmayı hatırlatayım"
"You promised the hand of your daughter"
"Kızının elini vaat etmiştin"
"And you promised half your kingdom"
"Ve krallığının yarısını vaat ettin"
"But I can't marry your daughter"
"Ama kızınızla evlenemem"
"Because your daughter has to marry a man"

"Çünkü kızınız bir adamla evlenmek zorunda"
"But I also have a son of marriageable age"
"Ama benim de evlenme çağında bir oğlum var"
"Allow my son to marry your daughter"
"Oğlumun kızınızla evlenmesine izin verin"
"Allow him to have half of your kingdom"
"Krallığınızın yarısını ona verin"
The king was agreed with the terms.
Kral şartları kabul etti.
"If you find a cure, he marries my daughter"
"Eğer bir çare bulursan kızımla evlenir"
"And half of my kingdom shall be his"
"Ve krallığımın yarısı onun olacak"
A temporary hut was quickly erected.
Hemen geçici bir kulübe inşa edildi.
The hut was built on the embankment of the water.
Kulübe su kenarına inşa edilmişti.
And Phakir's mother took up her abode.
Ve Fakir'in annesi oraya yerleşti.
An outpost was also erected at some distance.
Biraz uzakta bir karakol da kurulmuştu.
Because the woman might require some attendance.
Çünkü kadının bir miktar katılıma ihtiyacı olabilir.
Strict orders were given by Phakir's mother.
Phakir'in annesi tarafından sıkı emirler verildi.
No one was allowed to go near the water.
Hiç kimsenin suya yaklaşmasına izin verilmiyordu.
Only she was allowed to stay by the water.
Sadece onun su kenarında kalmasına izin verildi.

But let us leave Phakir's mother at the water.
Fakat Phakir'in annesini suyun başında bırakalım.
Let us hasten down the subterranean palace.
Yeraltı sarayına doğru acele edelim.
To see what the prince and the princess are doing.
Prens ve prensesin neler yaptığını görmek için.
The princess did want to go up again.

Prenses tekrar yukarı çıkmak istiyordu.
But she now knew that it would be dangerous.
Ama artık bunun tehlikeli olacağını biliyordu.
And she had given up the idea of a fourth visit.
Ve dördüncü ziyaret fikrinden vazgeçmişti.
But women generally have greater curiosity.
Ama kadınlar genelde daha meraklıdır.
And the princess was no exception to the rule.
Ve prenses de bu kuralın bir istisnası değildi.
One day her husband was asleep.
Bir gün kocası uyuyordu.
He always slept after his noonday meal.
Öğle yemeğinden sonra her zaman uyurdu.
She took the snake-jewel in her hand.
Yılan mücevherini eline aldı.
And she rushed out of the palace.
Ve saraydan fırladı.
And she came up to the upper world.
Ve üst dünyaya çıktı.
There was an upheaval in the waters.
Sularda bir çalkantı yaşandı.
And Phakir's mother was on high alert.
Ve Phakir'in annesi alarma geçmişti.
She was hiding in the hut.
Kulübede saklanıyordu.
And she was looking through the chinks.
Ve o, çatlaklardan bakıyordu.
The princess saw no human being nearby.
Prenses yakınlarda hiçbir insan göremedi.
So she came to the bank of the water.
Böylece su kenarına geldi.
Phakir's mother showed herself outside the hut.
Phakir'in annesi kulübenin dışında belirdi.
And she addressed the princess politely.
Ve prensese nazikçe hitap etti.
"Come, my child, thou queen of beauty"
"Gel çocuğum, güzelliğin kraliçesi"

"Come to me, and I will help you to bathe"
"Bana gel, yıkanmana yardım edeyim"
So saying, she approached the princess.
Bunları söyleyip prensese yaklaştı.
The princess saw she was just an old woman.
Prenses onun sadece yaşlı bir kadın olduğunu gördü.
So she made no resistance to her offer.
Bu yüzden teklifine karşı hiçbir direnç göstermedi.
The old woman was washing the princess' hair.
Yaşlı kadın prensesin saçlarını yıkıyordu.
And she noticed the bright jewel in her hand.
Ve elindeki parlak mücevheri fark etti.
"Out the jewel here till you are bathed"
"Yıkanana kadar mücevheri burada bırak"
Now the jewel was in the hands of Phakir's mother.
Mücevher artık Phakir'in annesinin elindeydi.
She wrapped the jewel up in a cloth.
Mücevheri bir beze sardı.
And she wrapped the cloth around her waist.
Ve bezi beline doladı.
Now the princess was unable to escape.
Artık prensesin kaçması mümkün değildi.
And Phakir's mother gave the signal.
Ve Fakir'in annesi işaret verdi.
The attendants rushed to the water.
Görevliler hemen suya koştular.
And they took the princess captive.
Ve prensesi esir aldılar.
The news soon reached the city.
Haber kısa sürede şehre ulaştı.
"Phakir's mother had captured a water-nymph"
"Phakir'in annesi bir su perisi yakalamıştı"
And the people rejoiced at the news.
Ve halk bu habere sevindi.
All came to see the "daughter of the immortals"
Herkes "ölümsüzlerin kızını" görmeye geldi
She was brought to the palace.

Saraya getirildi.
And she was brought to the rajah's son.
Ve racanın oğluna getirildi.
The rajah's son was still of impaired intellect.
Racanın oğlu hâlâ zekâ özürlüydü.
But that cloud on his brain soon dissipated.
Ama kafasındaki o bulut kısa sürede dağıldı.
"I have found you! I have found you!"
"Seni buldum! Seni buldum!"
His eyes had been vacant and lusterless.
Gözleri boş ve donuktu.
But now his eyes had the fire of intelligence.
Ama şimdi gözlerinde zekâ ateşi vardı.
He had almost lost the use of his tongue.
Dilini kullanma yetisini neredeyse kaybetmişti.
"Now here, now gone!" was all he had been able to say.
"Şimdi buradayım, şimdi gidiyorum!" diyebilmişti sadece.
But this sense too was restored.
Ama bu duygu da yeniden canlandı.
The joy of the rajah knew no bounds.
Rajahın sevincinin sınırı yoktu.
There was great festivity in the city.
Şehirde büyük bir şenlik yaşandı.
The people praised Phakir-Chand's mother.
Halk Fakir Çand'ın annesini övdü.
And everyone soon expected the marriage.
Ve herkes kısa sürede evliliği bekliyordu.
The rajah's son was to wed the water-nymph.
Racanın oğlu su perisiyle evlenecekti.
The princess, however, had made a promise.
Ancak prenses bir söz vermişti.
She told Phakir's mother of her promise.
Sözünü Phakir'in annesine anlattı.
"I won't as much as look at another man"
"Başka bir adama bile bakmayacağım"
"For one year my vows shall last"
"Bir yıl boyunca yeminlerim geçerli olacak"

"The marriage cannot happen in that time"
"O zaman evlilik gerçekleşemez"
The rajah's son was somewhat disappointed.
Racanın oğlu biraz hayal kırıklığına uğramıştı.
But he readily agreed to the delay.
Ama gecikmeye hemen razı oldu.
"Delay enhances the sweetness of the pleasure"
"Gecikme, hazzın tatlılığını artırır"
Of course the princess spent her time in sorrow.
Elbette prenses zamanını üzüntü içinde geçirdi.
She spent her days and nights sighing.
Günlerini ve gecelerini iç çekerek geçiriyordu.
And she lamented her idle curiosity.
Ve boş merakından yakınıyordu.
The curiosity that led her to the upper world.
Onu üst dünyaya götüren merak.
The curiosity that separated her from her husband.
Onu kocasından ayıran merak duygusu.
She thought of her unfortunate husband.
Talihsiz kocasını düşündü.
She had left him all alone below the waters.
Onu suların altında yapayalnız bırakmıştı.
And she wept bitter tears each day.
Ve her gün acı gözyaşları döküyordu.
She wished that she could run away.
Keşke kaçabilseydim.
But that would have been impossible.
Ama bu imkânsızdı.
Because she was immured within walls.
Çünkü o, duvarların içine hapsedilmişti.
And there were walls within the walls.
Ve duvarların içinde duvarlar vardı.
And what use was getting out the palace?
Peki saraydan çıkmanın ne faydası vardı?
She couldn't get to her husband anyway.
Kocasına bir türlü ulaşamıyordu.
She didn't have the serpent jewel.

Yılan mücevheri yoktu.
The ladies of the palace tried to comfort her.
Saraydaki kadınlar onu teselli etmeye çalıştılar.
And Phakir's mother tried to divert her mind.
Ve Fakir'in annesi aklını çelmeye çalıştı.
But their efforts were in vain.
Ancak çabaları sonuçsuz kaldı.
She took pleasure in nothing.
Hiçbir şeyden zevk almıyordu.
She hardly spoke to anyone.
Neredeyse hiç kimseyle konuşmuyordu.
She wept throughout the day.
Gün boyu ağladı.
And she wept through the night.
Ve gece boyunca ağladı.

The year of her vow was drawing to a close.
Yemin yılı sona eriyordu.
But she was still disconsolate.
Ama hâlâ umutsuzdu.
The marriage, however, had to be celebrated.
Ancak evliliğin kutlanması gerekiyordu.
The rajah consulted the astrologers.
Raca, astrologlara danıştı.
The day and the hour had been decided.
Gün ve saat kararlaştırılmıştı.
The nuptial knot was to be tied.
Artık nikah kıyılacaktı.
Great preparations were made.
Büyük hazırlıklar yapıldı.
The confectioners were busy day and night.
Şekerciler gece gündüz demeden çalışıyorlardı.
They prepared all sorts of sweetmeats.
Çeşit çeşit tatlılar hazırladılar.
Milkmen supplied the palace with tanks of curds.
Sütçüler saraya tankerlerle lor sağlıyorlardı.
Great quantities of gunpowder were manufactured.

Büyük miktarda barut üretildi.
There were going to be grand fireworks.
Muhteşem bir havai fişek gösterisi olacaktı.
Stages were erected everywhere.
Her yere sahneler kurulmuştu.
And musicians were selected to play music.
Ve müzik yapacak müzisyenler seçildi.
All the city assumed an air of mirth.
Bütün şehir neşeli bir havaya büründü.
All looked forward to the festivities.
Herkes kutlamaları heyecanla bekliyordu.

We must return our attention to the minister's son.
Dikkatimizi tekrar bakanın oğluna çevirmeliyiz.
He had left his friend in the subterranean palace.
Arkadaşını yeraltı sarayında bırakmıştı.
And he had gone to his country.
Ve ülkesine gitmişti.
He was bringing horses and elephants.
Atları ve filleri getiriyordu.
And he had with him many attendants.
Ve onun yanında birçok hizmetçisi vardı.
For the return of the king's son.
Kralın oğlunun dönüşü için.
And for the return of his lovely princess.
Ve güzel prensesinin dönüşü için.
So that the ceremony had due pomp.
Törenin gereken ihtişamı göstermesi için.
The preparations took him many months.
Hazırlıkları aylarca sürdü.
But eventually all was prepared.
Ama sonunda her şey hazırdı.
And the minister's son started on his journey.
Ve bakanın oğlu yola koyuldu.
He was accompanied by a long train of elephants.
Kendisine uzun bir fil sürüsü eşlik ediyordu.
And behind the elephants were horses.

Ve fillerin arkasında atlar vardı.
And all the horses had their own attendants.
Ve bütün atların kendilerine ait hizmetçileri vardı.
He reached the water ahead of schedule.
Zamanından önce suya ulaştı.
So he had two or three days to spare.
Yani iki üç gün boş vakti vardı.
Tents were pitched in the mango slopes.
Mango yamaçlarına çadırlar kurulmuştu.
So the men and cattle had accommodation.
Böylece adamlar ve hayvanlar barınma imkânına kavuştular.
The minister's son kept his eyes on the water.
Bakanın oğlu gözünü sudan ayırmıyordu.
The sun of the appointed day sank below the horizon.
Belirlenen günün güneşi ufukta battı.
But there was no sign of the prince.
Fakat prensin hiçbir belirtisi yoktu.
Nor did the princess come to the surface.
Prenses de su yüzüne çıkmadı.
He waited two or three days longer.
İki üç gün daha bekledi.
Still the prince did not make his appearance.
Prens hâlâ ortalıkta görünmüyordu.
What could have happened to his friend?
Arkadaşına ne olmuş olabilir?
And where was his beautiful wife?
Peki güzel karısı neredeydi?
Had another serpent beaten them to death?
Başka bir yılan mı onları döverek öldürmüştü?
Possibly the mate of the one that had died.
Muhtemelen ölenin eşi.
Had they somehow lost the serpent-jewel?
Yılan mücevherini bir şekilde mi kaybetmişlerdi?
Or had they perhaps visited the upper world?
Yoksa üst dünyayı mı ziyaret etmişlerdi?
And had they been captured in the upper world?
Ve onlar üst dünyada esir mi alınmışlardı?

Such were the reflections of the prince's friend.
Prensin arkadaşının düşünceleri böyleydi.
The prince's friend was overwhelmed with grief.
Prensin arkadaşı büyük bir üzüntüye kapıldı.
The waters were quite close to the city.
Sular şehre oldukça yakındı.
And often the sound of music could be heard.
Ve çoğu zaman müzik sesi duyuluyordu.
He asked passers-by what that music meant.
Yoldan geçenlere o müziğin ne anlama geldiğini sordu.
He was told about the rajah's son.
Kendisine racanın oğlundan bahsedildi.
And he was told of a wonderful young lady.
Ve ona çok güzel bir genç kızdan bahsedildi.
And he was told they were going to marry.
Ve ona evlenecekleri söylendi.
And he was told more about the wonderful lady.
Ve ona bu harika kadın hakkında daha fazla bilgi verildi.
She had come out of the waters he was waiting by.
Beklediği sulardan çıkmıştı.
The marriage ceremony was in two days.
Düğün töreni iki gün sonraydı.
The minister's son made the connection.
Bağlantıyı bakanın oğlu kurdu.
The wonderful young lady was the wife of his friend.
Bu muhteşem genç hanım, arkadaşının karısıydı.
He resolved, therefore, to go into the city.
Bunun üzerine şehre girmeye karar verdi.
And he was going to find out all he could.
Ve öğrenebileceği her şeyi öğrenecekti.
If he could, he would rescue the princess.
Eğer elinden gelseydi prensesi kurtaracaktı.
He told the attendants to go home.
Hizmetlilere evlerine gitmelerini söyledi.
And he told them to take the elephants.
Ve onlara filleri almalarını söyledi.
And he told them to take the horses.

Ve onlara atları almalarını söyledi.
And he himself went to the city.
Ve kendisi şehre gitti.
And he took up his abode in the house of a Brahman.
Ve bir Brahman'ın evinde ikamet etti.
First, he rested from his journey.
Önce yolculuğun yorgunluğunu attı.
Then the prince's friend had his dinner.
Daha sonra prensin arkadaşı akşam yemeğini yedi.
And then he spoke to the Brahman.
Ve sonra Brahman'la konuştu.
"Throughout the city there are musicians and bands"
"Şehrin her yerinde müzisyenler ve gruplar var"
"What is the cause of all the celebrations?
"Bütün bu kutlamaların sebebi nedir?
The Brahman was rather surprised.
Brahman oldukça şaşırmıştı.
"From what part of the world have you come?"
"Dünyanın hangi köşesinden geldin?"
"What rock have you been living under?"
"Hangi kayanın altında yaşıyordun?"
"Have you not heard the wonderful news?"
"Harika haberi duymadın mı?"
"A young lady of heavenly beauty"
"Cennet güzelliğine sahip genç bir hanım"
"She rose out of the waters"
"Suların arasından çıktı"
"And she is going to the son of our rajah"
"Ve o bizim racamızın oğluna gidiyor"
The prince's friend wanted to know more.
Prensin arkadaşı daha fazlasını öğrenmek istiyordu.
The information could be useful.
Bilgi faydalı olabilir.
"I have not heard of this news"
"Bu haberi duymadım"
"I have come from a distant country"
"Uzak bir ülkeden geldim"

"The story has not reached us yet"
"Hikaye henüz bize ulaşmadı"
"Will you kindly tell me the particulars?"
"Lütfen bana ayrıntıları anlatır mısınız?"
The Brahman was happy to relay the story.
Brahman bu hikâyeyi anlatmaktan mutluluk duydu.
"The rajah's son went out hunting"
"Rajah'ın oğlu avlanmaya çıktı"
"It must have been about this time last year"
"Geçen yıl bu zamanlar olmalı"
"They pitched their tents by the waters in the suburbs"
"Çadırlarını banliyölerdeki suların kenarına kurdular"
"One day, the rajah's son was walking near the water"
"Bir gün racanın oğlu suyun yakınında yürüyordu"
"On this day, he saw a young woman"
"Bu gün genç bir kadın gördü"
"I have to mention she was of uncommon beauty"
"Olağanüstü bir güzelliğe sahip olduğunu söylemeliyim"
"She had risen from the depth of the waters"
"Suların derinliklerinden yükselmişti"
"She gazed about for a minute or two"
"Bir iki dakika etrafına bakındı"
"And then the beautiful lady disappeared"
"Ve sonra güzel kadın ortadan kayboldu"
"The rajah's son, however, had seen her"
"Ancak racanın oğlu onu görmüştü"
"He had been struck by her heavenly beauty"
"Onun cennet güzelliğine hayran kalmıştı"
"And so he became desperately enamored by her"
"Ve böylece ona aşık oldu."
"Indeed, she had affected him greatly"
"Gerçekten de onu çok etkilemişti"
"And his mental faculties gave way to passion"
"Ve zihinsel yetenekleri tutkuya yenik düştü"
"He was carried home as a mad man"
"Deli bir adam olarak eve götürüldü"
"He spoke no words except a few"

"Birkaç kelime dışında hiçbir şey söylemedi"
"'now here, now gone!' was all he said"
"'Şimdi burada, şimdi gitti!' dedi sadece"
"The rajah sent for all the best physicians"
"Rajah en iyi hekimleri çağırdı"
"They tried to restore his son to reason"
"Oğlunu aklı başına getirmeye çalıştılar"
"But the physicians were powerless"
"Ama hekimler güçsüzdü"
"At last the rajah made a proclamation"
"Sonunda raca bir bildiri yayınladı"
"And he had the drum beat around the kingdom"
"Ve krallığın etrafında davul çalınmasını sağladı"
"There was a reward for anyone who cured his son"
"Oğlunu iyileştiren kişiye ödül verilirdi"
"They would become the rajah's son-in-law"
"Rajah'ın damadı olacaklardı"
"And they would get half the kingdom"
" Ve krallığın yarısını alacaklardı"
"An old woman answered the call of the drum"
"Yaşlı bir kadın davulun çağrısına cevap verdi"
"All knew her as Phakir's mother"
"Herkes onu Fakir'in annesi olarak tanıyordu"
"She said she could cure the rajah's son"
"Rajah'ın oğlunu iyileştirebileceğini söyledi"
"She had a hut built outside the town"
"Şehrin dışında bir kulübe yaptırdı"
"In the suburbs, next to the waters"
"Banliyöde, suların yanında"
"An in the hut she took her abode"
"Ve kulübede ikamet etti"
"She also had some huts erected close by"
"Yakınlarına birkaç kulübe de yaptırdı"
"And in those huts attendants waited"
"Ve o kulübelerde hizmetçiler bekliyordu"
"In case she might need their help"
"Yardıma ihtiyacı olması durumunda"

"It seems the goddess rose from the waters"
"Görünüşe göre tanrıça sulardan yükselmiş"
"Phakir's mother and the attendants seized her"
"Phakir'in annesi ve hizmetçileri onu yakaladılar"
"And they carried her in a palki to the palace"
"Ve onu bir palki ile saraya taşıdılar"
"The rajah's son saw the water-nymph"
"Rajah'ın oğlu su perisini gördü"
"And he was soon restored to his senses"
"Ve kısa sürede kendine geldi"
"They would have married there and then"
"Orada evlenirlerdi"
"But the water goddess had made a vow"
"Ama su tanrıçası bir yemin etmişti"
"She wouldn't look at a man for one year"
"Bir yıl boyunca bir erkeğe bakmazdı"
"The year of the vow is now over"
"Yemin yılı artık bitti"
"The music is from the rajah's palace"
"Müzik rajah'ın sarayındandır"
"This, in brief, is the story"
"Kısacası hikaye şöyle"
The prince's friend could put the story together.
Prensin arkadaşı hikayeyi bir araya getirebilirdi.
"a truly wonderful story!"
"Gerçekten harika bir hikaye!"
"So where is Phakir's mother?"
"Peki Fakir'in annesi nerede?"
"And where is Phakir-Chand himself?"
"Peki Phakir-Chand nerede?"
"Has he received the hand of the rajah's daughter?"
"Racanın kızının elini mi aldı?"
"And has he received half the kingdom?"
"Ve krallığın yarısını mı aldı?"
The Brahman could also answer these questions.
Brahman da bu sorulara cevap verebilirdi.
"No, they have not married yet"

"Hayır, henüz evlenmediler"
"And he doesn't yet have half the kingdom"
"Ve henüz krallığın yarısına sahip değil"
"And, I should say, he is a dimwitted lad"
"Ve ben de derim ki, o aptal bir çocuk."
"In fact, no one knows where the lad is"
"Aslında çocuğun nerede olduğunu kimse bilmiyor"
"He has been away from home for more than a year"
"Bir yıldan fazla süredir evinden uzaktaydı"
"That is his manner," he explained.
"Onun tavrı bu" diye açıkladı.
"He stays away for a long time"
"Uzun süre uzak kalıyor"
"And then suddenly he comes home"
"Ve sonra aniden eve geliyor"
"And then suddenly he leaves again"
"Ve sonra aniden tekrar gidiyor"
"I believe his mother expects him to come soon"
"Sanırım annesi onun yakında gelmesini bekliyor"
This was very useful information.
Çok faydalı bir bilgiydi.
"What is he like?" he asked.
"Nasıl biri?" diye sordu.
"And what does he do when he returns home?"
"Peki eve döndüğünde ne yapıyor?"
These questions the Brahman could also answer.
Bu sorulara Brahman da cevap verebilirdi.
"Well, he is about your height"
"O da senin boyunda sayılır."
"Though he is somewhat younger than you"
"Senden biraz daha genç olmasına rağmen"
"He wears a small piece of cloth round his waist"
"Belinde küçük bir bez parçası var"
"And he rubs his body with ashes"
"Ve vücudunu küllerle ovuyor"
"He carries the branch of a tree in his hand"
"Elinde bir ağaç dalı taşıyor"

"And there is a tune to which he dances"
"Ve dans ettiği bir melodi var"
"He comes to the door of the hut of his mother"
"Annesinin kulübesinin kapısına geliyor"
"And he sings 'dhoop! dhoop! dhoop!'"
"Ve 'dhoop! dhoop! dhoop!' şarkısını söylüyor"
"His articulation is very indistinct"
"Söyleyişi çok belirsiz"
"'Come, stay with your mother,' she says"
' Gel, annenin yanında kal' diyor.
"And he always gives the same answer"
"Ve o her zaman aynı cevabı veriyor"
"'No, I won't remain,' he says unintelligibly"
"'Hayır, kalmayacağım' diyor anlaşılmaz bir şekilde"
"You should hear him when he wants to say yes"
"Evet demek istediğinde onu duymalısın"
"To answer in the affirmative he says 'hoom'"
"Olumlu cevap vermek için 'huum' diyor"
A flood of light entered the prince's friend.
Prensin arkadaşının içine bir ışık seli girdi.
He now saw very well how matters stood.
Artık meselenin ne olduğunu çok iyi görüyordu.
The princess must have taken the snake-jewel.
Prenses yılan mücevherini almış olmalı.
And she must have left the palace alone.
Ve sarayı tek başına terk etmiş olmalı.
And she was captured without the king's son.
Ve kralın oğlu olmadan yakalandı.
Phakir's mother must have the snake-jewel.
Yılan mücevheri Phakir'in annesinin olmalı.
His friend was still below the water.
Arkadaşı hâlâ suyun altındaydı.
The prince had no means of escape.
Prensin kaçacak hiçbir yolu yoktu.
He could imagine his friends desolate state.
Arkadaşlarının perişan halini hayal edebiliyordu.
And he could imagine how hopeless he must be.

Ve ne kadar umutsuz olduğunu tahmin edebiliyordu.
The prince's friend was filled with grief.
Prensin arkadaşı kederle doldu.
But that was not cause to give up hope.
Ama bu, umudumuzu kaybetmemize sebep olmadı.
Perhaps he could rescue his friend.
Belki arkadaşını kurtarabilirdi.
"I must get the jewel from the old woman"
"Mücevheri yaşlı kadından almalıyım"
"Can I not do it by personating Phakir-Chand?"
"Bunu Phakir-Chand'ın kimliğine bürünerek yapamaz
mıyım?"
"His mother is expecting him soon"
"Annesi onu yakında bekliyor"
"Maybe I can rescue the princess the same way"
"Belki prensesi de aynı şekilde kurtarabilirim"

He resolved to act the role of Phakir-Chand.
Phakir-Chand rolünü oynamaya karar verdi.
In the morning he left the Brahman's house.
Sabahleyin Brahman'ın evinden ayrıldı.
And he went to the outskirts of the city.
Ve şehrin dış mahallelerine doğru gitti.
He divested himself of his usual clothing.
Her zamanki kıyafetlerini çıkardı.
Around his waist he put a narrow piece of cloth.
Beline dar bir bez parçası koydu.
The cloth scarcely reached his knees.
Bez ancak dizlerine kadar geliyordu.
And he rubbed his body well with ashes.
Ve vücudunu küllerle iyice ovdu.
And finally he broke some twigs off a tree.
Ve sonunda bir ağaçtan birkaç dal kırdı.
And thus he was ready to play his role.
Ve artık rolünü oynamaya hazırdı.
He went to the door of the hut of Phakir's mother.
Fakir'in annesinin kulübesinin kapısına gitti.

And he commenced the operation by dancing.
Ve dans ederek operasyona başladı.
He danced in a most violent manner.
Çok şiddetli bir şekilde dans etti.
And he sung to the tune of "dhoop! dhoop! dhoop!"
Ve "dhoop! dhoop! dhoop!" melodisini söyledi.
The dancing attracted the notice of the old woman.
Dans yaşlı kadının dikkatini çekti.
The critical moment had come.
Kritik an gelmişti.
The old woman looked to her door.
Yaşlı kadın kapısına baktı.
"Phakir-Chand, my son, have you come?"
"Oğlum Phakir-Çand geldin mi?"
"My darling; the gods have become propitious to us"
"Sevgilim; tanrılar bize merhametli davrandılar"
Her supposed son uttered the monosyllable, "hoom"
Sözde oğlu tek heceli "hoom" kelimesini söylüyordu
And he danced more violently than before.
Ve eskisinden daha şiddetli dans etti.
And he waved the twig in his hand.
Ve elindeki dalı salladı.
"This time you must not go away"
"Bu sefer gitmemelisin"
"You must remain with me"
"Benimle kalmalısın"
"No, I won't remain," said the prince's friend.
"Hayır, kalmayacağım," dedi prensin arkadaşı.
"Remain with me," the mother tried again.
"Benimle kal," diye tekrar denedi anne.
"I'll get you married to the rajah's daughter"
"Seni rajahın kızıyla evlendireceğim"
"Will you marry, Phakir-Chand?"
"Evlenecek misin, Phakir-Çand?"
The minister's son replied—"hoom, hoom"
Bakanın oğlu cevap verdi: "huum, huum"
And he danced even more like a madman.

Ve daha da çılgınca dans etti.
"Will you come with me to the rajah's house?"
"Benimle racanın evine gelir misin?"
"I'll show you a princess of uncommon beauty"
"Size olağanüstü güzellikte bir prenses göstereceğim"
"She rose from the waters"
"Sulardan yükseldi"
"Hoom, hoom," was the answer from his lips.
Dudaklarından çıkan cevap "Hum, huum," oldu.
And his feet stomped violently to "dhoop! dhoop!"
Ve ayakları şiddetle "dhoop! dhoop!" diye yere vurdu.
"Do you wish to see a jewel, Phakir?"
"Bir mücevher görmek ister misin, Phakir?"
"The crest jewel of the serpent"
"Yılanın taç mücevheri"
"The treasure of seven kings"
"Yedi kralın hazinesi"
"Hoom, hoom," was the reply.
"Huum, huum," diye cevap geldi.
The old woman went back into the hut.
Yaşlı kadın kulübeye geri döndü.
And she brought out the snake-jewel.
Ve yılan mücevherini çıkardı.
She put the jewel into the hand of her supposed son.
Mücevheri sözde oğlunun eline verdi.
The minister's son took the snake-jewel.
Bakanın oğlu yılan mücevherini aldı.
He wrapped the jewel up in the piece of cloth.
Mücevheri bir bez parçasına sardı.
And he wrapped the cloth around his waist.
Ve bezi beline doladı.
Phakir's mother was delighted beyond measure.
Phakir'in annesi ise çok sevindi.
Her son had come at just the right time.
Oğlu tam zamanında gelmişti.
She went to the rajah's house.
Racanın evine gitti.

She announced the news of Phakir's appearance.
Phakir'in ortaya çıktığını haber verdi.
And also in order to show Phakir the princess.
Ve ayrıca Phakir'e prensesi göstermek için.
They were given access to the rajah's palace.
Kendilerine racanın sarayına girme izni verildi.
And all parts of the palace were open to them.
Ve sarayın her tarafı onlara açıktı.
The old woman had saved the rajah's son.
Yaşlı kadın rajahın oğlunu kurtarmıştı.
So she was the most important person in the kingdom.
Yani krallığın en önemli kişisiydi.
She took her supposed son around the palace.
Oğlu olduğunu iddia ettiği kişiyi sarayda gezdirdi.
And she took him to the princess' room.
Ve onu prensesin odasına götürdü.
Phakir's mother introduced her son to the princess.
Phakir'in annesi oğlunu prensesle tanıştırdı.
You can imagine the princess was not best impressed.
Prensesin pek de etkilenmediğini tahmin edebilirsiniz.
She did not appreciate the company of a madman.
Bir delinin arkadaşlığından hoşlanmazdı.
A madman, half naked, and covered in ash.
Yarı çıplak, kül içinde bir deli.
And he kept dancing in a wild manner.
Ve çılgınca dans etmeye devam etti.

The three had spent the day together.
Üçü günü birlikte geçirmişlerdi.
It was soon going to be sunset.
Yakında gün batımı olacaktı.
The woman asked her son to come with her.
Kadın oğlundan da kendisiyle gelmesini istedi.
But the supposed Phakir-Chand refused to comply.
Ancak sözde Fakir-Çand bu emre uymayı reddetti.
He said he would stay there that night.
O gece orada kalacağını söyledi.

His mother tried to persuade him to come with her.
Annesi onu da yanına gelmeye ikna etmeye çalıştı.
But he persisted in his determination.
Ama o kararlılığından vazgeçmedi.
He said he would remain with the princess.
Prensesin yanında kalacağını söyledi.
Phakir's mother went home without him.
Phakir'in annesi onu almadan eve gitti.
And she told the guards to look after her son.
Ve gardiyanlara oğluna göz kulak olmalarını söyledi.
Eventually all the palace retired to rest.
Sonunda sarayın tamamı dinlenmeye çekildi.
The supposed Phakir spoke to the princess again.
Sözde Phakir prensesle tekrar konuştu.
But this time he spoke in his own voice.
Ama bu sefer kendi sesiyle konuştu.
"Princess! do you not recognize me?"
"Prenses! Beni tanımadınız mı?"
"I am the prince's friend"
"Ben prensin arkadaşıyım"
"I am the friend of your princely husband"
"Ben prens kocanızın arkadaşıyım"
The princess was astonished for a moment.
Prenses bir an şaşkınlığa uğradı.
"Who? the prince's friend?"
"Kim? Prensin arkadaşı mı?"
"Oh, my husband's best friend"
" Ah, kocamın en iyi arkadaşı"
"Please rescue me from this terrible captivity"
"Lütfen beni bu korkunç esaretten kurtarın"
"This is worse than death"
"Bu ölümden daha kötü"
"All of this is my own fault"
"Bütün bunlar benim hatam"
"Rescue me, oh please, thou best of friends!"
"Ey dostlarım, beni kurtarın lütfen!"
She then burst into tears.

Daha sonra gözyaşlarına boğuldu.
The prince's friend spoke again.
Prensin arkadaşı tekrar konuştu.
"Do not be disconsolate"
"Üzülmeyin"
"I will try my best to rescue you"
"Seni kurtarmak için elimden geleni yapacağım"
"I will try to have you out of here tonight"
"Bu gece seni buradan çıkarmaya çalışacağım"
"But you must do whatever I tell you"
"Ama sana söylediğim her şeyi yapmalısın"
The princess trusted the prince's friend.
Prenses, prensin arkadaşına güveniyordu.
"I will do anything you tell me"
"Bana ne söylersen onu yapacağım"
After this the supposed Phakir left the room.
Bunun üzerine sözde Fakir odadan çıktı.
He passed through the courtyard of the palace.
Sarayın avlusundan geçti.
Some of the guards challenged him.
Gardiyanlardan bazıları ona meydan okudu.
"Hoom hoom!" he replied.
"Hum hum!" diye cevap verdi.
"I'm just going out for a minute"
"Sadece bir dakikalığına dışarı çıkıyorum"
"And then I will come back again"
"Ve sonra tekrar geri döneceğim"
They understood that it was the madcap Phakir.
Bunun çılgın Fakir olduğunu anladılar.
True to his word he did come back shortly.
Söz verdiği gibi kısa sürede geri döndü.
And again he went to the princess.
Ve tekrar prensesin yanına gitti.
An hour afterwards he again went out.
Bir saat sonra tekrar dışarı çıktı.
And again he was challenged by the guards.
Ve yine gardiyanlar tarafından meydan okundu.

He made the same reply as at the first time.
İlk seferdeki cevabın aynısını verdi.
The guards began to talk among themselves.
Muhafızlar kendi aralarında konuşmaya başladılar.
"This Phakir surely has no sense"
"Bu Fakir kesinlikle akılsız"
"He will go out and come in all night"
"Bütün gece dışarı çıkıp içeri girecek"
"Let us leave him to do what he likes"
"Bırakalım da istediğini yapsın"
"There's no use guarding him all night"
"Onu bütün gece korumanın bir faydası yok"
The minister's son had worn down the guards.
Bakanın oğlu muhafızları yıpratmıştı.
And he was looking for a way to escape.
Ve kaçmanın bir yolunu arıyordu.
He kept going in and out until three at night.
Gece üçlere kadar girip çıktı.
This time there were no guards there.
Bu sefer orada gardiyan yoktu.
Because all the guards had fallen asleep.
Çünkü bütün gardiyanlar uykuya dalmıştı.
He was overjoyed at the auspicious circumstance.
Bu hayırlı olaydan dolayı çok sevindi.
Then he went back to the princess.
Sonra prensesin yanına geri döndü.
"Now, princess, is the time for escape"
"Şimdi prenses, kaçma zamanı"
"The guards are all asleep"
"Muhafızlar uyuyor"
"You must mount on my back"
"Sırtıma binmelisin"
"Tie the locks of your hair round my neck"
"Saçlarının buklelerini boynuma bağla"
"And keep tight hold of me"
"Ve beni sıkıca tut"
The princess did what she was asked of.

Prenses kendisinden isteneni yaptı.
He passed unchallenged through the courtyard.
Avludan itirazsız geçti.
And he had a lovely burden on his back.
Ve sırtında güzel bir yük vardı.
Eventually he got to the gate of the palace.
Sonunda sarayın kapısına ulaştı.
And he went through without being challenged.
Ve hiçbir meydan okumaya maruz kalmadan bunu başardı.
Then they went to the outskirts of the city.
Daha sonra şehrin dış mahallelerine doğru gittiler.
Eventually he reached the outer suburbs.
Sonunda dış mahallelere ulaştı.
They reached the water from which the princess had risen.
Prensesin çıktığı suya ulaştılar.
The princess rejoiced at her escape.
Prenses kurtuluşuna çok sevindi.
But she was still trembling with fear.
Ama hâlâ korkudan titriyordu.
The prince's friend untied the snake-jewel.
Prensin arkadaşı yılan mücevherini çözdü.
And together they ascended into the water.
Ve birlikte suya doğru yükseldiler.
And soon they found back to the subterranean palace.
Ve kısa süre sonra kendilerini yeraltı sarayında buldular.
You can imagine how happy the prince was.
Prensin ne kadar mutlu olduğunu tahmin edebilirsiniz.
He had nearly died of grief.
Neredeyse kederinden ölecekti.
And you can imagine the princess' happiness too.
Ve prensesin mutluluğunu da hayal edebilirsiniz.
All the three of them were mad with joy.
Üçü de sevinçten çılgına dönmüştü.
For three days they remained in the palace.
Üç gün sarayda kaldılar.
And they retold the prince the whole story.
Ve prense bütün hikayeyi anlattılar.

They told of how the princess was seized.
Prensesin nasıl kaçırıldığını anlattılar.
They told him of her captivity in the palace.
Ona saraydaki esaretini anlattılar.
They described the marriage that was planned.
Planlanan evliliği anlattılar.
They told him of the old woman.
Ona yaşlı kadından bahsettiler.
And they told him all about her Phakir-Chand.
Ve ona Phakir-Çand'ı anlattılar.
They told him how he had impersonated him.
Ona kendisini nasıl taklit ettiğini anlattılar.
And they told him how he freed the princess.
Ve ona prensesi nasıl serbest bıraktığını anlattılar.
I don't need to tell you how grateful they were.
Ne kadar minnettar olduklarını anlatmama gerek yok sanırım.
The prince's friend truly was a good friend.
Prensin arkadaşı gerçekten iyi bir arkadaştı.
They thanked him in the warmest terms.
Kendisine en içten teşekkürlerini ilettiler.
And they vowed to always follow his counsel.
Ve onun öğüdüne her zaman uyacaklarına yemin ettiler.

They were all resolved to return home.
Hepsi evlerine dönmeye kararlıydı.
They wanted to return to their native country.
Memleketlerine dönmek istiyorlardı.
The king's son, the minister's son, and the princess.
Kralın oğlu, vezirin oğlu ve prenses.
They left the subterranean palace together.
Yeraltı sarayından birlikte çıktılar.
They lighted the passage with the snake-jewel.
Yılan mücevheriyle geçidi aydınlattılar.
And they made their way to the upper world.
Ve üst dünyaya doğru yola koyuldular.
They had neither elephants nor horses waiting for them.
Onları bekleyen ne filler ne de atlar vardı.

So they had no choice but to travel on foot.
Bu yüzden yaya olarak seyahat etmekten başka çareleri yoktu.
The two friends had been bred in the lap of luxury.
İki arkadaş lüks içinde büyümüşlerdi.
Both of them found walking troublesome.
İkisi de yürümeyi zor buluyordu.
But the princess found it infinitely more troublesome.
Ama prenses bunu çok daha sıkıntılı buldu.
She was used to even finer treatment.
Daha da iyi muameleye alışmıştı.
The stones of the road were too rough for her.
Yolun taşları onun için çok engebeliydi.
And the rough stones wounded her tender feet.
Ve sert taşlar onun hassas ayaklarını yaralıyordu.
Eventually her feet became very sore.
Sonunda ayakları çok ağrımaya başladı.
At times the king's son carried her on his shoulders.
Bazen kralın oğlu onu omuzlarında taşıyordu.
The load he was carrying was of course lovely.
Taşıdığı yük elbette çok güzeldi.
But although lovely, she was heavy to carry.
Ama ne kadar güzel olsa da taşıması zordu.
And she could not be carried a great distance.
Ve onu çok uzak bir mesafeye taşımak mümkün olmadı.
And therefore she too had to walk often.
Ve bu yüzden onun da sık sık yürümesi gerekiyordu.
One evening they arrived beneath a tree.
Bir akşam bir ağacın altına geldiler.
There were no visible signs of human habitations.
İnsan yerleşimine dair görünür bir işaret yoktu.
So they decided to make the tree their sleeping place.
Bunun üzerine ağacı kendilerine uyku yeri yapmaya karar verdiler.
The prince's friend offered to keep guard.
Prensin arkadaşı nöbet tutmayı teklif etti.
"Both of you can go to sleep"
"İkiniz de uyuyabilirsiniz"

"I will keep watch over you both tonight"
"Bu gece ikinizi de gözetleyeceğim"
"In order to prevent any danger"
"Herhangi bir tehlikeyi önlemek için"
The royal couple soon dozed off.
Kraliyet çifti kısa süre sonra uykuya daldı.
And they were locked in the arms of sleep.
Ve uykunun kollarına kilitlenmişlerdi.
The faithful friend of the prince did not sleep.
Prensin sadık dostu uyumuyordu.
He stayed awake and watched for danger.
Uyanık kaldı ve tehlikeyi gözetledi.
It so happened they camped under a special tree.
Öyle oldu ki, özel bir ağacın altında kamp kurdular.
In the tree swung the nest of two birds.
Ağaçta iki kuşun yuvası sallanıyordu.
The immortal birds Bihangama and Bihangami.
Ölümsüz kuşlar Bihangama ve Bihangami.
These birds were endowed with human speech.
Bu kuşlar insan konuşma yeteneğine sahipti.
And they could also see into the future.
Ve aynı zamanda geleceği de görebiliyorlardı.
The minister's son listened to the bird's conversation.
Bakanın oğlu kuşun konuşmasını dinliyordu.
He was more than a little astonished at what he heard!
Duydukları karşısında epeyce şaşırmıştı!
Bihangama: "The prince's friend risked his own life"
Bihangama: "Prensin arkadaşı kendi hayatını riske attı"
"He did everything for the safety of his friend"
"Arkadaşının güvenliği için her şeyi yaptı"
"But more dangers will befall the king's son"
"Ama kralın oğlunu daha fazla tehlike bekliyor"
"And he will find it difficult to save the prince"
"Ve prensi kurtarmak onun için zor olacak"
Bihangami: "Why is that?"
Bihangami: "Neden?"
Bihangama: "Many dangers await the king's son"

Bihangama: "Kralın oğlunu birçok tehlike bekliyor"
"The prince's father will hear of his son's approach"
"Prensin babası oğlunun yaklaştığını duyacak"
"He will send for him an elephant and some horses"
"Ona bir fil ve birkaç at gönderecek."
"And he will arrange attendants to meet him"
"Ve kendisini karşılayacak hizmetçiler ayarlayacak"
"The king's son will ride the elephant"
"Kralın oğlu file binecek"
"But he will fall from the back of the elephant"
"Ama o filin sırtından düşecek"
"And he will die from his fall from the elephant"
"Ve filin üzerinden düşerek ölecek"
Bihangami: "But suppose someone prevented this?"
Bihangami: "Ama ya birileri buna engel olsaydı?"
"Suppose the king's son is not going to ride on the elephant"
"Kralın oğlu file binmeyecek diyelim"
"What might happen if he rides on a horse instead?"
"Atla gitse ne olur?"
"Will he not in that case be saved?"
"Bu durumda o kurtulmayacak mı?"
Bihangama: "Yes, in that case he would escape that fate"
Bihangama: "Evet, o zaman o kaderden kurtulurdu"
"But then a fresh danger would await him"
"Ama o zaman onu yeni bir tehlike bekliyordu"
"When the king's son is in sight of his father's palace"
"Kralın oğlu babasının sarayını gördüğünde"
"When he is in the act of passing through the lion-gate"
"Aslan kapısından geçerken"
"In that moment the lion-gate will fall upon him"
"O anda aslan kapısı onun üzerine düşecek"
"And the stones will crush him to death"
"Ve taşlar onu ezerek öldürecek"
Bihangami: "But suppose someone gets there first"
Bihangami: "Ama diyelim ki biri oraya ilk varan oldu"
"Suppose someone destroys the lion-gate"

"Birisi aslan kapısını yıksa"
"If that happens the king's son couldn't go through the lion-gate"
"Eğer öyle olsaydı kralın oğlu aslan kapısından geçemezdi"
"Will not the king's son in that case be saved?"
"Bu durumda kralın oğlu kurtulmaz mı?"
Bihangama: "Yes, in that case he would escape his fate"
Bihangama: "Evet, o zaman kaderinden kurtulmuş olur"
"But then a fresh danger would await him"
"Ama o zaman onu yeni bir tehlike bekliyordu"
"When the king's son reaches the palace"
"Kralın oğlu saraya ulaştığında"
"When he sits at a feast prepared for him"
"Kendisi için hazırlanan ziyafete oturduğunda"
"The head of a fish will be cooked for him"
"Onun için balığın başı pişirilecek"
"He will put into his mouth the head of the fish"
"Balığın başını ağzına koyacak"
"But the head of the fish will stick in his throat"
"Ama balığın başı boğazına takılacak"
"And he will choke to death on the head of the fish"
"Ve balığın kafasına takılıp boğularak ölecek"
Bihangami: "But suppose someone snatches the fish"
Bihangami: "Ama diyelim ki biri balığı kaptı"
"Suppose someone takes the head of the fish from his plate"
"Birisi tabağından balığın başını alırsa"
"Suppose he can't put the fish's head in his mouth"
"Diyelim ki balığın başını ağzına sokamıyor"
"Will not the king's son in that case be saved?"
"Bu durumda kralın oğlu kurtulmaz mı?"
Bihangama: "Yes, in that case he will escape his fate"
Bihangama: "Evet, o zaman kaderinden kurtulacak"
"But a fresh danger would await him"
"Ama onu yeni bir tehlike bekliyordu"
"When the prince and princess retire after dinner"
"Prens ve prenses akşam yemeğinden sonra yatağa girdiklerinde"

"When they go into their sleeping apartment"
"Uyku dairelerine girdiklerinde"
"They will lie together in bed"
"Yatakta birlikte yatacaklar "
"A terrible cobra will come into the room"
"Korkunç bir kobra odaya girecek"
"And the cobra will bite the king's son to death"
"Ve kobra kralın oğlunu ısırıp öldürecek"
Bihangami: "But suppose someone was in the room"
Bihangami: "Ama odada birisi olduğunu varsayalım"
"Suppose this person was waiting for the snake"
"Diyelim ki bu kişi yılanı bekliyordu"
"And suppose that this person cuts the snake into pieces"
"Ve varsayalım ki bu kişi yılanı parçalara ayırır."
"Will not the king's son in that case be saved?"
"Bu durumda kralın oğlu kurtulmaz mı?"
Bihangama: "Yes, in that case he will escape his fate"
Bihangama: "Evet, o zaman kaderinden kurtulacak"
"In that case the life of the king's son will be saved"
"O zaman kralın oğlunun hayatı kurtulacaktır"
"But he who saves him can't repeat these words"
"Ama onu kurtaran bu sözleri tekrarlayamaz"
"If he tells his secret he will be turned into marble"
"Sırrını söylerse mermere dönüşür"
Bihangami: "Can the statue be returned to life?"
Bihangami: "Heykel yeniden canlandırılabilir mi?"
Bihangama: "Yes, the marble statue can be restored to life"
Bihangama: "Evet, mermer heykel hayata döndürülebilir"
"The princess will give birth to a child"
"Prenses bir çocuk doğuracak"
"They must wash the statue with the blood of the infant"
"Heykeli bebeğin kanıyla yıkamalılar"
The prophetical birds had spoken until that point.
O ana kadar peygamber kuşları konuşmuştu.
But then they were interrupted by the craw of crows.
Ancak daha sonra kargaların ötüşüyle kesildiler.
The eastern sky tinted in a reddish hue.

Doğu gökyüzü kızılımsı bir renge büründü.
And the travelers beneath the tree bestirred themselves.
Ve ağacın altındaki yolcular kıpırdandılar.
The prophetic conversation came to an end.
Peygamber sohbeti sona erdi.
But the prince's friend had heard everything.
Ama prensin arkadaşı her şeyi duymuştu.

The next morning they continued their journey.
Ertesi sabah yolculuklarına devam ettiler.
The prince, the princess, and the prince's friend.
Prens, prenses ve prensin arkadaşı.
Soon they met the king's procession.
Az sonra kralın alayıyla karşılaştılar.
There was an elephant, a horse, and a palki.
Bir fil, bir at ve bir palki vardı.
And there was a large number of attendants.
Ve çok sayıda katılımcı vardı.
These animals and men had been sent by the king.
Bu hayvanlar ve adamlar kral tarafından gönderilmişti.
The king heard his son was with his friend.
Kral oğlunun arkadaşıyla birlikte olduğunu duydu.
And he had heard that his son had married.
Ve oğlunun evlendiğini duymuştu.
And he heard they were not far from the capital.
Ve başkente çok da uzak olmadıklarını duydu.
The elephant had been richly caparisoned.
Fil çok zengin bir şekilde süslenmişti.
The elephant was intended for the prince.
Fil prens için tasarlanmıştı.
The framework of the palki was of silver.
Palkinin iskeleti gümüştendi.
The palki was meant for the princess.
Palki prenses içindi.
And the horse was for the prince's friend.
Ve at prensin arkadaşı içindi .
The prince was about to mount on the elephant.

Prens filin üzerine binmek üzereydi.
But then his friend spoke to him.
Ama sonra arkadaşı onunla konuştu.
"Allow me to ride on the elephant, please"
"Lütfen file binmeme izin verin"
"And you can ride back on horseback"
"Ve at sırtında geri dönebilirsin"
The prince was not a little surprised.
Prens pek de şaşırmamıştı.
The proposal had been made in a very cold manner.
Teklif çok soğuk bir şekilde yapılmıştı.
Maybe his friend felt a little too entitled.
Belki arkadaşı biraz fazla haklılık duygusuna kapılmıştı.
And the king's son was slightly annoyed.
Ve kralın oğlu biraz sinirlenmişti.
But he remembered what his friend had done for him.
Ama arkadaşının kendisi için yaptıklarını hatırladı.
And he remembered how he saved the princess.
Ve prensesi nasıl kurtardığını hatırladı.
So he mounted the horse without objecting.
Hiç itiraz etmeden atına bindi.
But his mind became somewhat alienated from him.
Ama zihni ondan biraz uzaklaşmıştı.
The procession towards the capital started again.
Başkente doğru yürüyüş yeniden başladı.
After some time they came in sight of the palace.
Bir süre sonra sarayı gördüler.
The lion-gate had been gaily adorned.
Aslanlı kapı çok gösterişli bir şekilde süslenmişti.
There was a grand reception for the prince.
Prens için görkemli bir resepsiyon düzenlendi.
And the princess was equally anticipated.
Ve prenses de aynı şekilde bekleniyordu.
But the prince's friend seemed to have an objection.
Ancak prensin arkadaşının buna itirazı varmış gibiydi.
"I want the lion-gate to be broken down"
"Aslan kapısının yıkılmasını istiyorum"

The prince was astounded at the proposal.
Prens bu teklif karşısında şaşkınlığa uğradı.
The request was very out of the ordinary.
Talep çok sıra dışıydı.
And he had given no reason for his demand.
Ve talebinin hiçbir gerekçesini belirtmemişti.
But he remembered all his friend had done for him.
Ama arkadaşının kendisi için yaptıklarını hatırladı.
And he remembered how he saved the princess.
Ve prensesi nasıl kurtardığını hatırladı.
So he complied with the wish of his friend.
O da arkadaşının isteğini yerine getirdi.
And the beautiful lion-gate was torn down.
Ve o güzel aslanlı kapı yıkıldı.
But his mind became even more estranged from him.
Ama zihni ondan daha da uzaklaşmıştı.
The procession now went into the palace.
Alay artık saraya doğru ilerliyordu.
The king gave a warm reception to his son.
Kral oğlunu sıcak bir şekilde karşıladı.
He welcomed his daughter-in-law equally warmly.
Gelinini de aynı sıcakkanlılıkla karşıladı.
And he was very pleased to see the prince's friend.
Ve prensin arkadaşını görünce çok sevindi.
The story of their adventures was related.
Maceralarının hikayesi anlatıldı.
The king expressed great astonishment at the tale.
Kral bu hikâyeye çok şaşırdı.
And his courtiers were equally impressed.
Ve saray mensupları da aynı şekilde etkilenmişti.
All praised the minister's son's devotion.
Herkes bakanın oğlunun özverisini övdü.
And the ladies of the palace praised the princess.
Ve saraydaki hanımlar prensesi övdüler.
The connoisseurs of beauty praised the princess.
Güzellik meraklıları prensesi övüyorlardı.
Her complexion was a mixture of milk and vermilion.

Ten rengi süt ve kızılın karışımıydı.
Her neck was like that of a swan.
Boynu kuğu boynuna benziyordu.
Her eyes were like those of a gazelle.
Gözleri ceylan gözleri gibiydi.
Her lips were as red as the berry bimba.
Dudakları meyveli bimba kadar kırmızıydı.
Her cheeks were as lovely as they could be.
Yanakları olabilecek en güzel halleriyleydi.
And her nose was straight and high.
Ve burnu düz ve yüksekti.
Her hair reached down to her ankles.
Saçları ayak bileklerine kadar uzanıyordu.
Her walk was as graceful as that of a young elephant.
Yürüyüşü genç bir filin yürüyüşü kadar zarifti.
The princess whom destiny had brought to them.
Kaderin onlara getirdiği prenses.
They sat around her wanting to know everything.
Etrafına oturmuşlar, her şeyi bilmek istiyorlardı.
And they put to her a thousand questions.
Ve ona binlerce soru sordular.
They asked her about her parents.
Ona anne ve babasını sordular.
They asked her about the subterranean palace.
Ona yeraltı sarayını sordular.
And they asked her all about the serpent.
Ve ona yılanla ilgili her şeyi sordular.
The serpent which had killed all her relatives.
Tüm akrabalarını öldüren yılan.
Soon it was time for the new arrivals to dine.
Çok geçmeden yeni gelenlerin yemek yeme vakti geldi.
The dinner was served up in dishes of gold.
Akşam yemeği altın tabaklarda sunuldu.
All sorts of delicacies were on the table.
Masada çeşit çeşit lezzetler vardı.
The most conspicuous dish was the head of a rohita fish.
En dikkat çeken yemek rohita balığının başıydı.

The large fish's head was placed in a golden cup.
Büyük balığın başı altın bir kupanın içine konuldu.
And the cup was placed near the prince's plate.
Ve kadeh prensin tabağının yanına konuldu.
All were eating and retelling the adventure.
Herkes yemek yiyor ve macerayı anlatıyordu.
And suddenly the prince's friend snatched the head.
Ve aniden prensin arkadaşı başını kaptı.
He took the fish's head from the prince's plate.
Prensin tabağından balığın başını aldı.
"Let me, prince, eat this rohita's head"
"Prens, bu rohitanın kafasını yememe izin ver"
The king's son was quite indignant.
Kralın oğlu çok öfkelendi.
But he remembered all his friend had done for him.
Ama arkadaşının kendisi için yaptıklarını hatırladı.
And he remembered how he saved the princess.
Ve prensesi nasıl kurtardığını hatırladı.
And so he made no objection to the request.
Ve bu talebe hiçbir itirazda bulunmadı.
But he could not hide his terrible rage.
Ama içindeki korkunç öfkeyi gizleyemiyordu.
Of course the prince's friend noticed this.
Elbette prensin arkadaşı bunu fark etti.
But there was nothing else he could have done.
Ama yapabileceği başka bir şey yoktu.
His conduct, however strange, was necessary.
Davranışı ne kadar tuhaf olursa olsun gerekliydi.
It was for the safety of his friend's life.
Arkadaşının can güvenliği içindi.
Nor could he tell his friend the reason.
Arkadaşına da nedenini söyleyemedi.
Else he would be transformed into a marble statue.
Aksi takdirde mermer bir heykele dönüşecekti.
Soon the dinner was going to be over.
Yakında akşam yemeği bitecekti.
The prince's friend had one more request.

Prensin arkadaşının bir isteği daha vardı.
The two friends had spent every night together.
İki arkadaş her geceyi birlikte geçiriyorlardı.
But tonight he wanted to go to his own house.
Ama bu gece kendi evine gitmek istiyordu.
The prince was also shocked at his strange conduct.
Prens de onun bu garip davranışı karşısında şaşkınlığa düşmüştü.
But he remembered all his friend had done for him.
Ama arkadaşının kendisi için yaptıklarını hatırladı.
And he remembered how he saved the princess.
Ve prensesi nasıl kurtardığını hatırladı.
And he also agreed to this request of his friend.
Ve o da arkadaşının bu isteğini kabul etti.
The prince's friend, however, had other plans.
Ancak prensin arkadaşının başka planları vardı.
He had no intentions of going to his own house.
Kendi evine gitmeye hiç niyeti yoktu.
He was resolved to avert the last peril.
Son tehlikeyi önlemeye kararlıydı.
The last thing to threaten the life of his friend.
Arkadaşının hayatını tehdit edecek son şey.
Accordingly, he took a sword into his hand.
Bunun üzerine eline bir kılıç aldı.
And he stealthily entered the royal room.
Ve gizlice kraliyet odasına girdi.
The room of the prince and the princess.
Prens ve prensesin odası.
He ensconced himself under the bedstead.
Karyolanın altına saklandı.
The bed was furnished with mattresses of down.
Yatak kuş tüyü şiltelerle döşenmişti.
The mosquito curtains were of the richest silk.
Sineklik perdeleri en kaliteli ipektendi.
And all the bedding was laced with gold.
Ve bütün yatak takımları altınla işlenmişti.
Soon the prince and princess came into the bedroom.

Çok geçmeden prens ve prenses yatak odasına girdiler.
They undressed themselves and went to bed.
Soyunup yatağa girdiler.
And soon the royal couple were asleep.
Ve çok geçmeden kraliyet çifti uykuya daldı.
At midnight he heard the slithering of a snake.
Gece yarısı bir yılanın sürünme sesini duydu.
The sound was coming from a water passage.
Ses bir su geçidinden geliyordu.
A snake of gigantic size entered the room.
Odaya devasa büyüklükte bir yılan girdi.
The serpent climbed up the frame of the bed.
Yılan yatağın çerçevesine tırmandı.
The minister's son rushed out with the sword.
Vezirin oğlu kılıçla dışarı fırladı.
And he killed the serpent with one blow.
Ve yılanı bir vuruşta öldürdü.
And then he cut the snake into smaller pieces.
Sonra yılanı daha küçük parçalara böldü.
He put the pieces in the dish for holding betel-leaves.
Parçaları betel yapraklarını koymak için bir tabağa koydu.
But as he did this, he spilled a drop of blood.
Ama bunu yaparken bir damla kan döktü.
The drop of blood fell on the breast of the princess.
Kan damlası prensesin göğsüne düştü.
Because the mosquito curtains had not been let down.
Çünkü sineklik perdeleri indirilmemişti.
He worried for the health of the princess.
Prensesin sağlığından endişe ediyordu.
The blood might be of some sort of poison.
Kanda bir çeşit zehir olabilir.
So he resolved to lick up the blood.
Bunun üzerine kanı yalamaya karar verdi.
But he could not look at the naked princess.
Ama çıplak prensese bakamıyordu.
It would have been a great sin.
Çok büyük günah olurdu.

So he blindfolded himself with seven-fold cloth.
Bunun üzerine gözlerini yedi kat bezle bağladı.
And he licked off the drop of blood.
Ve kan damlasını yaladı.
But just at this time the princess awoke.
Ama tam bu sırada prenses uyandı.
Her scream roused her husband from his sleep.
Çığlığı kocasını uykusundan uyandırdı.
And he could not believe what he was seeing.
Ve gördüklerine inanamadı.
The prince fell into a great rage.
Prens büyük bir öfkeye kapıldı.
And he was prepared to kill his friend.
Ve arkadaşını öldürmeye hazırdı.
But he gave his friend a chance to speak.
Ama arkadaşına konuşma fırsatı verdi.
"Please, my friend, restrain your anger"
"Lütfen dostum, öfkeni dizginle"
"I have done this only to save your life"
"Bunu sadece hayatını kurtarmak için yaptım"
The prince was more confused than before.
Prens eskisinden daha da şaşkındı.
"I do not understand what you mean"
"Ne demek istediğini anlamıyorum"
"From the time we came out of the subterranean palace"
"Yeraltı sarayından çıktığımız andan itibaren"
"You have been behaving in a most extraordinary way"
"Çok sıra dışı bir şekilde davrandın"
"First, you insisted on riding my elephant"
"Öncelikle filime binmekte ısrar ettin"
"The elephant my father had sent for me"
"Babamın benim için gönderdiği fil"
"I thought it was vain of you to ask"
"Sormanın boşuna olduğunu düşündüm"
"But I remembered what you had done for me"
"Ama senin benim için yaptıklarını hatırladım"
"And I decided to let the matter pass"

"Ve meseleyi geçiştirmeye karar verdim"
"And instead I rode back on horseback"
"Ve bunun yerine at sırtında geri döndüm"
"Secondly, you insisted on destroying the lion-gate"
"İkincisi, aslan kapısını yıkmakta ısrar ettiniz"
"The lion-gate my father had adorned for me"
"Babamın benim için süslediği aslan kapısı"
"I thought it was strange of you to ask"
"Bunu sormanın tuhaf olduğunu düşündüm"
"But I remembered what you had done for me"
"Ama senin benim için yaptıklarını hatırladım"
"And I decided to let the matter pass"
"Ve meseleyi geçiştirmeye karar verdim"
"And I had the lion-gate destroyed"
"Ve aslan kapısını yıktırdım"
"Thirdly, at dinner you behaved most shamefully"
"Üçüncüsü, akşam yemeğinde çok utanç verici davrandın"
"You snatched the rohita's head from my plate"
"Rohita'nın kafasını tabağımdan kaptın"
"And you insisted on eating the fish head"
"Ve sen balık kafasını yemekte ısrar ettin"
"I thought you felt too entitled"
"Kendini çok fazla hak sahibi hissettiğini düşündüm"
"But I remembered what you had done for me"
"Ama senin benim için yaptıklarını hatırladım"
"So I decided to let the matter pass"
"Bu yüzden meseleyi geçiştirmeye karar verdim"
"You then pretended that you were going home"
"Daha sonra eve gidiyormuş gibi davrandın"
"And I was very glad you were going home"
"Ve eve gideceğin için çok mutluydum"
"Because you had made yourself very disagreeable"
"Çünkü kendini çok sevimsiz hale getirmiştin"
"And now you are actually in my bedroom"
"Ve şimdi sen aslında benim yatak odamdasın"
"You are bending over the naked bosom of my wife"
"Karımın çıplak göğsüne eğiliyorsun"

"You must have had some evil plan"
"Kötü bir planın olmalı"
"And now you pretend you are saving my life"
"Ve şimdi hayatımı kurtardığını iddia ediyorsun"
"But I don't believe you want to save my life"
"Ama hayatımı kurtarmak istediğine inanmıyorum"
"I believe you want to destroy my wife's chastity"
"Eşimin iffetini bozmak istediğinize inanıyorum"
The prince's friend knew how things looked.
Prensin arkadaşı işlerin nasıl yürüdüğünü biliyordu.
"Oh, do not harbor such thoughts in your mind"
"Aman, böyle düşünceleri aklınızdan çıkarmayın"
"Please do not think badly against me"
"Lütfen bana karşı kötü düşünmeyin"
"The gods know what I have done"
"Tanrılar ne yaptığımı biliyor"
"They know I did it to save your life"
"Bunu senin hayatını kurtarmak için yaptığımı biliyorlar"
"You would see the reasonableness of my conduct"
"Davranışlarımın makul olduğunu göreceksin"
"But I don't have liberty to state my reasons"
"Ama nedenlerimi açıklama özgürlüğüm yok"
The prince asked him to explain himself.
Prens ondan kendisini açıklamasını istedi.
"And why are you not at liberty?"
"Peki sen neden özgür değilsin?"
"Who has put a seal upon your mouth?"
"Ağzına kim mühür vurdu?"
And the prince's friend answered.
Ve prensin arkadaşı cevap verdi.
"Destiny has put a seal upon my mouth"
"Kader ağzıma mühür vurdu"
"If I told you, I would be transformed into marble"
"Sana söylesem mermere dönüşürdüm"
The prince grew angrier with his friend.
Prens arkadaşına daha da sinirlendi.
"You should be transformed into a marble statue!"

"Seni mermer heykele dönüştürmeliyiz!"
"You must take me to be a simpleton"
"Beni saf bir insan sanıyorsun herhalde"
"You can't expect me to believe this nonsense"
"Bu saçmalığa inanmamı bekleyemezsin "
The minister's son made one last request.
Bakanın oğlu son bir ricada bulundu.
"Do you wish me then, friend, for me to tell you?
"Peki dostum, bunu sana söylememi ister misin?
"You would make your friend turn into stone?"
"Arkadaşını taşa mı çevireceksin?"
The prince wanted to hear the reason.
Prens bunun nedenini duymak istiyordu.
He did not care about the consequences.
Sonuçları umursamıyordu.
"Tell me, or else you are a dead man"
"Söyle bana, yoksa sen ölü bir adamsın"
The prince's friend wanted to clear his name.
Prensin arkadaşı onun adını temize çıkarmak istiyordu.
He wanted no foul accusations brought against him.
Kendisine yönelik hiçbir çirkin suçlamanın yapılmasını
istemiyordu.
And he deemed it his duty to reveal the secret.
Ve sırrı açıklamayı kendisine görev bildi.
Even if this would put his life at risk.
Bu onun hayatını tehlikeye atsa bile.
He again warned the prince not to ask him.
Prensi tekrar uyardı, kendisine sormamasını söyledi.
But the prince remained inexorable.
Ama prens yılmadı.
The prince's friend then told him his secret.
Bunun üzerine prensin arkadaşı ona sırrını söyledi.
"While sleeping under a lofty tree one night"
"Bir gece yüce bir ağacın altında uyurken"
"I overheard a conversation between two birds.
"İki kuşun konuşmasına kulak misafiri oldum.
"The prophesizing birds Bihangama and Bihangami"

"Kehanet kuşları Bihangama ve Bihangami"
"Bihangama predicted all the dangers in your life"
"Bihangama hayatınızdaki tüm tehlikeleri önceden tahmin
etti"
**"First the bird predicted your father would send an
elephant"**
"Önce kuş babanın bir fil göndereceğini tahmin etti"
"The bird said you would fall from the elephant"
"Kuş filin üzerinden düşeceğini söyledi"
"And the bird said you would die from the fall"
"Ve kuş, düşüşten öleceğini söyledi"
At this point the minister's son's legs turned to stone.
Bu sırada bakanın oğlunun bacakları taş kesildi.
"See? my legs have already turned to stone"
"Gördün mü? Bacaklarım taşa döndü bile."
"Go on with your story," said the prince.
"Hikâyenize devam edin," dedi prens.
And the prince's friend continued the story.
Ve prensin arkadaşı hikâyeyi sürdürdü.
"The bird said the lion-gate would be gaily decorated"
"Kuş, aslan kapısının neşeyle süsleneceğini söyledi"
"And the bird said the lion-gate would collapse on you"
"Ve kuş, aslan kapısının üzerinize çökeceğini söyledi"
"If the lion-gate had fallen on you, you would have died"
"Eğer aslan kapısı üzerinize düşseydi, ölürdünüz"
At this point the minister's son's torso turned to stone.
Bu sırada bakanın oğlunun gövdesi taş kesildi.
But the prince insisted the minister's son continues.
Ancak prens, bakanın oğlunun devam etmesi konusunda
ısrarcıydı.
"Go on with your story," said the prince.
"Hikâyenize devam edin," dedi prens.
"The bird said there would be the head of a fish"
"Kuş, orada bir balık başı olacağını söyledi"
"And the bird predicted you would choke on the fish"
"Ve kuş, balığın boğulacağını tahmin etti"
Now his head was the only thing not of stone.

Artık taştan olmayan tek şey başıydı.
"See? my whole body has turned to stone"
"Gördün mü? Bütün vücudum taşa döndü."
"If I continue, I will become a man of stone"
"Devam edersem taş adam olacağım"
"Do you wish me to tell the rest"
"Geri kalanını anlatmamı ister misin?"
"Go on with your story," said the prince.
"Hikâyenize devam edin," dedi prens.
"Very well, I will go on to the end"
"Pekala, sonuna kadar gideceğim"
"But you may repent after I tell you"
"Ama ben sana söyledikten sonra tövbe edebilirsin"
"And you may wish to restore me to life"
"Ve beni hayata döndürmek isteyebilirsin"
"I will tell you how to reverse the spell"
"Sana büyüyü nasıl tersine çevireceğini söyleyeceğim"
"In a few months the princess will bear a child"
"Birkaç ay içinde prenses bir çocuk doğuracak"
"Wait for the birth of the child"
"Çocuğun doğumunu bekleyin"
"Besmear my statue with the infant's blood"
"Heykelimi bebeğin kanıyla lekeleyin"
"Only then will I be restored back to life"
"Ancak o zaman hayata geri dönebileceğim"
The last word left his lips, and he turned to stone.
Son kelime dudaklarından döküldü ve taş kesildi.
The princess jumped out of bed.
Prenses yataktan fırladı.
She opened the vessel for betel-leaves and spices.
Betel yaprakları ve baharatlar için bir kap açtı.
And she saw the pieces of a serpent.
Ve bir yılanın parçalarını gördü.
The prince and the princess were now convinced.
Prens ve prenses artık ikna olmuşlardı.
They saw the good faith of their departed friend.
Ölen arkadaşlarının iyi niyetini gördüler.

They saw the benevolence of his actions.
Onun hareketlerindeki iyiliği gördüler.
They went to the marble statue.
Mermer heykelin yanına gittiler.
But the statue of their friend was lifeless.
Ancak arkadaşlarının heykeli cansızdı.
They let out a loud cry of lamentation.
Yüksek sesle ağıt yaktılar.
But their cries were to no purpose.
Ama feryatları boşunaydı.
Because the statue was not moved by tears.
Çünkü heykel gözyaşlarıyla hareket etmiyordu.
The prince and princess knew what they had to do.
Prens ve prenses ne yapmaları gerektiğini biliyorlardı.
They concealed the marble figure in a safe place.
Mermer figürü güvenli bir yere sakladılar.
And they waited for the birth of their child.
Ve çocuklarının doğmasını beklediler.
In process of time the hour came.
Zamanla vakit geldi.
The princess's travail had arrived.
Prensesin doğum sancısı gelmişti.
The princess bore a beautiful boy.
Prenses güzel bir oğlan doğurdu.
The child was the perfect image of his mother.
Çocuk annesinin birebir aynısıydı.
The beauty of their child was striking.
Çocuklarının güzelliği göz kamaştırıcıydı.
And they were in awe of him.
Ve onlar ondan çok korkuyorlardı.
They would have spared his life.
Canını bağışlarlardı.
But they remembered their best friend.
Ama en yakın arkadaşlarını hatırladılar.
They remembered all he had done for them.
Onun kendileri için yaptığı her şeyi hatırladılar.
But now he was a lifeless stone.

Ama artık cansız bir taştı.
And they remembered the vows they had made.
Ve ettikleri yeminleri hatırladılar.
And they cut the child into two.
Ve çocuğu ikiye böldüler.
They besmeared the statue with the child's blood.
Heykeli çocuğun kanına buladılar.
And their friend became animated back to life.
Ve arkadaşları tekrar hayata döndü.
They were glad to see him alive again.
Onu tekrar hayatta gördüklerine sevindiler.
But the prince's friend was overwhelmed with grief.
Fakat prensin arkadaşı büyük bir üzüntüye kapılmıştı.
Because he saw the new-born in a pool of blood.
Çünkü yeni doğmuş bebeği kanlar içinde gördü.
So he picked up the dead infant.
Bunun üzerine ölü bebeği aldı.
He carefully wrapped the child in a towel.
Çocuğu dikkatlice bir havluya sardı.
And he resolved to get the child restored to life.
Ve çocuğun hayata döndürülmesine karar verdi.
He consulted all the physicians of the country.
Ülkenin bütün hekimlerine danıştı.
They all told him the same thing.
Hepsi ona aynı şeyi söyledi.
A cure can be found for any illness.
Her hastalığın bir çaresi bulunur.
But life requires the spark of life.
Ama hayat, hayat kıvılcımına ihtiyaç duyar.
When the spark is gone, it is beyond their jurisdiction.
Kıvılcım söndüğünde, artık onların yetki alanı dışındadır.
And so they had to go on with their lives.
Ve böylece hayatlarına devam etmek zorunda kaldılar.

Eventually the prince's friend returned to his wife.
Sonunda prensin arkadaşı karısının yanına döndü.
She was a devoted worshipper of the goddess kali.

Kali tanrıçasına tapan biriydi.
She was the only one who could return life.
Hayatı geri getirebilecek tek kişi oydu.
His wife was living in a distant town.
Karısı uzak bir kasabada yaşıyordu.
So he set out on a journey to the town.
Bunun üzerine şehre doğru yola çıktı.
His wife still lived in her father's house.
Karısı hâlâ babasının evinde yaşıyordu.
Adjoining the house there was a garden.
Evin bitişiğinde bir bahçe vardı.
And in the garden there was a tree.
Ve bahçede bir ağaç vardı.
The child had been stored in that tree.
Çocuk o ağacın içinde saklanıyordu.
His wife was overjoyed to see her husband.
Karısı kocasını görünce çok sevindi.
She had not seen him for a long time.
Uzun zamandır onu görmemişti.
But she was surprised when she saw him.
Ama onu görünce şaşırdı.
Her husband was very melancholy that day.
Kocası o gün çok melankolikti.
He spoke very little to his wife.
Karısıyla çok az konuşuyordu.
And his wife knew that he was not himself.
Ve karısı onun kendisi olmadığını biliyordu.
He was brooding over something in his mind.
Aklında bir şeyler vardı.
She asked the reason for his melancholy.
Hüzünlü halinin sebebini sordu.
But he kept quiet, and wouldn't tell her.
Ama o sessiz kaldı ve ona söylemedi.
One night they were lying together in bed.
Bir gece yatakta birlikte yatıyorlardı.
The wife got up and left the marital bed.
Kadın kalkıp evlilik yatağından çıktı.

She opened the door and went into the garden.

Kapıyı açıp bahçeye çıktı.

Her husband had not been able to sleep well.

Kocası iyi uyuyamamıştı.

Therefore he awoke from the movement of his wife.

Bunun üzerine karısının hareketinden uyandı.

He heard her leave in the dead of the night.

Gece yarısı onun gittiğini duydu.

And he was determined to follow her.

Ve onu takip etmeye kararlıydı.

But he was also determined not to be noticed.

Ama aynı zamanda fark edilmemeye de kararlıydı.

She went to a temple of the goddess kali.

Tanrıça Kali'nin tapınağına gitti.

The temple was at no great distance from her house.

Tapınak evinden çok uzakta değildi.

She worshipped the goddess with flowers.

Çiçeklerle tanrıçaya tapınıyordu.

And she worshiped the goddess with sandal-wood perfume.

Ve sandal ağacı kokusuyla tanrıçaya tapınıyordu.

"Oh mother kali! have mercy upon me"

"Ey Kali Ana! Bana merhamet et"

"Deliver me out of all my troubles"

"Beni bütün sıkıntılarımdan kurtar"

The goddess replied to the woman.

Tanrıça kadına cevap verdi.

"Why, what further grievance have you?

"Neden, başka ne şikayetin var?

"You long prayed for the return of your husband"

"Uzun zamandır kocanızın geri dönmesi için dua ediyordunuz"

"And your prayers have been answered"

"Ve dualarınız kabul oldu"

"Your husband has returned to you"

"Kocanız size geri döndü"

"So then, what ails thee now?"

"Peki, şimdi neyin var?"

The woman answered the goddess.
Kadın tanrıçaya cevap verdi.
"True, oh mother, my husband has come to me"
"Doğru, ah annem, kocam bana geldi"
"But he has come to me in a melancholy mood"
"Ama o bana melankolik bir ruh haliyle geldi"
"He hardly speaks to me when I speak to him"
"Ben onunla konuştuğumda o benimle neredeyse hiç
konuşmuyor"
"He takes no delight in me when he is with me"
"Benimle birlikteyken benden zevk almıyor"
"All he does is sit melancholy in a corner"
"Yaptığı tek şey bir köşede melankolik bir şekilde oturmak"
The goddess replied to her devotee.
Tanrıça, müridine cevap verdi.
"Ask your husband why he feels melancholy"
"Kocanıza neden melankolik hissettiğini sorun"
"When he tells you, let me know the reason"
"Sana söylediğinde bana nedenini söyle"
The minister's son overheard the conversation.
Bakanın oğlu da konuşmayı duydu.
But he stayed unnoticed by the goddess.
Ama tanrıça tarafından fark edilmedi.
And his wife did not notice him either.
Karısı da onu fark etmemişti.
He quietly slunk away before his wife.
Karısının önünden sessizce uzaklaştı.
And he returned back to bed before her.
Ve ondan önce yatağa geri döndü.
The following day the wife asked her husband.
Ertesi gün kadın kocasına sordu.
"My dear husband, why are you in a melancholy mood?"
"Sevgili kocacığım, neden bu kadar melankoliksin?"
Her husband retold the whole story.
Kocası bütün hikayeyi anlattı.
He told her about the jewel serpent.
Ona mücevher yılanından bahsetti.

He told her about the subterranean palace.
Ona yeraltı sarayından bahsetti.
He told her about the princess being captured.
Prensesin yakalandığını anlattı.
He told her how he freed the princess.
Prensesi nasıl kurtardığını anlattı.
And he told her about Bihangama and Bihangami.
Ve ona Bihangama'yı ve Bihangami'yi anlattı.
He told her how he had turned to stone.
Ona nasıl taşa dönüştüğünü anlattı.
And he told her how he was returned back to life.
Ve ona nasıl hayata döndüğünü anlattı.
So he told her also about the killing of the child.
Çocuğun öldürüldüğünü de ona anlattı.
That night his wife left the bed again.
O gece karısı yine yataktan kalktı.
And she returned to the goddess kali's temple.
Ve tanrıça Kali'nin tapınağına geri döndü.
And she told the goddess of her husband's melancholy.
Ve kocasının melankolik halini tanrıçaya anlattı.
The goddess listened intently to what was said.
Tanrıça söylenenleri dikkatle dinliyordu.
"Bring the child here and I will restore it to life"
"Çocuğu buraya getirin, onu hayata döndüreceğim"
The next night she left the marital bed again.
Ertesi gece yine evlilik yatağını terk etti.
She went to the tree in the garden.
Bahçedeki ağaca gitti.
And she took the child from the tree.
Ve çocuğu ağaçtan aldı.
And she took the child to the goddess kali.
Ve çocuğu tanrıça Kali'ye götürdü.
And the goddess kali returned the child back to life.
Ve tanrıça Kali çocuğu tekrar hayata döndürdü.
The prince's friend was entranced with joy.
Prensin arkadaşı sevinçten uçuyordu.
He picked up the reanimated child.

Canlanan çocuğu kucağına aldı.
And he ran as fast as he could to his friend.
Ve var gücüyle arkadaşına doğru koştu.
And he gave him his child, alive and well.
Ve çocuğunu sağ salim ona verdi.
They all rejoiced with exceedingly great joy.
Hepsi büyük bir sevinçle sevindiler.
And they lived together happily till the day of their death.
Ve öldükleri güne kadar mutlu bir şekilde yaşadılar.

The Indignant Brahman
Öfkeli Brahman

There was once a poor Brahman.
Bir zamanlar fakir bir Brahman varmış.
This poor Brahman had a wife.
Bu zavallı Brahman'ın bir karısı vardı.
And he also had four children.
Ve dört çocuğu daha vardı.
He was a very poor man.
Çok fakir bir adamdı.
And he had no resources in the world.
Ve dünyada hiçbir kaynağı yoktu.
He lived from the charity of others.
Başkalarının hayırseverliğiyle geçiniyordu.
During marriages he earned well.
Evlilikleri sırasında iyi para kazanıyordu.
And he earned well during funerals.
Ve cenazelerde iyi para kazanıyordu.
But his parishioners did not marry daily.
Fakat cemaati her gün evlenmiyordu.
And they did not die every day either.
Ve her gün de ölmüyorlardı.
It was difficult to make the two ends meet.
Geçimimizi sağlamak zordu.
His wife often rebuked him.
Karısı onu sık sık azarlıyordu.
"Why can you not support me?"
"Neden bana destek olmuyorsun?"
"Our children run around naked"
"Çocuklarımız çıplak dolaşıyor"
"And they suffer from hunger"
"Ve açlık çekiyorlar"
Though poor, he was a good man.
Fakir olmasına rağmen iyi bir adamdı.
And he was diligent in his devotions.
Ve ibadetlerinde gayretliydi.

Every day he said his prayers.
Her gün duasını ediyordu.
He prayed at the same time each day.
Her gün aynı saatte namazını kılıyordu.
His tutelary deity was the Goddess Durga.
Onun koruyucu tanrısı Tanrıça Durga'ydı.
She is the consort of Shiva.
O, Şiva'nın eşidir.
She is the creative energy of the universe.
O, evrenin yaratıcı enerjisidir.
Every day he wrote the name of Durga.
Her gün Durga'nın adını yazıyordu.
He wrote the name in red ink.
İsmini kırmızı mürekkeple yazdı.
At least one hundred and eight times.
En az yüz sekiz kere.
He did not drink or eat till he did this.
Bunu yapana kadar ne içti ne de yedi.
throughout the day he uttered prayers.
gün boyunca dualar etti.
"O Durga! have mercy upon me"
"Ey Durga! Bana merhamet et"
He prayed whenever he felt anxious.
Kendini kaygılı hissettiğinde dua ederdi.
And he often felt anxious.
Ve sık sık kaygı duyuyordu.
Because he lived in poverty.
Çünkü yoksulluk içinde yaşıyordu.
He prayed when his worries were too much.
Endişeleri çok arttığında dua etti.
And there were many things he worried about.
Ve endişelendiği birçok şey vardı.
He worried about his wife and children.
Karısı ve çocukları için endişeleniyordu.
And he worried about supporting them.
Ve onlara destek olma kaygısı taşıyordu.

One day he was very sad.
Bir gün çok üzgündü.
On this day he went to a forest.
O gün bir ormana gitti.
The forest was far outside the village.
Orman köyün çok dışındaydı.
He let out all his grief.
Bütün kederini dışarı döktü.
And he wept bitter tears.
Ve acı acı gözyaşları döktü.
"O Durga! O Mother Bhagavati!"
"Ey Durga! Ey Anne Bhagavati!"
"Please put an end to my misery?"
"Lütfen bu ızdırabıma son verin?"
"I wish I were alone in the world"
"Keşke dünyada yalnız olsaydım"
"Then my poverty wouldn't worry me".
"O zaman yoksulluğum beni endişelendirmezdi"
"But thou hast given me a wife"
"Ama sen bana bir eş verdin"
"And my wife has given me children"
"Ve karım bana çocuklar verdi"
"O Mother, I beg of you"
"Ey Anne, sana yalvarıyorum"
"Give me the means to support them"
"Bana onları destekleyecek araçları verin"
Shiva and his wife Durga happened to be there.
Şiva ve karısı Durga da oradaydı.
They were taking their morning walk.
Sabah yürüyüşlerini yapıyorlardı.
The Goddess Durga saw the Brahman at a distance.
Tanrıça Durga, Brahman'ı uzaktan gördü.
"O Lord of Kailas, do you see that Brahman?"
"Ey Kailas'ın Efendisi, şu Brahman'ı görüyor musun?"
"He is always taking my name on his lips"
"Adımı sürekli ağzına alıyor"
"He prays I deliver him from his troubles"

"Onu sıkıntılarından kurtarmam için dua ediyor"
"Can we not do something for the poor Brahman?"
"Zavallı Brahman için bir şey yapamaz mıyız?"
"He is oppressed with many cares"
"Birçok kaygıyla eziliyor"
"And he deeply cares for his growing family"
"Ve büyüyen ailesine derin bir ilgi duyuyor"
"We should make his life more comfortable"
"Onun hayatını daha konforlu hale getirmeliyiz"
"Because the poor man never has enough to eat"
"Çünkü fakir adamın yiyeceği hiç olmuyor"
"And his family doesn't have enough to eat either"
"Ve ailesinin de yeterli yiyeceği yok"
"Let us give him a pot"
"Ona bir tencere verelim"
"A pot with an infinite supply of murukku"
"Sonsuz bir murukku kaynağına sahip bir kap"
The divine consort was right.
İlahi eş haklıydı.
The Lord of Kailas agreed to the proposal.
Kailas Lordu bu teklifi kabul etti.
On the spot he created a magical pot.
Hemen oracıkta sihirli bir çömlek yarattı.
Durga went to the poor Brahman.
Durga fakir Brahman'ın yanına gitti.
"O Brahman! My loyal devotee"
"Ey Brahman! Sadık kulum!"
"I have often thought of your pitiable case"
"Sizin acınası durumunuzu sık sık düşündüm"
"Your repeated prayers have moved my compassion"
"Tekrarlanan dualarınız merhametimi harekete geçirdi"
"Here is a pot for you"
"İşte sana bir tencere"
"You must turn the pot upside down"
"Tencereyi ters çevirmelisin"
"And then you must shake the pot"
"Ve sonra tencereyi sallamalısın"

"The finest murukku will pour out"
"En iyi murukku dökülecek"
"The murukku will keep pouring out forever"
"Murukku sonsuza dek akmaya devam edecek"
"Until you put the pot upright again"
"Tencereyi tekrar ayağa kaldırana kadar"
"You can eat as much murukku as you like"
"İstediğiniz kadar murukku yiyebilirsiniz"
"Your wife and children will hunger no more"
"Karınız ve çocuklarınız artık aç kalmayacak"
"And you can sell the murukku if you like"
"Ve istersen murukkuyu satabilirsin"
The Brahman was delighted beyond measure.
Brahman tarifsiz bir sevinç içindeydi.
He had received a truly valuable treasure.
Gerçekten çok değerli bir hazineye kavuşmuştu.
He made his deepest obeisance to the goddess.
Tanrıçaya en derin saygılarını sundu.
And he expressed his eternal gratefulness.
Ve sonsuz şükranlarını sundu.

The Brahman had started walking home.
Brahman evine doğru yürümeye başlamıştı.
But first he had to test his magical pot.
Ama önce sihirli çömleğini denemesi gerekiyordu.
He wanted to see if the pot really worked.
Tencerenin gerçekten işe yarayıp yaramadığını görmek
istiyordu.
He turned the pot upside down.
Tencereyi ters çevirdi.
And he shook the pot, as instructed.
Ve talimat verildiği gibi tencereyi salladı.
Lo and behold! The pot really did work.
İşte karşınızda! Tencere gerçekten işe yaradı.
The finest murukku fell to the ground.
En güzel murukku yere düştü.
He tied the sweetmeat in his sheet.

Şekerlemeyi çarşafına bağladı.
And he walked on, towards his village.
Ve köyüne doğru yürümeye devam etti.
By noon the Brahman had gotten hungry.
Öğle vakti Brahman acıkmıştı.
But he could not eat without his ablutions.
Fakat abdestsiz yemek yiyemiyordu.
First, he had to say his prayers.
Önce namazını kılmalıydı.
There was an inn on his way.
Yolunun üzerinde bir han vardı.
Close to the inn there was a water tank.
Hanın yakınında bir su deposu vardı.
So, he intended to halt there.
O yüzden orada durmayı düşünüyordu.
In order to bathe and say his prayers.
Yıkanmak ve namazını kılmak için.
After this he could eat all the murukku.
Bundan sonra bütün murukkuları yiyebilirdi.
The Brahman sat at the innkeeper's shop.
Brahman, hancının dükkânında oturuyordu.
The shopkeeper was smoking tobacco.
Dükkan sahibi tütün içiyordu.
He put the pot near the shopkeeper.
Tencereyi dükkân sahibinin yanına koydu.
And he asked him to look after the pot.
Ve ondan tencereye göz kulak olmasını istedi.
"Please take special care of this pot"
"Lütfen bu tencereye özellikle dikkat edin"
"I must bathe and say my prayers"
"Yıkanıp namazımı kılmalıyım"
"Please look after this pot for me"
"Lütfen bu tencereye benim için bak"
"Make sure nothing happens to this pot"
"Bu tencereye hiçbir şey olmamasını sağla"
He thought it was a strange request.
Bu isteğin tuhaf olduğunu düşündü.

But he agreed to look after the pot.

Ama tencereye bakmayı kabul etti.

And the Brahman gave him the pot.

Ve Brahman ona testiyi verdi.

He besmeared his body with mustard oil.

Vücuduna hardal yağı sürdü.

And he went to do his ablutions.

Ve abdest almaya gitti.

The innkeeper grew curious about the pot.

Hancı, tencereye merak sardı.

"This pot must have something valuable in it"

"Bu tencerede değerli bir şey olmalı"

"Why else would he be so careful?"

"Yoksa neden bu kadar dikkatli olsun ki?"

His curiosity had been excited.

Merakı uyanmıştı.

So, he opened the pot.

İşte, tencereyi açtı.

To his surprise the pot was empty.

Şaşkınlıkla tencerenin boş olduğunu gördü.

"What can be the meaning of this?"

"Bunun anlamı ne olabilir?"

"Why does he care so much for an empty pot?"

"Boş bir saksıya neden bu kadar önem veriyor?"

He began to examine the pot more carefully.

Tencereyi daha dikkatli incelemeye başladı.

During his inspection he turned the pot upside down.

Muayenesi sırasında tencereyi ters çevirdi.

And then the finest murukku fell out from the pot.

Ve sonra tencereden en güzel murukku düştü.

And the murukku didn't stop falling out.

Ve murukku düşmeye devam etti.

The innkeeper called his wife and children.

Hancı karısını ve çocuklarını çağırdı.

He wanted them to witness what had happened.

Yaşananlara tanık olmalarını istiyordu.

An unexpected stroke of good fortune!

Beklenmedik bir talih!
The pot gave copious showers of sugared paddy.
Tencereye bol miktarda şekerli pirinç yağdı.
He filled all his pots and jars.
Bütün tencere ve kavanozlarını doldurdu.
He knew he had to have this pot.
Bu tencereye ihtiyacı olduğunu biliyordu.
So, he replaced the pot with another one.
Bunun üzerine tencereyi başka bir tencereyle değiştirdi.
He had a pot of the same size and color.
Aynı büyüklükte ve renkte bir saksısı daha vardı.

The Brahman had finished his ablutions.
Brahman abdestini bitirmişti.
He had performed all of his devotions.
Bütün ibadetlerini yerine getirmişti.
He came back to the shop in wet clothes.
Islak elbiselerle dükkana geri döndü.
He was still reciting holy texts of the Vedas.
Hala Vedaların kutsal metinlerini okuyordu.
He put back on his dry clothes.
Kuru elbiselerini tekrar giydi.
In red ink he wrote the name of Durga.
Kırmızı mürekkeple Durga'nın adını yazdı.
He wrote her name one hundred and eight times.
Adını yüz sekiz kere yazdı.
After doing this he broke his fast.
Bunu yaptıktan sonra orucunu bozdu.
And he ate the murukku he had in his sheet.
Ve çarşafında bulunan murukkuyu yedi.
He was refreshed from the meal.
Yemekten sonra canlanmıştı.
Now he could resume his journey home.
Artık evine doğru yolculuğuna devam edebilirdi.
So he called to the innkeeper.
Bunun üzerine hancıya seslendi.
"Please could I get my pot back"

"Lütfen tenceremi geri alabilir miyim?"
The innkeeper gave him back his pot.
Hancı ona tenceresini geri verdi.
"There, sir, here is your pot"
"İşte efendim, tencereniz burada."
"The pot is exactly where you had put it"
"Tencere tam da koyduğun yerde"
"Your pot is just as you left it"
"Tencereniz bıraktığınız gibi"
"I made sure no one has touched your pot"
"Kimsenin tencerenize dokunmadığından emin oldum"
The Brahman didn't suspect a thing.
Brahman hiçbir şeyden şüphelenmiyordu.
He picked up the pot.
Tencereyi aldı.
And he proceeded on his journey home.
Ve evine doğru yolculuğuna devam etti.

On his journey he had to think.
Yolculuğunda düşünmesi gerekiyordu.
He congratulated his good fortune.
Talihinin yaver gitmesinden dolayı tebrik etti.
"My wife will be most pleasantly surprised!"
"Eşim çok hoş bir sürpriz yaşayacak!"
"The children will devour the murukku!"
"Çocuklar murukkuyu yiyip bitirecek!"
"I shall soon become rich"
"Yakında zengin olacağım"
"I will be able to lift my head up high"
"Başımı dik tutabileceğim"
The pains of travelling had been reduced.
Seyahat sancıları azalmıştı.
Now his problems were much more pleasant.
Artık sorunları çok daha hoştu.
Only anticipation made the journey difficult.
Yolculuğu zorlaştıran tek şey beklentiydi.
He finally reached his home again.

Nihayet evine ulaştı.
He called to his wife and children.
Karısını ve çocuklarını çağırdı.
"Look at what I have brought"
"Bakın neler getirdim"
"This pot is an unfailing source of wealth".
"Bu çömlek tükenmez bir zenginlik kaynağıdır."
"We will never have to struggle again"
"Bir daha asla mücadele etmek zorunda kalmayacağız"
"I will turn the pot upside down"
"Tencereyi ters çevireceğim"
"And then you will see something.
"Ve sonra bir şey göreceksin.
"Something you've never seen before"
"Daha önce hiç görmediğiniz bir şey"
"A stream of the finest murukku will flow"
"En iyi murukkudan bir ırmak akacak"
You can imagine what his wife was thinking.
Karısının ne düşündüğünü tahmin edebilirsiniz.
"My husband has gone mad," she thought.
"Kocam delirdi herhalde" diye düşündü.
She was soon confirmed in her opinion.
Kısa sürede fikri doğrulandı.
Nothing fell from the pot, as promised.
Söz verildiği gibi tencereden hiçbir şey düşmedi.
He turned the pot upside down again and again.
Tencereyi tekrar tekrar ters çevirdi.
The Brahman was overwhelmed with grief.
Brahman kederle doldu.
He realized that he had been tricked.
Aldatıldığını anladı.
The innkeeper must have swapped the pot.
Hancı tencereyi değiştirmiş olmalı.
He must have stolen Durga's pot.
Durga'nın çömleğini çalmış olmalı.
And he must have replaced the pot with a normal one.
Ve tencereyi normal bir tencereyle değiştirmiş olmalı.

He went back to the innkeeper the next day.
Ertesi gün hancının yanına geri döndü.
And he accused him of having changed his pot.
Ve onu tenceresini değiştirmekle suçladı.
At first the innkeeper acted surprised.
Hancı ilk başta şaşırmış gibi davrandı.
Then he pretended to be angry at the accusation.
Sonra da suçlamaya sinirlenmiş gibi yaptı.
Finally, he chased him out of his shop.
Sonunda onu dükkânından kovdu.

He had no way of getting the pot back.
Tencereyi geri almanın bir yolu yoktu.
The Brahman knew what he had to do.
Brahman ne yapması gerektiğini biliyordu.
He went to see the goddess Durga again.
Tekrar tanrıça Durga'yı görmeye gitti.
Siva and Durga honored him with their presence.
Siva ve Durga onu varlıklarıyla onurlandırdılar.
Durga spoke to the poor Brahman.
Durga yoksul Brahman'a seslendi.
"So, you have lost the pot I gave you"
"Demek sana verdiğim tencereyi kaybettin"
"I take pity on your situation"
"Durumunuza acıyorum"
"Here is another magical pot"
"İşte bir başka büyülü kap"
"Take this pot, and make good use of it"
"Bu tencereyi al ve iyi kullan"
The Brahman was elated with joy.
Brahman sevinçle coştu.
He made obeisance to the divine couple.
İlahi çifte saygı duruşunda bulundu.
And he took the pot with him.
Ve tencereyi de yanına aldı.
Again he had to see if the pot worked.
Tekrar tencerenin çalışıp çalışmadığına bakması gerekiyordu.

He turned the pot upside down.
Tencereyi ters çevirdi.
And he shook the pot as before.
Ve yine eskisi gibi tencereyi salladı.
And he waited for the murukku to fall out.
Ve murukku'nun düşmesini bekledi.
But no, horror of horrors!
Ama hayır, dehşetin dehşeti!
Murukku did not fall from the pot.
Murukku tencereden düşmedi.
Instead of murukku, demons jumped out.
Murukku yerine şeytanlar ortaya çıktı.
They began to beat the astonished Brahman.
Şaşkın Brahman'ı dövmeye başladılar.
The Brahman received punches and kicks.
Brahman yumruk ve tekmelere maruz kaldı.
But he kept his presence of mind.
Ama soğukkanlılığını korudu.
He turned the pot the right way up.
Tencereyi tam tersine çevirdi.
And he covered the pot up again.
Ve tencerenin kapağını tekrar kapattı.
Fortunately his quick thinking worked.
Neyse ki hızlı düşünme yeteneği işe yaradı.
The demons disappeared as soon as he did this.
Bunu yaptığı anda iblisler ortadan kayboldu.
The Brahman tried to understand what this meant.
Brahman bunun ne anlama geldiğini anlamaya çalıştı.
It must be to punish the innkeeper!
Hancıyı cezalandırmak için olsa gerek!
So he went to the innkeeper again.
Tekrar hancıya gitti.
He gave him the new pot.
Ona yeni tencereyi verdi.
He begged of him to look after the pot.
Tencereye göz kulak olması için yalvardı.
Just like he had done before.

Tıpkı daha önce yaptığı gibi.
He went for his ablutions and prayers.
Abdestini almaya ve namazını kılmaya gitti.
The innkeeper was delighted.
Hancı çok sevindi.
He had been given a second godsend.
Kendisine ikinci bir lütuf daha verilmişti.
He agreed to take the greatest care of the pot.
Tencereye en iyi şekilde bakmayı kabul etti.
He waited for the Brahman to go.
Brahman'ın gitmesini bekledi.
And he called his wife and children.
Ve karısını ve çocuklarını çağırdı.
"This is another pot from the Brahman"
"Bu Brahman'dan gelen bir başka kap"
"This time I hope it is not murukku"
"Bu sefer murukku olmaz umarım"
"I hope this pot is full of sandesa"
"Umarım bu tencere sandesa ile doludur"
"Come, be ready with the baskets"
"Gelin, sepetleri hazırlayın"
"I will turn the pot upside down"
"Tencereyi ters çevireceğim"
"And then I will shake the pot"
"Ve sonra tencereyi sallayacağım"
And he did what he said he would do.
Ve söylediğini yaptı.
But the room did not fill with food.
Ama oda yiyecekle dolmadı.
This time the room filled with demons.
Bu sefer oda şeytanlarla doldu.
The demons caught hold of the innkeeper.
Hancının üzerine cinler musallat oldu.
And the demons also caught his family.
Ve cinler onun ailesini de yakaladılar.
And the demons beat them mercilessly.
Ve iblisler onları acımasızca dövdüler.

They would have completely destroyed the shop.
Dükkanı tamamen yıkacaklardı.
But the victims ran to the Brahman.
Ama kurbanlar Brahman'a kaçtılar.
The Brahman had returned from his ablutions.
Brahman abdestten dönmüştü.
The Brahman showed mercy to them.
Brahman onlara merhamet gösterdi.
And he accepted their request.
Ve onların bu isteğini kabul etti.
But there was one condition to his help.
Ancak yardımının bir şartı vardı.
"I will only help if I get my pot back"
"Sadece tenceremi geri alırsam yardım edeceğim"
The innkeeper didn't have much choice.
Hancının pek fazla seçeneği yoktu.
He had to accept the Brahman's conditions.
Brahman'ın şartlarını kabul etmek zorundaydı.
The Brahman put the pot upright again.
Brahman çömleği tekrar dik konuma getirdi.
And he put the lid on the pot.
Ve tencerenin kapağını kapattı.
He took his pot back from the innkeeper.
Hancıdan tenceresini geri aldı.
And he returned back to his village.
Ve köyüne geri döndü.
Now the Brahman had two magical pots.
Brahman'ın iki sihirli kabı vardı.
The Brahman shut the door of his house.
Brahman evinin kapısını kapattı.
And he called his family again.
Ve tekrar ailesini aradı.
He turned the murukku-pot upside down.
Murukku kabını ters çevirdi.
And he shook the murukku-pot as before.
Ve murukku kabını daha önce olduğu gibi salladı.
This time the magic pot worked.

Bu sefer sihirli kap işe yaradı.
An endless stream of the finest murukku.
En güzel murukkuların bitmek bilmeyen akışı.
The family devoured the sweetmeat.
Aile tatlıyı afiyetle yedi.
They ate to their hearts' content.
Doyasıya yediler.
All the pots and pans were filled.
Bütün tencere ve tavalar doluydu.

The next day the Brahman became confectioner.
Ertesi gün Brahman şekerci oldu.
He opened a shop in his house.
Evinde bir dükkân açtı.
And he sold the best murukku.
Ve en iyi murukkuyu sattı.
The whole village came to the Brahman's house.
Bütün köy Brahman'ın evine geldi.
They all wanted to buy the wonderful murukku.
Hepsi o muhteşem murukkuyu satın almak istiyordu.
They had never seen such murukku in their life.
Hayatlarında böyle bir murukku görmemişlerdi.
It was the most delicious murukku they ever had.
Şimdiye kadar yedikleri en lezzetli murukkuydu.
No one had ever made anything like this dessert.
Daha önce hiç kimse böyle bir tatlı yapmamıştı.
The reputation of the Brahman's murukku spread.
Brahman'ın murukkusunun ünü yayıldı.
Soon people from outside the city came.
Kısa süre sonra şehrin dışından da insanlar gelmeye başladı.
Cartloads of the sweetmeat were sold every day.
Her gün arabalarla şekerleme satılıyordu.
The Brahman quickly became very rich.
Brahman kısa zamanda çok zengin oldu.
He built a large brick house.
Büyük bir tuğla ev inşa etti.
And he lived like a nobleman of the land.

Ve memleketin asilzadesi gibi yaşadı.
Once, however, his luck almost changed.
Ancak bir gün şansı neredeyse değişecekti.
His children had taken the wrong pot.
Çocukları yanlış tencereyi almışlardı.
A large number of demons came out.
Çok sayıda cin çıktı.
And they caught hold of the Brahman's wife.
Ve Brahman'ın karısını yakaladılar.
And they also caught his children.
Ve çocuklarını da yakaladılar.
They were striking them mercilessly.
Onlara acımasızca vuruyorlardı.
Fortunately the Brahman came back into the house.
Neyse ki Brahman eve geri döndü.
He turned the pot back to its proper position.
Tencereyi tekrar eski yerine koydu.
He wanted to prevent a similar catastrophe.
Benzer bir felaketin yaşanmasını önlemek istiyordu.
So the Brahman had a private room built.
Bunun üzerine Brahman özel bir oda yaptırdı.
And he put the pot in a secret place.
Ve çömleği gizli bir yere koydu.
Mortals, however, do not have the luck of Gods.
Ancak ölümlüler Tanrılar kadar şanslı değiller.
Uninterrupted prosperity is not their fortune.
Kesintisiz refah onların şansı değil.
The demon-pot had been put out of the way.
Şeytan çömleği ortadan kaldırılmıştı.
But why might accident not befall the murukku pot?
Peki murukku kabına neden kaza gelmesin?
One day the Brahman and his wife were absent.
Bir gün Brahman ve karısı yoktu.
The children decided to shake the pot.
Çocuklar tencereyi sallamaya karar verdiler.
Each of them wanted to do the honors.
Her biri bu onuru yaşamak istiyordu.

So there was a fight to get the pot.
Bu yüzden tencereyi kapmak için bir mücadele yaşandı.
In the struggle the pot fell to the ground.
Mücadele sırasında tencere yere düştü.
Like any other earthen pot, it broke.
Her toprak kap gibi o da kırıldı.
Eventually the Braham came back home again.
Sonunda Braham tekrar evine döndü.
You can imagine how the news grieved him.
Haberin onu ne kadar üzdüğünü tahmin edebilirsiniz.
Of course the children were well cudgeled.
Elbette çocuklar çok iyi dövüldüler.
But anger could not replace the pot.
Ama öfke tencerenin yerini tutamadı.
After some days he went to the forest again.
Birkaç gün sonra tekrar ormana gitti.
He offered many a prayer for Durga's favor.
Durga'nın lütfu için çok dua etti.
At last Siva and Durga appeared to him.
Sonunda Siva ve Durga ona göründüler.
They listened to how the pot had been broken.
Çömleğin nasıl kırıldığını dinlediler.
Durga decided to give him another pot.
Durga ona bir çömlek daha vermeye karar verdi.
But this pot was accompanied with a caution.
Ancak bu tencerenin bir de uyarısı vardı.
"Brahman, take care of this pot"
"Brahman, bu tencereye iyi bak"
"Do not break or lose this pot again"
"Bu tencereyi bir daha kırma veya kaybetme"
"Next time I will not give you another pot"
"Bir dahaki sefere sana bir tencere daha vermeyeceğim"
The Brahman made obeisance to the Gods.
Brahman Tanrılara saygılarını sundu.
And he went straight back to his house.
Ve doğruca evine geri döndü.
This time he did not halt at the innkeeper's.

Bu sefer hancının yanında durmadı.
He shut the door of his house.
Evinin kapısını kapattı.
He called his family to him.
Ailesini yanına çağırdı.
And he turned the pot upside down.
Ve tencereyi ters çevirdi.
And then he began to shake the pot.
Ve sonra tencereyi sallamaya başladı.
They were only expecting murukku.
Onlar sadece murukku bekliyorlardı.
But this time it was not murukku.
Ama bu sefer murukku değildi.
A stream of beautiful sandesa poured out.
Güzel sandesalar fışkırıyordu.
It was the finest sandesa you can imagine.
Hayal edebileceğiniz en iyi sandesaydı.
It truly was the food of Gods.
Gerçekten de Tanrıların yemeğiydi.
The Brahman set up another shop.
Brahman yeni bir dükkan açtı.
Now he was selling sandesa.
Şimdi sandesa satıyordu.
The fame of his shop soon drew large crowds.
Dükkanının ünü kısa zamanda büyük kalabalıkların ilgisini
çekmeye başladı.
People came from all over the country.
Ülkenin her yerinden insanlar geldi.
At all festivals and marriage feasts.
Bütün bayramlarda ve düğünlerde.
And at all funeral celebrations in the area.
Ve bölgedeki tüm cenaze törenlerinde.
No one bought any other sandesa.
Başka hiç kimse sandesa almadı.
All day long the pot produced sandesa.
Bütün gün tencere sandesa üretti.
Gigantic jars were filled with sweet.

Kocaman kavanozlar tatlılarla doluydu.
And the jars were sent all over the country.
Ve kavanozlar ülkenin her tarafına gönderildi.

The Brahman's wealth made the Zemindar jealous.
Brahman'ın zenginliği Zemindar'ı kıskandırdı.
In these days all villages had a Zemindar.
O zamanlar her köyde bir Zemindar vardı.
He had heard strange things about the sandesa.
Sandesa hakkında tuhaf şeyler duymuştu.
He heard the dessert came from a magic pot.
Tatlının sihirli bir kaptan çıktığını duymuş.
So he devised a plan to get this pot.
Bunun üzerine bu çömleği ele geçirmek için bir plan yaptı.
His son was going to get married.
Oğlu evlenecekti.
To celebrate there was a great feast.
Kutlamak için büyük bir ziyafet verildi.
Many hundreds of people were invited.
Yüzlerce kişi davet edildi.
Mountain-loads of sandesa were required.
Dağlar kadar sandesa gerekiyordu.
The Zemindar made a proposal to the Brahman.
Zemindar, Brahman'a bir teklifte bulundu.
"Bring the magical pot to my house"
"Büyülü çömleği evime getirin"
At first the Brahman refused to bring the pot.
Brahman ilk başta testiyi getirmeyi reddetti.
But the Zemindar insisted.
Ama Zemindar ısrar etti.
"I will have hundreds of guests"
"Yüzlerce misafirim olacak"
"I will need mountains of sandesa"
"Dağlarca sandesa'ya ihtiyacım olacak"
"More sandesa than you can carry"
"Taşıyabileceğinden fazla sandesa"
"Bring the vessel to my house"

"Gemiyi evime getirin"
"It will be easier for you and me"
"Senin ve benim için daha kolay olacak"
Eventually the Brahman agreed.
Sonunda Brahman kabul etti.
Himalayas of sandesa were shaken out.
Sandesa Himalayaları sarsıldı.
But the Zemindar got hold of the pot.
Ama tencere Zemindar'ın eline geçti.
The Zemindar insulted the Brahman.
Zemindar, Brahman'a hakaret etti.
And he chased him out of his house.
Ve onu evinden kovdu.
The Brahman didn't give vent to anger.
Brahman öfkeye kapılmadı.
Instead, he quietly went back to his house.
Bunun yerine sessizce evine geri döndü.
He went to the private room.
Özel odaya gitti.
And he took out the demon-pot.
Ve iblis kabını çıkardı.
He came back to the Zemindar's house.
Zemindar'ın evine geri döndü.
And he went to the door of the Zemindar.
Ve Zemindar'ın kapısına gitti.
He turned the pot upside down.
Tencereyi ters çevirdi.
And then shook the magical pot.
Ve sonra sihirli çömleği salladı.
A hundred demons fell out of the pot.
Yüz tane iblis tencereden düştü.
The chaos was impossible to describe.
Kaosu tarif etmek imkânsızdı.
The unearthly visitors flooded the party.
Partiye dünya dışı ziyaretçiler akın etti.
They caught hundreds of the guests.
Yüzlerce misafiri yakaladılar.

And the demons beat them mercilessly.
Ve iblisler onları acımasızca dövdüler.
The women were dragged by their hair.
Kadınlar saçlarından sürükleniyordu.
The Zemindar was chased from room to room.
Zemindar odadan odaya kovalanıyordu.
The demons' mischief was getting out of hand.
Şeytanların kötülükleri kontrolden çıkıyordu.
Someone had to put an end to their mischief.
Birisinin bu yaramazlıklara son vermesi gerekiyordu.
Else all the men would have been killed.
Aksi takdirde bütün adamlar öldürülmüş olacaktı.
And the house would have been torn to the ground.
Ve ev yerle bir olurdu.
The Zemindar fell at the feet of the Brahman.
Zemindar, Brahman'ın ayaklarına kapandı.
And he begged to be shown mercy.
Ve kendisine merhamet gösterilmesini diledi.
The Brahman showed him great mercy.
Brahman ona büyük merhamet gösterdi.
And he put the demons back in the pot.
Ve cinleri tekrar tencereye koydu.
The Zemindar never disturbed the Brahman again.
Zemindar bir daha Brahman'ı rahatsız etmedi.
Nor was he disturbed by anyone else.
Başka hiç kimse tarafından rahatsız edilmiyordu.
And he lived for many happy years.
Ve uzun yıllar mutlu yaşadı.

The Story of the Rakshasas
Rakshasaların Hikayesi

There was once a poor dimwitted Brahman.
Bir zamanlar zavallı, budala bir Brahman varmış.
This dimwitted man had a wife, but no children.
Bu aptal adamın bir karısı vardı ama çocuğu yoktu.
But him not having children was probably for the best.
Ama çocuk sahibi olmaması onun için en iyisiydi herhalde.
Because he was barely able to meet his own needs.
Çünkü kendi ihtiyaçlarını bile karşılayamıyordu.
And he could hardly supply enough for his wife.
Ve karısına yetecek kadarını bile zor temin edebiliyordu.
But his dimwittedness was not even his biggest problem.
Ama onun en büyük sorunu zekâsının zayıflığı bile değildi.
This dimwitted man was also a rather lazy man!
Bu ahmak adam aynı zamanda oldukça tembel bir adamdı!
He was averse to making any long journeys.
Uzun yolculuklara çıkmaktan pek hoşlanmazdı.
Had he travelled further he might have had enough.
Daha uzağa gitseydi belki de yeterdi.
He could have got presents from rich men.
Zengin adamlardan hediyeler alabilirdi.
This would have enabled them to live comfortably.
Bu onların rahat bir şekilde yaşamalarını sağlayacaktı.
There was a great king in a neighbouring country.
Komşu bir ülkede büyük bir kral varmış.
The mother of the great king had just died.
Büyük kralın annesi yeni ölmüştü.
So this king was celebrating the funeral obsequies.
İşte bu kralın cenaze töreni yapılıyordu.
And the funeral was celebrated with great pomp.
Ve cenaze töreni büyük bir ihtişamla kutlandı.
Brahmans and beggars were coming from faraway lands.
Uzak diyarlardan Brahmanlar ve dilenciler geliyordu.
They all came expecting to receive rich presents.
Hepsi zengin hediyeler almayı bekleyerek geldiler.

The Brahman's wife requested him to also go.
Brahman'ın karısı da onun gitmesini istedi.
"Seize this opportunity and get us a little money"
"Bu fırsatı değerlendir ve bize biraz para kazandır"
But his constitutional indolence stood in the way.
Ancak anayasal tembelliği buna engel oldu.
The woman, however, gave her husband no rest.
Ancak kadın kocasına rahat vermiyordu.
Finally she extorted from him the promise.
Sonunda ondan bu sözü zorla aldı.
He promised his wife that he would go.
Karısına gideceğine söz verdi.
The good woman, accordingly, cut down a plantain tree.
Bunun üzerine iyi kadın bir muz ağacını kesti.
And she burnt the plantain tree to ashes.
Ve muz ağacını yakıp kül etti.
With the ashes she cleaned the clothes of her husband.
Küllerle kocasının elbiselerini temizledi.
And she made his clothes as white as any cleaner could.
Ve onun kıyafetlerini herhangi bir temizlikçinin yapabileceği
kadar beyaz yaptı.
Her husband was going to the palace of a great king.
Kocası büyük bir kralın sarayına gidiyordu.
The king could not be approached by men in rags.
Kralın yanına paçavralar içindeki adamlar yaklaşamıyordu.
Besides, Brahman are bound to appear neat and clean.
Ayrıca Brahmanların temiz ve düzenli görünmeleri gerekir.
At last, one morning the Brahman left his house.
Nihayet bir sabah Brahman evinden ayrıldı.
And he made his way to the palace of the great king.
Ve büyük kralın sarayına doğru yola koyuldu.
I have already mentioned he was a dimwitted man.
Onun aptal bir adam olduğunu daha önce söylemiştim.
He did not inquire which road he should take.
Hangi yolu izlemesi gerektiğini sorgulamadı.
Instead, he walked on and on without directions.

Bunun yerine, hiçbir yönlendirme olmadan yürümeye devam etti.

And he followed wherever his nose pointed him.

Ve burnunun götürdüğü yere doğru gidiyordu.

I don't need to say he was not on the right road.

Doğru yolda olmadığını söylememe gerek yok.

The regions he wandered became less and less inhabited.

Gezdiği bölgeler giderek daha az yerleşim yeri haline geldi.

Soon he met no human being for many miles.

Kısa süre sonra kilometrelerce yol boyunca hiçbir insana rastlamadı.

But there were many other things he saw there.

Ama orada gördüğü başka birçok şey daha vardı.

Things he had never seen in all his life.

Hayatında hiç görmediği şeyler.

He saw hillocks of cowries on the roadside.

Yol kenarında deniz kabuklarından oluşan tepecikler gördü.

Cowries were shells used as money in those times.

O dönemde deniz kabukları para yerine kullanılıyordu.

He kept going and saw hillocks of jewels.

Yürümeye devam etti ve mücevherlerden oluşan tepecikler gördü.

Next, he saw hillocks of four-anna pieces.

Daha sonra dört annalık taşlardan oluşan tepecikler gördü.

Further along were hillocks of eight-anna pieces.

Daha ileride sekiz annalık taşlardan oluşan tepecikler vardı.

And further yet were hillocks of rupees.

Ve daha da ileride rupilerden oluşan tepecikler vardı.

But the Brahman's surprise did not end there.

Ancak Brahman'ın şaşkınlığı bununla bitmedi.

Next there was a hill of burnished gold-mohurs.

Daha sonra cilalanmış altın mohurlardan oluşan bir tepe vardı.

The burnished gold-mohurs were shining brightly.

Cilalanmış altın mohurlar parlak bir şekilde parlıyordu.

Because the gold-mohurs had been freshly minted.

Çünkü altın-mohurlar yeni basılmıştı.

Close to the hill of gold-mohurs was a large house.
Altın-mohur tepesinin yakınında büyük bir ev vardı.
The house looked like the palace of a powerful king.
Ev, güçlü bir kralın sarayını andırıyordu.
At the door stood a lady of exquisite beauty.
Kapıda son derece güzel bir kadın duruyordu.
The lady, seeing the Brahman, said;
Kadın, Brahman'ı görünce şöyle dedi;
"Come to me, my beloved husband"
"Bana gel, sevgili kocam"
"You married me when I was young"
"Gençken benimle evlendin"
"But you never came back after our marriage"
"Ama sen evlendikten sonra bir daha geri dönmedin"
"Though I have been daily expecting you"
"Her gün seni bekliyordum"
"Blessed be this day," said the lady.
"Bugün kutlu olsun," dedi kadın.
"On this day I see the face of my husband"
"Bugün kocamın yüzünü görüyorum"
"Come, my sweet, come in," she asked of him.
"Gel tatlım, içeri gel," diye seslendi ona.
"You must be fatigued from your long journey"
"Uzun yolculuğunuzdan dolayı yorgun olmalısınız"
"Wash your feet and rest, and eat and drink"
"Ayaklarınızı yıkayın ve dinlenin, yiyin ve için"
"And after that we shall make ourselves merry"
"Ve ondan sonra kendimizi neşelendireceğiz"
The Brahman was astonished beyond measure.
Brahman ölçüsüz bir şaşkınlık içindeydi.
He had no recollection marrying twice.
İki kez evlendiğini hatırlamıyordu.
He remembered marrying the wife he left at home.
Evde bıraktığı karısıyla evlendiğini hatırladı.
But he did not remember marrying this lady.
Ama bu hanımla evlendiğini hatırlamıyordu.
But he remembered that he was a Kulin Brahman.

Ama kendisinin bir Kulin Brahman olduğunu hatırladı.
Perhaps his father got him married as a child.
Belki de babası onu çocukken evlendirmişti.
But what he thought did not matter much.
Ama onun ne düşündüğünün pek bir önemi yoktu.
The woman was certain he was her husband.
Kadın onun kocası olduğundan emindi.
And he had no reason to say he was not her husband.
Ve onun kocası olmadığını söylemesi için hiçbir sebebi yoktu.
Because her beauty was more than he could fathom.
Çünkü onun güzelliği onun kavrayabileceğinden çok daha
fazlaydı.
As beautiful as the Goddesses of Indra's heaven.
İndra'nın cennetinin tanrıçaları kadar güzel.
And he was sure that she was wealthy too.
Ve onun zengin olduğundan da emindi.
These thoughts went through the Brahman's mind.
Bu düşünceler Brahman'ın aklından geçiyordu.
But the lady interrupted his flow of thought.
Fakat kadın onun düşünce akışını böldü.
"Are you doubting whether I am your wife?"
"Benim senin karın olup olmadığımdan mı şüphe ediyorsun?"
"Have you lost all memories of that happy event?
"O mutlu olayın tüm anılarını mı kaybettin?
"All the pomp and circumstance of our nuptials"
"Düğünümüzün tüm ihtişamı ve görkemi"
"Come in, beloved; this is your house"
"İçeri gel, sevgilim; burası senin evin"
"Because whatever is mine is thine also"
"Çünkü benim olan her şey senindir"
The fair lady easily persuaded the Brahman.
Güzel kadın Brahman'ı kolayca ikna etti.
And he succumbed to her loving entreaties.
Ve onun sevgi dolu yalvarışlarına boyun eğdi.
And he went into the house of the lady.
Ve hanımın evine girdi.
The house was not an ordinary one.

Ev sıradan bir ev değildi.
The house was in fact a magnificent palace.
Ev gerçekten muhteşem bir saraydı.
All the apartments were large and lofty.
Bütün daireler büyük ve yüksekti.
Every room in the palace was richly furnished.
Sarayın her odası zengin bir şekilde döşenmişti.
But one thing surprised the Brahman very much.
Fakat bir şey Brahman'ı çok şaşırttı.
There was no other person in all the house.
Evde başka kimse yoktu.
The only one there was the lady herself.
Orada sadece hanımefendi vardı.
He could not account for the strange phenomenon.
Bu garip olayın nedenini açıklayamıyordu.
They meet anyone on their walks either.
Yürüyüşlerinde de herkesle karşılaşıyorlar.
The fact was that the lady was not a human being.
Gerçek şu ki, hanım bir insan değildi.
What the lady really was was a Rakshasi.
Kadının aslında bir Rakshasi olduğu ortaya çıktı.
She had eaten up the king and queen.
Kral ve kraliçeyi yemişti.
And she had eaten all the members of the royal family.
Ve kraliyet ailesinin bütün fertlerini yemişti.
And gradually she had eaten their servants too.
Ve yavaş yavaş onların hizmetçilerini de yemişti.
This was why there were no humans far and wide.
Bu yüzden her tarafta insan yoktu.
The Rakshasi and the Brahman now lived together.
Rakshasi ve Brahman artık birlikte yaşıyorlardı.
After a week the former said to the latter;
Bir hafta sonra birincisi ikincisine şöyle dedi;
"I am very anxious to see my sister"
"Kız kardeşimi görmeyi çok istiyorum"
"As you know, my sister is your other wife"
"Bildiğin gibi kız kardeşim senin diğer karındır "

"You must go and fetch my sister; your other wife"
"Gidip kızkardeşimi, diğer karını almalısın"
"Then we shall all live together happily"
"O zaman hepimiz mutlu bir şekilde birlikte yaşayacağız"
"You must go to get her early tomorrow"
"Yarın onu erken almaya gitmelisin"
"I will give you clothes and jewels for her"
"Ona elbise ve mücevher vereceğim"
Next morning the Brahman set out for his home.
Ertesi sabah Brahman evine doğru yola çıktı.
He was furnished with fine clothes.
Kendisine güzel elbiseler giydirildi.
And he wore around his wrists costly ornaments.
Ve bileklerinde pahalı süsler takıyordu.

The poor woman was in great distress.
Zavallı kadın çok sıkıntıdaydı.
The funeral ceremony of the king's mother was over.
Kralın annesinin cenaze töreni bitmişti.
All the Brahmans and Pandits had returned.
Bütün Brahmanlar ve Panditler geri dönmüştü.
And they were loaded with donations.
Ve bağışlarla doluydular.
But her husband had not returned.
Ama kocası geri dönmemişti.
No one could give any news of him.
Ondan haber veren kimse yoktu.
Because no one had seen him there.
Çünkü onu orada kimse görmemişti.
The woman therefore could only come to one conclusion.
Kadın bu nedenle yalnızca bir sonuca varabilirdi.
He must have been murdered on the road by highwaymen.
Yolda eşkıyalar tarafından öldürülmüş olmalı.
She was in this terrible suspense.
Korkunç bir gerilim içindeydi.
But then one day she heard some rumors.
Ama bir gün bazı söylentiler duydu.

People in her village were talking about her husband.
Köyündeki insanlar kocasından bahsediyorlardı.
They said they saw him coming back.
Onu geri dönerken gördüklerini söylediler.
And they said he was dressed in fine clothes.
Ve onun güzel elbiseler giydiğini söylediler.
And they said he had fine jewels for his wife.
Ve karısına güzel mücevherler taktığını söylediler.
And sure enough the Brahman soon appeared.
Ve gerçekten de Brahman kısa süre sonra ortaya çıktı.
And he was carrying fine jewels for his wife.
Ve karısına güzel mücevherler takıyordu.
On seeing his wife the Brahman thus accosted her;
Karısını gören Brahman ona şöyle seslendi;
"Come with me, my dearest wife"
"Benimle gel, sevgili karım"
"I have found my first wife"
"İlk eşimi buldum"
"She lives in a stately palace"
"O görkemli bir sarayda yaşıyor"
"Near her palace are hillocks of rupees"
"Sarayının yakınında rupi tepecikleri var"
"And there is a large hill of gold-mohurs"
"Ve orada büyük bir altın-mohur tepesi var"
"Why should you pine away in wretchedness?"
"Neden sefalet içinde kıvranıp duruyorsun?"
"Why would you stay in this horrible place?"
"Neden bu korkunç yerde kalıyorsun?"
"Come with me to the house of my first wife"
"Benimle ilk karımın evine gel"
"There we shall all live together happily"
"Orada hepimiz mutlu bir şekilde yaşayacağız"
At first, she thought her half-witted man had gone mad.
İlk başta, yarım akıllı adamının delirdiğini düşündü.
She could not imagine the hillocks of rupees.
Rupi yığınlarını hayal edemiyordu.
And she could not imagine a hill of gold-mohurs.

Ve altın mohurlardan oluşan bir tepeyi hayal edemiyordu.
But then she saw how he was beautifully dressed.
Ama sonra onun ne kadar güzel giyindiğini gördü.
Beautiful clothes of exquisite silks and satins.
Zarif ipek ve satenlerden yapılmış güzel giysiler.
Ornaments set with diamonds and precious stones.
Elmas ve değerli taşlarla süslenmiş süsler.
Clothes fit for the queen of the land.
Ülkenin kraliçesine yakışır kıyafetler.
Clothes only princesses were in the habit of putting on.
Sadece prenseslerin giyme alışkanlığı olan kıyafetler.
She concluded in her mind that something was amiss:
Aklından bir şeylerin ters gittiği sonucuna vardı:
Her stupid husband must have been tricked.
Aptal kocası kandırılmış olmalı.
He must have fallen into the meshes of a Rakshasi.
Bir Rakshasi'nin ağlarına düşmüş olmalı.
The Brahman, however, insisted his wife went with him.
Ancak Brahman, karısının da kendisiyle birlikte gitmesi
konusunda ısrarcıydı.
"Feel free to stay here and pine away in poverty"
"Burada kalıp yoksulluk içinde çürümekten çekinmeyin"
"As for me, I will return to the palace of my first wife"
"Ben ilk eşimin sarayına döneceğim"
The good woman did her best to stop her husband.
İyi kadın kocasını durdurmak için elinden geleni yaptı.
But in the end she resolved to go with him.
Ama sonunda onunla gitmeye karar verdi.
Perhaps she could judge the matter better at the palace.
Belki sarayda bu konuyu daha iyi değerlendirebilirdi.

They set out accordingly the next morning.
Ertesi sabah da aynı şekilde yola koyuldular.
They went the same road the Brahman had travelled.
Brahman'ın yürüdüğü aynı yoldan gittiler.
The woman was not a little surprised by what she saw.
Kadın gördükleri karşısında pek de şaşırmadı.

She saw the hillocks of cowries and of jewels.

Deniz kabuklarından ve mücevherlerden oluşan tepecikleri gördü.

And she saw hillocks of eight-anna pieces.

Ve sekiz haneli taşlardan oluşan tepecikler gördü.

And she saw the hillocks of rupees too.

Ve o da rupi tepeciklerini gördü.

And last of all she saw a lofty hill of gold-mohurs.

Ve en sonunda altın mohurların bulunduğu yüksek bir tepe gördü.

She saw also an exceedingly beautiful lady.

Ayrıca son derece güzel bir kadın da gördü.

The lady of the palace was hastening towards her.

Saray hanımı ona doğru hızla geliyordu.

The lady fell on the neck of the Brahman woman.

Kadın Brahman kadının boynuna düştü.

And she wept tears of joy, and said:

Ve sevinç gözyaşları dökerek şöyle dedi:

"Welcome, beloved sister!"

"Hoş geldin sevgili kardeşim!"

"This is the happiest day of my life!"

"Bu hayatımın en mutlu günü!"

"I see the face of my dearest sister again!"

"Sevgili kardeşimin yüzünü tekrar görüyorum!"

The husband and his two wives entered the palace.

Koca ve iki karısı saraya girdiler.

Now he was lodged in a stately mansion.

Artık görkemli bir malikânede kalıyordu.

The most delectable food appeared, as if by enchantment.

Sanki büyülenmiş gibi en lezzetli yiyecekler ortaya çıktı.

He was caressed and endeared by his two wives.

İki karısı tarafından okşanıp seviliyordu.

Both wives did their best to make him happy.

Her iki eşi de onu mutlu etmek için ellerinden geleni yaptılar.

Both wives did their best to make him comfortable.

Her iki eşi de onu rahat ettirmek için ellerinden geleni yaptılar.

His two wives were competing for his love.
İki karısı onun aşkı için yarışıyordu.
The Brahman had a jolly time of it.
Brahman çok eğlendi.
He was steeped in an ocean of enjoyment.
Bir zevk okyanusuna gömülmüştü.
The Brahman lived in this state of Elysian pleasure.
Brahman bu Elysian zevk halinde yaşıyordu.
Some fifteen or sixteen years he spent this way.
Yaklaşık on beş-on altı yılını bu şekilde geçirdi.
During this time his two wives presented him with two sons.
Bu sırada iki karısı ona iki erkek çocuk doğurdu.
The Rakshasi's son was the elder.
Rakshasi'nin oğlu büyüktü.
He looked more like a god than a human being.
Bir insandan çok bir tanrıya benziyordu.
He was named Sahasra-Dal.
Adı Sahasra-Dal'dı.
His name meant the thousand-branched.
Adı bin dallı anlamına geliyordu.
The son of the Brahman woman was a year younger.
Brahman kadının oğlu ondan bir yaş küçüktü.
He was named Champa-Dal
Adı Champa-Dal'dı
His name meant the branch of a champaka tree.
Adı, bir çampaka ağacının dalı anlamına geliyordu.
The two brothers loved each other dearly.
İki kardeş birbirini çok seviyordu.
They were both sent to the same school.
İkisi de aynı okula gönderildi.
The school was several miles distant from the palace.
Okul saraydan birkaç mil uzaktaydı.
Every day they rode their two little ponies to school.
Her gün iki küçük midillilerine binip okula gidiyorlardı.
The Brahman woman had always been suspicious.
Brahman kadın her zaman şüpheciydi.

A thousand little circumstances gave her clues.
Binlerce küçük olay ona ipucu veriyordu.
She knew her sister-in-law was not a human being.
Yengesinin insan olmadığını biliyordu.
She was sure her sister-in-law was a Rakshasi.
Yengesinin Rakshasi olduğundan emindi.
But her suspicion had not yet ripened into certainty.
Ama şüpheleri henüz kesinliğe dönüşmemişti.
Because the Rakshasi exercised great self-restraint.
Çünkü Rakshasi büyük bir öz denetim uyguluyordu.
She never did anything which human beings did not do.
O, insanların yapmadığı hiçbir şeyi yapmadı.
But she couldn't hide her demonic nature forever.
Ama şeytani doğasını sonsuza dek saklayamadı.
Her demonic nature was eventually going to reveal itself.
Şeytani doğası sonunda kendini gösterecekti.

The Brahman had little to keep him busy.
Brahman'ın onu meşgul edecek pek bir şeyi yoktu.
In order to pass his time he went hunting.
Zamanını geçirmek için ava çıktı.
The first day he returned with an antelope.
İlk gün bir antilopla geri döndü.
The antelope was laid in the courtyard of the palace.
Antilop sarayın avlusuna bırakıldı.
The Rakshasi saw the antelope with great interest.
Rakshasi antilopu büyük bir ilgiyle izledi.
At the sight of the raw meat her mouth began to water.
Çiğ eti görünce ağzı sulanmaya başladı.
The antelope was never taken to the kitchen.
Antilop hiçbir zaman mutfağa götürülmedi.
Instead, the Rakshasi took the antelope to another room.
Bunun yerine Rakshasi antilopu başka bir odaya götürdü.
In this room she began devouring the antelope.
Bu odada antilopları yemeye başladı.
The Brahman woman saw everything from a secret room.
Brahman kadın her şeyi gizli bir odadan görüyordu.

Her Rakshasi sister tore a leg off the antelope.
Rakshasi kız kardeşi antilopun bacağını kopardı.
She saw how she opened her tremendous jaw.
Kocaman çenesinin nasıl açıldığını gördü.
And in one mouthful she swallowed up the leg.
Ve bir lokmada bacağını yuttu.
The other limbs were devoured in the same manner.
Diğer uzuvlar da aynı şekilde parçalandı.
And opening her jaw even further, she swallowed the body.
Ve çenesini daha da açarak cesedi yuttu.
Only a little bit of the meat was kept for the kitchen.
Etin ancak çok az bir kısmı mutfak için ayrılıyordu.
On the second day the Brahman caught another antelope.
İkinci gün Brahman bir antilop daha yakaladı.
On the third day the Brahman caught another antelope.
Üçüncü gün Brahman bir antilop daha yakaladı.
The Rakshasi was unable to restrain her appetite.
Rakshasi iştahını tutamadı.
The raw flesh brought out her demonic nature.
Çiğ et onun şeytani doğasını ortaya çıkarıyordu.
And she devoured each antelope like the last.
Ve her antilopu bir önceki gibi yuttu.
On the third day the Brahman woman expressed her surprise.
Üçüncü gün Brahman kadın şaşkınlığını dile getirdi.
"Nearly three whole antelopes have disappeared"
"Neredeyse üç antilop tamamen yok oldu"
"All that is left is a little bit of meat"
"Geriye sadece biraz et kaldı"
The Rakshasi did not appreciate the accusation.
Rakshasi bu suçlamayı hoş karşılamadı.
"Do I eat raw flesh?" she asked fiercely.
"Çiğ et mi yiyorum?" diye sordu sertçe.
"Perhaps you do eat raw flesh," replied the Brahman woman.
"Belki de çiğ et yiyorsundur," diye cevapladı Brahman kadın.
"I have nothing to prove the contrary"

"Aksini kanıtlayacak hiçbir şeyim yok"
The Rakshasi knew she had been discovered.
Rakshasi keşfedildiğini biliyordu.
Her eyes became even fiercer than before.
Gözleri eskisinden daha da sertleşti.
And she vowed to get her revenge.
Ve intikamını almaya yemin etti.
The Brahman woman concluded her fate was sealed.
Brahman kadın kaderinin mühürlendiği sonucuna vardı.
She thought her husband would meet the same fate.
Kocasının da aynı kaderi paylaşacağını düşünüyordu.
She did not expect her son to be spared either.
Oğlunun da kurtulacağını ummuyordu.
That night she hardly slept at all.
O gece neredeyse hiç uyuyamadı.
The Rakshasi had prevented her from seeing her husband.
Rakshasi, onun kocasını görmesini engellemişti.
Early next morning Champa-Dal went to school.
Ertesi sabah erkenden Champa-Dal okula gitti.
Before he went to school she gave her son a golden bottle.
Oğlu okula gitmeden önce ona altın bir şişe hediye etti.
In the golden bottle was her own breast milk.
Altın şişede kendi sütü vardı.
"Carefully watch the colour of the milk"
"Sütün rengine dikkat edin"
"If the milk turns red, your father has been killed"
"Süt kırmızıya dönerse babanız öldürülmüştür"
"If the milk turns redder, then I have been killed"
"Süt daha kırmızı olursa, ben öldürülmüşüm demektir"
"If the milk turns red you must gallop away"
"Süt kırmızıya dönerse dörtnala koşmalısın"
"Gallop as fast as your horse can carry you"
"Atınız sizi taşıyabildiği kadar hızlı dörtnala koşun"
"If you do not run away, you will be devoured"
"Kaçmazsanız yutulacaksınız"
That morning the Rakshasi made a suggestion to her husband.

O sabah Rakshasi kocasına bir öneride bulundu.
"Let us bathe in the river this morning"
"Bu sabah nehirde yıkanalım"
She would not take no for an answer.
Hayır cevabını kabul etmiyordu.
The river was some distance from the palace.
Nehir saraydan biraz uzaktaydı.
The Brahman followed her as meekly as a lamb.
Brahman onu bir kuzu gibi uysalca takip etti.
The Brahman woman saw that her doom was near.
Brahman kadın, kıyametinin yaklaştığını gördü.
But it was beyond her power to avert the catastrophe.
Ancak felaketi önlemek onun elinde değildi.
The Brahman and the Rakshasi did indeed reach the river.
Brahman ve Rakshasi gerçekten de nehre ulaştılar.
Soon after the Rakshasi changed into her real dimensions.
Kısa bir süre sonra Rakshasi gerçek boyutlarına kavuştu.
She tore the Brahman limb from limb.
Brahman'ı parça parça etti.
She devoured him like she had devoured the antelope.
Antilopu yediği gibi onu da yedi.
Then she ran back to her palace.
Sonra koşarak sarayına geri döndü.
The wife's fate was the same as the Brahman's.
Karısının kaderi Brahman'ınkiyle aynıydı.

Young Champ Dal had done as his mother instructed.
Genç Champ Dal annesinin dediğini yapmıştı.
He was diligently observing the golden bottle.
Altın şişeyi dikkatle inceliyordu.
He paid special attention to the colour of the milk.
Sütün rengine özellikle dikkat ediyordu.
He was horror-struck to find the milk redden a little.
Sütün biraz kızardığını görünce dehşete kapıldı.
"My father has been killed," he cried.
"Babam öldürüldü" diye bağırdı.
Soon after the milk completely reddened.

Kısa bir süre sonra süt tamamen kızardı.
"Now my mother has been killed too," he cried.
"Şimdi annem de öldürüldü" diye haykırdı.
Quickly he rushed to mount his pony.
Hemen atına binip gitti.
His half-brother, Sahasra-Dal, was surprised.
Üvey kardeşi Sahasra-Dal şaşırmıştı.
"Where are you going, Champa?"
"Nereye gidiyorsun, Champa?"
"Why are you crying, brother?"
"Neden ağlıyorsun kardeşim?"
"Let me accompany you to wherever you are going"
"Nereye gideceksen sana eşlik edeyim"
But Champa-Dal now feared his brother.
Ama Champa-Dal artık kardeşinden korkuyordu.
"Oh! do not come to me," he objected.
"Aman! Bana gelmeyin!" diye itiraz etti.
"Your mother has devoured my father and mother"
"Annen babamı ve annemi yedi"
"Don't you come and devour me"
"Gelip beni yeme"
"I will not devour you," he promised his brother.
Kardeşine, "Seni yemeyeceğim" diye söz verdi.
"I'll save you," he promised his brother.
"Seni kurtaracağım" diye söz verdi kardeşine.
And he galloped after his brother, Champa-Dal.
Ve kardeşi Champa-Dal'ın peşinden dörtnala koştu.
Soon his mother, the Rakshasi, appeared at a distance.
Çok geçmeden annesi Rakshasi uzaktan göründü.
She demanded Champa-Dal to come to her.
Champa-Dal'ın kendisine gelmesini talep etti.
But Champa-Dal knew better than to go to the Rakshasi.
Ama Champa-Dal, Rakshasi'ye gitmemesi gerektiğini
biliyordu.
"Champa-Dal will not come to you, but I will"
"Champa-Dal sana gelmeyecek, ama ben geleceğim"
And instead, Sahasra-Dal went to his mother.

Ve Sahasra-Dal bunun yerine annesinin yanına gitti.
The young prince always carried a sword with him.
Genç prens her zaman yanında bir kılıç taşırdı.
With his sword he cut off his mother's head.
Kılıcıyla annesinin başını kesti.
Champa-Dal had not stayed to witness this.
Champa-Dal buna tanıklık etmek için kalmamıştı.
He had galloped off as far as his pony could carry him.
Midillisinin onu taşıyabildiği yere kadar dörtnala koşmuştu.
Because he was running for his life.
Çünkü canını kurtarmak için koşuyordu.
But Sahasra-Dal soon caught up with his brother.
Ancak Sahasra-Dal kısa sürede kardeşine yetişti.
And he told him that his mother was no more.
Ve ona annesinin artık hayatta olmadığını söyledi.
This was small consolation to Champa-Dal.
Bu Champa-Dal için küçük bir teselliydi.
The Rakshasi had already devoured both his parents.
Rakshasi zaten onun anne ve babasını yemişti.
But he could still not trust Sahasra-Dal's friendship.
Ama Sahasra-Dal'ın dostluğuna hâlâ güvenemiyordu.
They both rode as fast as their horses could carry them.
İkisi de atlarının taşıyabildiği kadar hızlı gidiyorlardı.
And their horses could carry them very far.
Ve atları onları çok uzaklara taşıyabiliyordu.
Because their horses were Pakshirajes horses.
Çünkü onların atları Pakshirajes atlarıydı.
Pakshirajes horses are the kings of birds.
Pakshirajes atları kuşların kralıdır.
On their horses they travelled over hundreds of miles.
Atlarıyla yüzlerce mil yol kat ettiler.
An hour or two before sundown they reached a village.
Gün batımına bir iki saat kala bir köye ulaştılar.
Here they became the guests of a respectable family.
Burada saygın bir ailenin misafiri oldular.
But the two brothers saw the family was in gloom.
Ancak iki kardeş ailenin perişan olduğunu gördüler.

Something was agitating the family very much.
Aileyi çok huzursuz eden bir şey vardı.
Some of the family held private consultations.
Ailenin bir kısmı özel görüşmelerde bulundu.
And others in the family were weeping.
Ailenin diğer fertleri de ağlıyordu.
The mother was the eldest lady in the house.
Evin en büyük hanımı annesiydi.
"I will go, as I am the eldest," she said.
"Ben gideceğim, çünkü en büyüğüm" dedi.
"I have lived long enough"
"Yeterince uzun yaşadım"
"At most my life would be cut short by a year or two"
"En fazla ömrüm bir iki yıl kısalırdı"
The youngest member of the house was a little girl.
Evin en küçük üyesi küçük bir kızdı.
"I will go, as I am young," she said.
"Gideceğim, çünkü gencim" dedi.
"I am useless to the family"
"Aileye faydasızım"
"If I die, I shall not be missed"
"Ölsem bile, özlenmeyeceğim"
The head of the house was the son of the old lady.
Evin reisi yaşlı kadının oğluydu.
"I am the representative of the family," he said.
"Ben ailenin temsilcisiyim" dedi.
"It is but reasonable that I should give up my life"
"Hayatımdan vazgeçmem makuldür"
He also had a younger brother.
Bir de küçük kardeşi vardı.
"You are the pillar of the family," he said.
"Siz ailenin direğisiniz" dedi.
"If you go the whole family is ruined"
"Sen gidersen bütün aile mahvolur"
"It is not reasonable that you should go"
"Gitmen mantıklı değil"
"I will go, as I shall not be much missed"

"Gideceğim, çünkü çok özlenmeyeceğim"
The two strangers listened to all this conversation.
İki yabancı da bütün bu konuşmaları dinliyordu.
You can imagine their curiosity was not little.
Meraklarının az olmadığını tahmin edebilirsiniz.
They wondered what the discussion could be about.
Tartışmanın ne hakkında olabileceğini merak ediyorlardı.
Sahasra-Dal took the risk of being thought meddlesome.
Sahasra-Dal, her şeye burnunu sokan biri olarak düşünülme riskini aldı.
"What is the subject of your consultations?"
"Danışmalarınızın konusu nedir?"
"What is the reason for your deep miserable?"
"Derin sefaletinizin sebebi nedir?"
"Why are your words full of countenances?"
"Sözlerin neden yüz ifadeleriyle dolu?"
The head of the house gave the following answer.
Evin reisi şu cevabı verdi.
"There is something you must know, me worthy guests"
"Sevgili misafirlerim, bilmeniz gereken bir şey var."
"These lands are infested by a terrible Rakshasi"
"Bu topraklar korkunç bir Rakshasi tarafından istila edildi"
"This Rakshasi has depopulated all the regions here"
"Bu Rakshasi buradaki tüm bölgeleri boşalttı"
"This town, too, would have been depopulated"
"Bu kasaba da boşaltılacaktı"
"But that our king became suppliant to the Rakshasi"
"Ama kralımız Rakshasi'ye yalvardı"
"He begged her to show mercy to us his people"
"Ondan bize ve halkına merhamet göstermesini rica etti"
The Rakshasi replied to the king.
Rakshasi krala cevap verdi.
"I will consent to show mercy to your subjects"
"Tebaanıza merhamet göstermeyi kabul edeceğim"
"But there is one condition for my mercy"
"Ama merhametimin bir şartı var"
"Every night I demand one human being"

"Her gece bir insan talep ediyorum"
"I don't mind if it is a male or a female"
"Erkek ya da kadın olması umurumda değil"
"Put the human being in a temple for me to feast"
"İnsanı benim için bir tapınağa koy, ziyafet çekeyim"
"If I get a human being every night, I will rest satisfied"
"Her gece bir insanla karşılaşırsam, huzur içinde uyurum"
"Promise me this and I will commit no further depredations"
"Bana bunu söz ver, bir daha yağma yapmayacağım"
"Your subjects will be spared from my ravenous hunger"
"Tebaanız benim açgözlülüğümden kurtulacak"
"Our king had no other alternative than to agree"
"Kralımızın kabul etmekten başka seçeneği yoktu"
"What human can ever hope to contend against a Rakshasi?"
"Hangi insan bir Rakshasi'ye karşı mücadele etmeyi umabilir?"
"From that day the king made a new law"
"O günden sonra kral yeni bir yasa çıkardı"
"Every family has to send one member to the temple"
"Her ailenin bir üyesini tapınağa göndermesi gerekiyor"
"To appease the wrath of the terrible Rakshasi"
"Korkunç Rakshasi'nin gazabını yatıştırmak için"
"To satisfy the endless hunger of the Rakshasi"
"Rakshasi'nin bitmek bilmeyen açlığını gidermek için"
"All the families in this neighbourhood have had their turn"
"Bu mahalledeki tüm ailelerin sırası geldi"
"This night it is the turn of our family"
"Bu gece sıra ailemizde"
"One of us is to devote ourself to destruction"
"Birimiz kendimizi yıkıma adayacağız"
"We are therefore discussing who should go to the Rakshasi"
"Bu nedenle Rakshasi'ye kimin gitmesi gerektiğini tartışıyoruz"
"You can now perceive the cause of our distress"
"Artık sıkıntımızın sebebini anlayabilirsiniz"
The two friends consulted together for a few minutes.

İki arkadaş birkaç dakika boyunca birbirleriyle istişare ettiler.
After this time they concluded their consultation.
Bu sürenin ardından istişarelerini tamamladılar.
Sahasra-Dal was the spokesman for the brothers.
Sahasra-Dal kardeşlerin sözcüsüydü.
"Most worthy host, do not any longer be sad"
"En değerli ev sahibi, artık üzülmeyin"
"You have been very kind to us"
"Bize karşı çok nazik davrandınız"
"We have resolved to requite your hospitality"
"Misafirperverliğinize karşılık vermeye karar verdik"
"We will go to the temple instead of you"
"Biz sizin yerinize tapınağa gideceğiz"
"We shall go as your representatives"
"Biz sizin temsilciniz olarak gideceğiz"
"We will become the food of the Rakshasi"
"Rakshasi'nin yemeği olacağız"
The whole family protested against the proposal.
Tüm aile bu öneriye karşı çıktı.
They declared that guests were like gods.
Misafirlerin adeta tanrılar gibi olduğunu söylediler.
"The host must ensure the comfort of the guests"
"Ev sahibi misafirlerin rahatını sağlamalıdır"
"The guests must not suffer for the host"
"Misafirler ev sahibi için acı çekmemeli"
But the two strangers could not be persuaded.
Ancak iki yabancı ikna edilemedi.
"We will stand as proxies for your family"
"Aileniz adına vekalet edeceğiz"
There was a great deal of objection to the proposal.
Öneriye çok sayıda itiraz geldi.
But eventually the guests persuaded their hosts.
Ama sonunda misafirler ev sahiplerini ikna ettiler.
Finally the hosts consented to the arrangement.
Sonunda ev sahibi takım bu düzenlemeye razı oldu.

Sahasra-Dal and Champa-Dal rode off on their horses.

Sahasra-Dal ve Champa-Dal atlarına binip uzaklaştılar.

Immediately after candle light they reached the temple.

Mumların yakılmasının hemen ardından tapınağa ulaştılar.

They went into the temple, and shut the door.

Tapınağa girip kapıyı kapattılar.

Sahasra told his brother to go to sleep.

Sahasra kardeşine uyumasını söyledi.

"I will guard over your sleep"

"Uykunuzu koruyacağım"

"I will watch out for the terrible Rakshasi"

"Korkunç Rakshasi'ye dikkat edeceğim"

Champa was soon in a fine sleep.

Champa kısa sürede derin bir uykuya daldı.

Sahasra lay awake, waiting for the Rakshasi.

Sahasra uyanık yatıyordu, Rakshasi'yi bekliyordu.

Nothing happened during the early hours of the night.

Gecenin erken saatlerinde herhangi bir gelişme yaşanmadı.

But then the gong of the king's bell sounded.

Ama sonra kralın çanının gongu çaldı.

It was midnight, the dead hour of the night.

Gece yarısıydı, gecenin en ölü saatiydi.

Sahasra heard the sound as of a rushing tempest.

Sahasra, bu sesi şiddetli bir fırtınanın sesi gibi duydu.

He used the knowledge he had of Rakshasas.

Rakshasalar hakkında sahip olduğu bilgiyi kullandı.

He concluded the Rakshasi was nigh.

Rakshasi'nin yakın olduğunu anladı.

A thundering knock was heard at the door.

Kapıda şiddetli bir vuruş sesi duyuldu.

The following words accompanied the knock at the door:

Kapı çalındığında şu sözler duyuldu:

"How, mow, khow! A human being I smell"

"Nasıl, biç, bil! Bir insan kokusu alıyorum."

"Who keeps guard inside this temple?"

"Bu tapınağın içinde kim nöbet tutuyor?"

To this question Sahasra-Dal made the following reply:

Sahasra-Dal bu soruya şu cevabı verdi:

"Sahasra-Dal keeps guard inside this temple"
"Sahasra-Dal bu tapınağın içinde nöbet tutuyor"
"Champa-Dal keeps guard inside this temple"
"Champa-Dal bu tapınağın içinde nöbet tutuyor"
"Two winged horses keep guard inside this temple"
"Bu tapınağın içinde iki kanatlı at nöbet tutuyor"
Rakshasa blood flowed through Sahasra-Dal's veins.
Sahasra-Dal'ın damarlarında Rakshasa kanı akıyordu.
The Rakshasi knew Sahasra-Dal was not human.
Rakshasi Sahasra-Dal'ın insan olmadığını biliyordu.
And so the Rakshasi turned away with a groan.
Ve böylece Rakshasi inleyerek arkasını döndü.
After an hour the Rakshasi returned to the temple.
Bir saat sonra Rakshasi tapınağa geri döndü.
The Rakshasi thundered at the door again.
Rakshasi tekrar kapıyı gürleyerek çaldı.
"How, mow, khow! A human being I smell"
"Nasıl, biç, bil! Bir insan kokusu alıyorum."
"Who keeps guard inside this temple?"
"Bu tapınağın içinde kim nöbet tutuyor?"
To this question Sahasra-Dal again replied:
Bu soruya Sahasra-Dal tekrar şu cevabı verdi:
"Sahasra-Dal keeps guard inside this temple"
"Sahasra-Dal bu tapınağın içinde nöbet tutuyor"
"Champa-Dal keeps guard inside this temple"
"Champa-Dal bu tapınağın içinde nöbet tutuyor"
"Two winged horses keep guard inside this temple"
"Bu tapınağın içinde iki kanatlı at nöbet tutuyor "
The Rakshasi again groaned and went away.
Rakshasi tekrar inledi ve gitti.
At two o'clock the Rakshasi appeared once more.
Saat ikide Rakshasi tekrar göründü.
And at three o'clock the Rakshasi came again.
Ve saat üçte Rakshasi tekrar geldi.
Each time the Rakshasi made the same inquiry.
Her seferinde Rakshasi aynı soruyu soruyordu.
And each time the Rakshasi left with a groan.

Ve her seferinde Rakshasi inleyerek ayrıldı.

After three o'clock, however, Sahasra-Dal felt very sleepy.

Ancak saat üçten sonra Sahasra-Dal kendini çok uykulu hissetti.

He could not any longer keep awake.

Artık uyanık kalamaz hale gelmişti.

He therefore roused Champa.

Bunun üzerine Champa'yı uyandırdı.

And he told him to keep guard over the temple.

Ve ona tapınağın nöbetçisi olmasını söyledi.

"The Rakshasi will come again in an hour"

"Rakshasi bir saat içinde tekrar gelecek"

"The Rakshasi will ask who keeps guard here"

"Rakshasi burada kimin nöbet tuttuğunu soracak"

"You must mention Sahasra's name first"

"Önce Sahasra'nın adını anmalısın"

Having given these instructions he went to sleep.

Bu talimatları verdikten sonra uykuya daldı.

At four o'clock the Rakshasi again made her appearance.

Saat dörtte Rakshasi tekrar göründü.

The Rakshasi thundered at the door, and said:

Rakshasi kapıyı gürleyerek çaldı ve şöyle dedi:

"How, mow, khow! A human being I smell"

"Nasıl, biç, bil! Bir insan kokusu alıyorum."

"Who keeps guard inside this temple?"

"Bu tapınağın içinde kim nöbet tutuyor?"

Champa-Dal was in a terrible fright.

Champa-Dal çok büyük bir korku içindeydi.

He had forgotten the instructions of his brother.

Kardeşinin talimatlarını unutmuştu.

"Champa-Dal keeps guard inside this temple"

"Champa-Dal bu tapınağın içinde nöbet tutuyor"

"Sahasra-Dal keeps guard inside this temple"

"Sahasra-Dal bu tapınağın içinde nöbet tutuyor"

"Two winged horses keep guard inside this temple"

"Bu tapınağın içinde iki kanatlı at nöbet tutuyor"

The Rakshasi uttered a shout of exultation.

Rakshasi sevinç çığlıkları attı.
And the Rakshasi laughed how only demons can laugh.
Ve Rakshasi, ancak şeytanların gülebileceğini söyleyerek
güldü.
With a dreadful noise the door broke open.
Korkunç bir gürültüyle kapı açıldı.
The noise roused Sahasra from his sleep.
Gürültü Sahasra'yı uykusundan uyandırdı.
Within a moment he sprung to his feet.
Bir an sonra ayağa fırladı.
He had his sword with him not only by day.
Kılıcını sadece gündüzleri değil, her zaman yanında
taşıyordu.
He had his sword with him by night too.
Geceleyin de kılıcını yanında bulunduruyordu.
His sword was as supple as a palm-leaf.
Kılıcı bir palmiye yaprağı kadar esnekti.
And he cut off the head of the Rakshasi.
Ve Rakshasi'nin başını kesti.
The huge mountain of a body fell to the ground.
Koca bir ceset yığını yere düştü.
The body made a great noise when it fell.
Ceset yere düştüğünde büyük bir ses çıktı.
And the body covered many surrounding acres.
Ve ceset çevredeki birçok dönüm araziyi kaplıyordu.
Sahasra-Dal kept the severed head of the Rakshasi.
Sahasra-Dal, Rakshasi'nin kopmuş kafasını sakladı.
And he slept again with the head near him.
Ve başını yanına koyup tekrar uyudu.

Early in the morning some wood-cutters came.
Sabahın erken saatlerinde oduncular geldi.
The wood-cutters were passing near the temple.
Oduncular tapınağın yakınından geçiyorlardı.
The wood-cutters saw the huge body on the ground.
Oduncuların gördüğü büyük beden yerde yatıyordu.
So they walked towards the temple.

Böylece tapınağa doğru yürüdüler.
Soon they saw that it was a carcass.
Çok geçmeden bunun bir leş olduğunu gördüler.
The carcass of the terrible Rakshasi.
Korkunç Rakshasi'nin cesedi.
The Rakshasi that had nearly depopulated the land.
Ülkeyi neredeyse tamamen boşaltan Rakshasiler.
There had been a bounty for this Rakshasi.
Bu Rakshasi'ye bir ödül konmuştu.
The king offered the hand of his daughter.
Kral kızının elini uzattı.
And the king had offered half the kingdom.
Ve kral krallığın yarısını teklif etmişti.
He would trade it all for the head of the Rakshasi.
Rakshasi'nin başı karşılığında her şeyi takas edebilirdi.
The wood-cutters saw no claimant at hand.
Oduncular etrafta hiçbir hak iddia eden görmediler.
So they went to get the reward.
Ve mükafatı almaya gittiler.
Each wood-cutter cut off a limb from the Rakshasi.
Her oduncu Rakshasi'den bir dal kesiyordu.
And each wood-cutter went to the king.
Ve her oduncu kralın huzuruna çıktı.
And each wood-cutter tried to claim the reward.
Ve her oduncu ödülünü almaya çalıştı.
"I am the destroyer of the great man eater"
"Ben büyük insan yiyenin yok edicisiyim"
"I have come to claim my reward"
"Ödülümü almaya geldim"
The king knew there could only be one hero.
Kral, yalnızca bir kahramanın olabileceğini biliyordu.
So he made an inquiry with his minister.
Bunun üzerine bakanına bir soruşturma yaptı.
"What family's turn was it last night?"
"Dün gece sıra hangi ailedeydi?"
"And who is the head of that family?"
"Peki o ailenin reisi kim?"

The king's minister set out to find the family.
Kralın veziri aileyi bulmak için yola çıktı.
He brought the head of the family to the king.
Ailenin reisini kralın huzuruna çıkardı.
And the head of the family told of his guests.
Ve ailenin reisi misafirlerini anlattı.
"Last night two youthful travelers came to me"
"Dün gece iki genç gezgin yanıma geldi"
"We offered to be their hosts for the night"
"Onlara gece boyunca ev sahipliği yapmayı teklif ettik"
"Soon they discovered the problem we had"
"Kısa sürede sorunumuz ortaya çıktı"
"And they volunteered to take our place"
"Ve yerimizi almaya gönüllü oldular"
"They went to the temple, instead of one of us"
"Bizden biri yerine tapınağa gittiler"
The king took his men to the temple.
Kral adamlarını tapınağa götürdü.
The door of the temple was broken open.
Tapınağın kapısı kırılarak açıldı.
They found the two brothers sleeping.
İki kardeşi uyurken buldular.
And the horses were safe in the temple too.
Atlar da tapınakta güvendeydi.
And the head of the Rakshasi was there too.
Ve Rakshasi'nin başı da oradaydı.
There was no doubt about who had killed the monster.
Canavarı kimin öldürdüğü konusunda artık hiçbir şüphe
yoktu.
The real hero had been discovered.
Gerçek kahraman keşfedilmişti.
And the king kept true to his word.
Ve kral sözünü tuttu.
He gave the hand of his daughter to Sahasra-Dal.
Kızının elini Sahasra-Dal'a verdi.
And he gave him half his kingdom too.
Ve ona krallığının yarısını da verdi.

Champa-Dal remained with his friend.
Champa-Dal arkadaşının yanında kaldı.
And he rejoiced in Sahasra-Dal's prosperity.
Ve Sahasra-Dal'ın refahına sevindi.
And they lived together happily for some time.
Ve bir süre mutlu bir şekilde birlikte yaşadılar.

But one day a misunderstanding arose between them.
Ancak bir gün aralarında bir anlaşmazlık çıktı.
The queen-mother had a certain maid-servant.
Kraliçe ananın bir hizmetçisi vardı.
This maid-servant was the most useful domestic.
Bu hizmetçi kadın evin en yararlı hizmetçisiydi.
She could turn her hand to any task.
Her işe elini atabiliyordu.
And she had uncommon strength for a woman.
Ve bir kadın için olağanüstü bir güce sahipti.
Her intelligence was not lacking either.
Zekâsı da eksik değildi.
And she had a remarkable amount of energy.
Ve olağanüstü bir enerjisi vardı.
She would have been quickly missed in the palace.
Sarayda hemen özlenirdi.
The zenana was completely dependent on her.
Zenana tamamen ona bağımlıydı.
Hence her services were highly valued.
Bu nedenle onun hizmetleri çok değerliydi.
The queen-mother appreciated her very much.
Kraliçe anne onu çok takdir etti.
And the ladies of the palace valued her too.
Saray hanımları da ona değer veriyorlardı.
But this valuable woman was not a woman.
Ama bu değerli kadın bir kadın değildi.
What this woman was was a Rakshasi.
Bu kadın bir Rakshasi'ydi.
She had put on the appearance of a woman.
Kadınsı bir görünüme büründü.

She had her own nefarious reasons for doing this.
Bunu yapmasının kendi kötü amaçları vardı.
And then she took service in the royal household.
Ve daha sonra kraliyet sarayında hizmet vermeye başladı.
At night she used to assume her own real form.
Geceleri kendi gerçek şekline bürünüyordu.
When everyone in the palace was asleep.
Saraydaki herkes uykudayken.
And then she went about in search of food.
Ve sonra yiyecek aramaya koyuldu.
Because her hunger was not satisfied at the palace.
Çünkü sarayda açlığı giderilmiyordu.
A Rakshasi needs much more food than a man or woman.
Bir Rakshasi'nin bir erkek veya kadından çok daha fazla
yiyeceğe ihtiyacı vardır.
At this time Champa-Dal had no wife.
O zamanlar Champa-Dal'ın karısı yoktu.
So he often slept outside the zenana.
Bu yüzden çoğu zaman zenananın dışında uyurdu.
He was not far from the outer gate of the palace.
Sarayın dış kapısından çok uzakta değildi.
And from there he could observe her.
Ve oradan onu gözlemleyebiliyordu.
He saw her devouring sundry goats and sheep.
Onun çeşitli keçileri ve koyunları yediğini gördü.
And he saw her devouring horses and elephants.
Ve onun atları ve filleri yediğini gördü.
This of course was not good for the maid-servant.
Bu durum elbette hizmetçi kız için iyi değildi.
Champa-Dal was in the way of her supper.
Champa-Dal akşam yemeğinin önünde engeldi.
So she was determined to get rid of him.
Bu yüzden ondan kurtulmaya kararlıydı.
One day she went to the queen-mother.
Bir gün kraliçe ananın yanına gitti.
"Queen-mother," she said to her.
"Kraliçe ana," dedi ona.

"I can no longer work in the palace"
"Artık sarayda çalışamam"
"Why?" asked the queen-mother.
"Neden?" diye sordu kraliçe anne.
"What is the matter, Dasi" she wanted to know.
"Ne oldu Dasi?" diye sordu.
"How can I go on without you?"
"Sensiz nasıl devam edebilirim?"
"Tell me your reasons for leaving"
"Ayrılma nedenlerini bana söyle"
The maid-servant explained her situation.
Hizmetçi kadın durumunu anlattı.
"I am but a poor woman in this palace"
"Ben bu sarayda sadece zavallı bir kadınım"
"A woman like me can't preserve her honor here"
"Benim gibi bir kadın burada onurunu koruyamaz"
"Your son-in-law has a friend, Champa-Dal"
"Damadının bir arkadaşı var, Champa-Dal"
"He always cracks indecent jokes with me"
"Her zaman benimle uygunsuz şakalar yapıyor"
"I would rather beg for my rice than to lose my honor"
"Onurumu kaybetmektense pirincimi dilenmeyi tercih ederim"
"If Champa-Dal remains in the palace I must go away"
"Champa-Dal sarayda kalırsa ben de gitmeliyim"
The maid-servant was irreplicable in the palace.
Sarayda hizmetçi kız taklit edilemezdi.
The queen-mother knew what sacrifice to make.
Kraliçe anne ne fedakarlık yapması gerektiğini biliyordu.
Champa-Dal was going to have to leave the palace.
Champa-Dal sarayı terk etmek zorunda kalacaktı.
And she told Sahasra-Dal all her reasons.
Ve Sahasra-Dal'a tüm nedenlerini anlattı.
"Champa-Dal is a bad man"
"Champa-Dal kötü bir adam"
"His character and morals are loose"
"Karakteri ve ahlakı gevşek"

"He must leave this palace at once"
"Hemen bu saraydan ayrılmalı"
Sahasra-Dal did his best to persuade her otherwise.
Sahasra-Dal onu ikna etmek için elinden geleni yaptı.
He earnestly pleaded on behalf of his friend.
Arkadaşı adına içtenlikle yalvardı.
But his efforts were in vain.
Ancak çabaları sonuçsuz kaldı.
The queen-mother had made up her mind.
Kraliçe ana kararını vermişti.
He had to be driven out of the palace.
Saraydan kovulmak zorunda kaldı.
Sahasra-Dal had not the courage to tell his friend.
Sahasra-Dal, arkadaşına söylemeye cesaret edemedi.
He therefore wrote a letter to him.
Bunun üzerine ona bir mektup yazdı.
In the letter he was vague about the reason.
Mektupta bunun nedeni belirsizdi.
But either way, he was going to have to leave.
Ama her iki durumda da gitmek zorunda kalacaktı.
Champa-Dal went to have a bath.
Champa-Dal yıkanmaya gitti.
And the letter was put in his room.
Ve mektup odasına bırakıldı.
Champa-Dal was grieved upon reading the letter.
Champa-Dal mektubu okuyunca çok üzüldü.
He mounted his fleet of horses.
At filosuna bindi.
And on his horses, he left the palace.
Ve atlarına binip saraydan ayrıldı.

Champa's horses were uncommonly fleet.
Champa'nın atları alışılmadık derecede hızlıydı.
Soon he had traversed thousands of miles.
Kısa sürede binlerce mil yol kat etmişti.
And eventually he reached a new city.
Ve sonunda yeni bir şehre ulaştı.

He stood at the gateway of a magnificent palace.
Muhteşem bir sarayın kapısında duruyordu.
He dismounted from his horse.
Atından indi.
And he entered the palace.
Ve saraya girdi.
But in the palace he met not a single creature.
Fakat sarayda tek bir yaratıkla bile karşılaşmadı.
He went from apartment to apartment.
Daire daire dolaşıyordu.
All the rooms were richly furnished.
Bütün odalar zengin bir şekilde döşenmişti.
But none of the rooms were lived in.
Ama odaların hiçbiri yaşanmıyordu.
But in the end he came to a different room.
Ama sonunda farklı bir odaya geldi.
In this room there was a young lady.
Bu odada genç bir kadın vardı.
The young lady was of heavenly beauty.
Genç kız, cennet güzelliğine sahipti.
And she was lying down on a splendid bedstead.
Ve muhteşem bir karyolanın üzerinde yatıyordu.
The beautiful young lady was asleep.
Güzel genç kız uyuyordu.
Champa-Dal looked upon the sleeping beauty.
Champa-Dal uyuyan güzele baktı.
He was captivated by what he was seeing.
Gördükleri karşısında büyülenmişti.
He had not seen any woman so beautiful.
Daha önce bu kadar güzel bir kadın görmemişti.
Upon the bed there were two sticks.
Yatağın üzerinde iki çubuk vardı.
The two sticks were near the woman's head.
İki çubuk kadının başının yakınındaydı.
One of the sticks was made of silver.
Çubuklardan biri gümüştendi.
And the other stick was made of gold.

Diğer çubuk ise altındandı.

Champa took the silver stick into his hand.

Champa gümüş çubuğu eline aldı.

And with the stick he touched the body of the lady.

Ve sopayla kadının bedenine dokundu.

But no change was perceptible to her sleep.

Ancak uykusunda herhangi bir değişiklik fark edilmiyordu.

He then took up the gold stick.

Daha sonra altın çubuğu eline aldı.

And with the stick he touched the body of the lady.

Ve sopayla kadının bedenine dokundu.

This time the young lady did awake.

Bu sefer genç kız uyandı.

Eyeing the stranger, she inquired who he was.

Yabancıya göz ucuyla bakarak kim olduğunu sordu.

"I am Champa-Dal," he told her.

"Ben Champa-Dal'ım" dedi ona.

"There was once a poor dimwitted Brahman"

"Bir zamanlar zavallı, aptal bir Brahman varmış"

"This dimwitted man had a wife, but no children"

"Bu aptal adamın karısı vardı ama çocuğu yoktu"

"But him not having children was probably for the best"

"Ama çocuk sahibi olmaması muhtemelen en iyisiydi"

"Because he was barely able to meet his own needs"

"Çünkü kendi ihtiyaçlarını bile karşılayamıyordu"

"And he could hardly supply enough for his wife"

"Ve karısına yetecek kadarını bile zor sağlıyordu"

"But his dimwittedness was not even his biggest problem"

"Ama onun en büyük sorunu aptallığı bile değildi"

And he continued the story as we have followed it.

Ve hikayeyi bizim takip ettiğimiz şekilde sürdürdü.

"My mother concluded her fate was sealed"

"Annem kaderinin mühürlendiği sonucuna vardı"

"And she thought my father would meet the same fate"

"Ve babamın da aynı kaderi paylaşacağını düşünüyordu"

"And she did not expect me to be spared either"

"Ve o da benim kurtulacağımı beklemiyordu"

"That night she hardly slept at all"
"O gece neredeyse hiç uyumadı"
"The Rakshasi had prevented her from seeing my father"
"Rakshasi, babamı görmesini engellemişti"
"Early next morning I went to school"
"Ertesi sabah erkenden okula gittim"
"Before I went to school she gave me a golden bottle"
"Okula gitmeden önce bana altın bir şişe verdi"
"In the golden bottle was her own breast milk"
"Altın şişede kendi sütü vardı"
"I was told to carefully watch the colour of the milk"
"Sütün rengine dikkatlice bakmam söylendi"
And he continued the story as we have followed it.
Ve hikayeyi bizim takip ettiğimiz şekilde sürdürdü.
"We will stand as proxies for your family"
"Aileniz adına vekalet edeceğiz"
"There was a great deal of objection to our proposal"
"Önerimize çok sayıda itiraz geldi"
"But eventually we persuaded our hosts"
"Ama sonunda ev sahiplerimizi ikna ettik"
"Finally the hosts consented to the arrangement"
"Sonunda ev sahibi takım anlaşmaya razı oldu"
And he continued the story as we have followed it.
Ve hikayeyi bizim takip ettiğimiz şekilde sürdürdü.
"So I often slept outside the zenana"
"Bu yüzden sık sık zenananın dışında uyudum"
"I was not far from the outer gate of the palace"
"Sarayın dış kapısından çok uzakta değildim"
"And from there I could observe her"
"Ve oradan onu gözlemleyebiliyordum"
"I saw her devouring sundry goats and sheep"
"Onun çeşitli keçileri ve koyunları yediğini gördüm "
"And I saw her devouring horses and elephants"
"Ve onun atları ve filleri yediğini gördüm"
And he continued the story as we have followed it.
Ve hikayeyi bizim takip ettiğimiz şekilde sürdürdü.
"One day a letter was put in my room"

"Bir gün odama bir mektup bırakıldı"
"I was grieved upon reading the letter"
"Mektubu okuyunca üzüldüm"
"I mounted my fleet of horses"
"At filoma bindim"
"And on my horses he left the palace"
"Ve atlarıma binip saraydan ayrıldı"
"My horse are uncommonly fleet"
"Atlarım alışılmadık derecede hızlıdır"
"Soon I had traversed thousands of miles"
"Kısa sürede binlerce mil yol kat etmiştim"
"And eventually I reached a new city"
"Ve sonunda yeni bir şehre ulaştım"
And he continued the story as we have followed it.
Ve hikayeyi bizim takip ettiğimiz şekilde sürdürdü.
"I took the silver stick into his hand"
"Gümüş çubuğu eline aldım"
"And with the stick I touched your body"
"Ve sopayla vücuduna dokundum"
"But no change was perceptible to your sleep"
"Ancak uykunuzda herhangi bir değişiklik fark edilmedi"
"I then took up the gold stick"
"Sonra altın çubuğu elime aldım"
And with the stick he touched your body.
Ve sopayla vücuduna dokundu.
"This time you did awake from your sleep"
"Bu sefer uykundan uyandın"
The young lady had listened to Champa-Dal's story.
Genç hanım Champa-Dal'ın hikayesini dinlemişti.
The young lady was in fact a princess.
Genç kız aslında bir prensesti.
"Unhappy man! why have you come here?"
"Zavallı adam! Neden geldin buraya?"
"This is the country of Rakshasas"
"Burası Rakshasaların ülkesidir"
"No less than seven hundred Rakshasas live here"
"Burada en az yedi yüz Rakshasa yaşıyor"

"Every morning the Rakshasas leave"
"Her sabah Rakshasalar ayrılır"
"They go to the other side of the ocean"
"Okyanusun diğer tarafına gidiyorlar"
"And they search for provisions there"
"Ve orada rızık arıyorlar"
"And before dusk they return again"
"Ve gün batımından önce tekrar geri dönerler"
"My father was king in these regions"
"Babam bu bölgelerde kraldı"
"His kingdom had millions of subjects"
"Krallığının milyonlarca tebaası vardı"
"They lived in flourishing towns and cities"
"Gelişen kasaba ve şehirlerde yaşıyorlardı"
"But some years ago the Rakshasas invaded"
"Ama birkaç yıl önce Rakshasalar istila etti"
"And they devoured all the subjects of the kingdom"
"Ve krallığın bütün tebaasını yediler"
"The Rakshasas devoured my father and my mother"
"Rakshasalar babamı ve annemi yediler"
"The Rakshasas devoured my brothers and sisters"
"Rakshasalar kardeşlerimi ve kız kardeşlerimi yedi"
"And they devoured all the cattle of the country"
"Ve ülkenin bütün sığırlarını yediler"
"There is no living human being in these regions"
"Bu bölgelerde yaşayan insan yok"
"I am the last human living left"
"Ben hayatta kalan son insanım"
"I too would have been devoured long ago"
"Ben de çoktan yutulmuş olurdum"
"But an old Rakshasi took a liking to me"
"Ama yaşlı bir Rakshasi bana ilgi duymaya başladı"
"She prevents the other Rakshasas from eating me"
"Diğer Rakshasaların beni yemesini engelliyor"
"Do you see those sticks of silver and gold?"
"Şu gümüş ve altın çubukları görüyor musun?"
"Every morning she kills me with the silver stick"

"Her sabah beni gümüş sopayla öldürüyor"
"Every evening she re-animates me with the gold stick"
"Her akşam beni altın sopayla yeniden canlandırıyor"
"I do not know how to advise you"
"Sana nasıl tavsiyede bulunacağımı bilmiyorum"
"If the Rakshasas see you, you are a dead man"
"Eğer Rakshasalar seni görürse, sen ölü bir adamsın."
Then they talked in a very affectionate manner.
Sonra çok sevgi dolu bir şekilde konuştular.
And they laid their heads together.
Ve başlarını bir araya koydular.
And they thought to devise a means of escape.
Ve bir kaçış yolu bulmayı düşündüler.
Some way to get out of the hands of the Rakshasas.
Rakshasaların elinden kurtulmanın bir yolu.

The hour of the return of the Rakshasas was coming.
Rakshasaların dönüş saati yaklaşıyordu.
The seven hundred flesh-eaters were soon returning.
Yedi yüz etobur kısa süre sonra geri döndü.
Keshavati called out to Champa-Dal.
Keshavati, Champa-Dal'a seslendi.
(Because that was the name of the princess)
(Çünkü prensesin adı buydu)
"Hide yourself in the heaps of the sacred trefoil"
"Kutsal yonca yığınlarının arasına saklan"
But first Champ Dal picked up the silver stick.
Ama önce Champ Dal gümüş sopayı eline aldı.
He touched Keshavati with the silver stick.
Gümüş çubukla Keşavati'ye dokundu.
And as soon as he touched her, she died.
Ve ona dokunduğu anda öldü.
Then he went to the center of the temple of Siva.
Daha sonra Şiva tapınağının merkezine gitti.
And he hid beneath the heaps of sacred trefoil.
Ve kutsal yonca yığınlarının altına saklandı.
From his hiding place he heard the sound of wind rushing.

Saklandığı yerden rüzgarın uğultusunu duydu.
Then he heard terrible noises in the palace.
Sonra sarayda korkunç sesler duydu.
The Rakshasas had come home from their hunt.
Rakshasalar avdan dönmüşlerdi.
They had filled their stomachs with meat.
Karınlarını etle doldurmuşlardı.
Sundry goats, sheep, cows, horses, buffaloes.
Çeşitli keçiler, koyunlar, inekler, atlar, manda.
And they had devoured elephants too.
Ve filleri de yemişlerdi.
The old Rakshasi returned to the palace too.
Yaşlı Rakshasi de saraya döndü.
She went to the room of the sleeping princess.
Uyuyan prensesin odasına gitti.
And she woke her with the stick made of gold.
Ve onu altından yapılmış asa ile uyandırdı.
"Hye, mye, khye! A human being I smell"
"Hye, mye, khye! Bir insan kokusu alıyorum."
"I am the only human being here," said the princess.
"Burada tek insan benim," dedi prenses.
"Eat me if you like," added Keshavati.
"İstersen beni ye," diye ekledi Kehavati.
To this the Rakshasi replied:
Rakshasi buna şu cevabı verdi:
"Let me eat up your enemies"
"Düşmanlarını yememe izin ver"
"Why should I eat you?" she asked the princess.
"Seni neden yiyeyim?" diye sordu prensese.
She laid herself down on the ground.
Kendini yere bıraktı.
She was as long and high as the Vindhya Hills.
Vindhya Tepeleri kadar uzun ve yüksekti.
And in this position she fell asleep.
Ve bu pozisyonda uykuya daldı.
The other Rakshasas and Rakshasis soon fell asleep too.

Diğer Rakshasalar ve Rakshasiler de kısa sürede uykuya
daldılar.
Because they were tired from their gigantic labor.
Çünkü devasa emeklerinden dolayı yorgun düşmüşlerdi.
Keshavati also composed herself to sleep.
Keşavati de kendini uykuya teslim etti.
But Champa did not dare to come out from under the leaves.
Ama Çampa yaprakların altından çıkmaya cesaret
edemiyordu.
And he tried his best to pray to the god of repose.
Ve huzur tanrısına dua etmek için elinden geleni yaptı.

At daybreak all seven hundred Rakshasas got up again.
Şafak vakti yedi yüz Rakshasa'nın hepsi tekrar ayağa kalktı.
They went on their usual predatory excursion.
Her zamanki yırtıcı gezilerine çıktılar.
And along with them went the old Rakshasi.
Ve onlarla birlikte yaşlı Rakshasi de gitti.
But first the old Rakshasi picked up the silver stick.
Ama önce yaşlı Rakshasi gümüş sopayı aldı.
And she touched Keshavati with the silver stick.
Ve gümüş çubukla Keşavati'ye dokundu.
Soon the coast was clear for Champa-Dal.
Kısa süre sonra Champa-Dal için sahil temizlendi.
And he dared to come out from under the pile of leaves.
Ve yaprak yığınının altından çıkmaya cesaret etti.
He walked back into the room of the princess.
Prensesin odasına geri döndü.
And he touched her with the golden stick.
Ve altın asayla ona dokundu.
And the princess revived from her death again.
Ve prenses ölümden tekrar dirildi.
They sauntered about in the gardens.
Bahçelerde dolaşıyorlardı.
They enjoyed the cool breeze of the morning.
Sabahın serin esintisinin tadını çıkardılar.
They bathed in a lucid pool of water.

Berrak bir su havuzunda yıkanıyorlardı.
And they ate and drank food in the palace.
Ve sarayda yemek yediler, içtiler.
And they spent the day in sweet converse.
Ve günü tatlı sohbetlerle geçirdiler.
And they concocted a plan for their deliverance.
Ve kurtuluşları için bir plan hazırladılar.
Keshavaity was going to speak to the old Rakshasi.
Keşavaity yaşlı Rakşasi ile konuşacaktı.
She was going to ask on what a Rakshasa's life depended.
Bir Rakshasa'nın hayatının neye bağlı olduğunu soracaktı.
And with that secret they were going to act accordingly.
Ve bu sırra göre hareket edeceklerdi.

The hour of the return of the Rakshasas was coming again.
Rakshasaların dönüş saati yine yaklaşıyordu.
And events unfolded as they had the evening before.
Ve olaylar bir önceki akşam olduğu gibi gelişti.
The seven hundred flesh-eaters were returning to the palace.
Yedi yüz etobur saraya dönüyordu.
Champ Dal touched Keshavati with the silver stick.
Champ Dal, Keshavati'ye gümüş sopayla dokundu.
She died like the had died the night before.
Bir önceki gece öldüğü gibi öldü.
Champa-Dal went to the center of the temple of Siva.
Champa-Dal, Siva tapınağının merkezine gitti.
He hid beneath the heaps of sacred trefoil again.
Tekrar kutsal yonca yığınlarının altına saklandı.
He heard the sound of wind rushing.
Rüzgârın uğultusunu duydu.
And he heard terrible noises in the palace.
Ve sarayda korkunç sesler duydu.
The Rakshasas had come home from their hunt.
Rakshasalar avdan dönmüşlerdi.
They had filled their stomachs with meat.
Karınlarını etle doldurmuşlardı.
Sundry goats, sheep, cows, horses, buffaloes.

Çeşitli keçiler, koyunlar, inekler, atlar, manda.
And they had devoured elephants too.
Ve filleri de yemişlerdi.
The old Rakshasi returned to the palace too.
Yaşlı Rakshasi de saraya döndü.
She went to the room of the sleeping princess.
Uyuyan prensesin odasına gitti.
And she woke her with the stick made of gold.
Ve onu altından yapılmış asa ile uyandırdı.
"Hye, mye, khye! A human being I smell"
"Hye, mye, khye! Bir insan kokusu alıyorum."
"I am the only human being here," said the princess.
"Burada tek insan benim," dedi prenses.
"Eat me if you like," added Keshavati.
"İstersen beni ye," diye ekledi Kehavati.
To this the Rakshasi replied:
Rakshasi buna şu cevabı verdi:
"Let me eat up your enemies"
"Düşmanlarını yememe izin ver"
"Why should I eat you?" she asked the princess.
"Seni neden yiyeyim?" diye sordu prensese.
She laid herself down on the ground.
Kendini yere bıraktı.
And she looked like a part of the Himalaya mountains.
Ve Himalaya dağlarının bir parçası gibi görünüyordu.
Keshavati had a phial of heated mustard oil.
Keşavati'nin elinde ısıtılmış hardal yağı dolu bir şişe vardı.
And she approached the foot of the Rakshasi.
Ve Rakshasi'nin eteğine yaklaştı.
"Mother, your feet are sore from walking"
"Anne, yürümekten ayakların ağrıyor"
"Let me rub your sore feet with oil"
"Ağrıyan ayaklarını yağla ovayım"
And she began to rub with oil the Rakshasi's feet.
Ve Rakshasi'nin ayaklarını yağla ovmaya başladı.
Then a few tear-drops fell from the eyes of the princess.
Sonra prensesin gözlerinden birkaç damla yaş düştü.

And the tear-drops landed on the monster's legs.
Ve gözyaşları canavarın bacaklarına düştü.
The Rakshasi tasted the tear-drops with her lips.
Rakshasi gözyaşlarını dudaklarıyla tattı.
And she found the tear-drops tasted briny.
Ve gözyaşlarının tadının tuzlu olduğunu fark etti.
"Why are you weeping, darling?" asked the Rakshasi.
"Neden ağlıyorsun canım?" diye sordu Rakshasi.
"What aileth thee?" she wanted to know.
"Neyin var?" diye sordu.
The princess tried to stop herself from crying.
Prenses ağlamamak için kendini zor tuttu.
"Mother, I am weeping because you are old"
"Anne, yaşlandığın için ağlıyorum"
"When you die one of the Rakshasas will devour me"
"Öldüğünde Rakshasalardan biri beni yiyecek"
"When I die?! Don't be foolish, girl"
"Öldüğümde mi?! Aptal olma kızım"
"Don't you know that Rakshasas never die?"
"Rakshasaların asla ölmediğini bilmiyor musun?"
"We are not naturally immortal"
"Doğal olarak ölümsüz değiliz"
"There is a secret to our strength"
"Gücümüzün bir sırrı var"
"But no human can unravel this secret"
"Ama hiçbir insan bu sırrı çözemez"
"But let me tell you the secret"
"Ama sana sırrımı söyleyeyim"
"So that you are comforted a little"
"Biraz olsun teselli bulasınız diye"
"Do you see the pool of water in the palace?"
"Saraydaki su havuzunu görüyor musun?"
"In that pool of water is a Sphatikasthamba"
"Şu su havuzunda bir Sphatikasthamba var"
"The Sphatikasthamba is deep in the water"
"Sphatikasthamba suyun derinliklerinde"
"And on the Sphatikasthamba are two bees"

"Ve Sphatikasthamba'da iki arı var"
"A human being would have to dive into the water"
"Bir insan suya dalmak zorunda kalacaktı"
"The human being would have to bring the bees onto dry land"
"İnsanoğlu arıları kuru toprağa getirmek zorunda kalacaktı "
"Then the human being would have to kill the two bees"
"O zaman insan iki arıyı öldürmek zorunda kalacaktı"
"But not a drop of their blood must touch the ground"
"Ama kanlarının bir damlası bile yere değmemeli"
"Only then can a human kill a Rakshasa"
"Ancak o zaman bir insan bir Rakshasa'yı öldürebilir"
"But if the blood touches the ground, a thousand Rakshasas will rise"
"Ama eğer kan yere değerse, bin Rakshasa yükselecek"
"But what human will find out this secret?"
"Peki bu sırrı hangi insan öğrenecek?"
"And what human can achieve this feat?"
"Peki hangi insan bunu başarabilir?"
"No human knows the secret to the life of a Rakshasa"
"Hiçbir insan bir Rakshasa'nın hayatının sırrını bilemez"
"And no human can achieve such a feat"
"Ve hiçbir insan böyle bir başarıya ulaşamaz"
"So there is no reason to be sad, my darling"
"Öyleyse üzülmeye gerek yok canım"
"I am practically immortal," she confirmed.
"Neredeyse ölümsüzüm," diye doğruladı.
Keshavati treasured the secret in her memory.
Keşavati bu sırrı hafızasında sakladı.
And then she went back to sleep.
Ve sonra tekrar uykuya daldı.

Next morning the Rakshasas, as usual, went away.
Ertesi sabah Rakshasalar her zamanki gibi gittiler.
Champa came out of his hiding-place.
Champa saklandığı yerden çıktı.
And he roused Keshavati from her sleep.

Ve Keşavati'yi uykusundan uyandırdı.
The princess told him the secret she had learnt.
Prenses öğrendiği sırrı ona anlattı.
Champa-Dal immediately started to prepare himself.
Champa-Dal hemen hazırlıklara başladı.
He brought to the pool a knife.
Havuza bir bıçak getirdi.
And he brought a quantity of ashes.
Ve bir miktar kül getirdi.
He took off his heavy clothes.
Ağır elbiselerini çıkardı.
He put a drop or two of mustard oil into each ear.
Her iki kulağına da bir iki damla hardal yağı damlattı.
To prevent water from entering into his ears.
Kulağına su kaçmasını önlemek için.
He swam out into the middle of the water.
Suyun ortasına doğru yüzdü.
And from there he dove down into the pool.
Ve oradan havuza daldı.
Soon he reached the top of the crystal pillar.
Kısa süre sonra kristal sütunun tepesine ulaştı.
And on Sphatikasthamba were the two bees.
Ve Sphatikasthamba'da iki arı vardı.
He caught hold of the two bees he found there.
Orada bulduğu iki arıyı yakaladı.
And he swam up again in a singular breath.
Ve tek bir nefesle tekrar yukarı doğru yüzdü.
He took the knife he had left at the edge of the water.
Suyun kenarına bıraktığı bıçağı aldı.
And over the ashes he cut up the bees.
Ve küllerin üzerinde arıları kesti.
A drop or two of the blood fell from the bees.
Arılardan bir iki damla kan aktı.
But their blood did not touch the ground.
Ama kanları yere düşmedi.
Instead, their blood landed on the ashes.
Bunun yerine kanları küllerin üzerine düştü.

A terrible scream was heard at a distance.
Uzaktan korkunç bir çığlık duyuldu.
The scream was the wailing of the Rakshasas.
Çığlık Rakshasaların ağıtlarıydı.
They were all running home as fast as they could.
Hepsi olabildiğince hızlı bir şekilde evlerine doğru
koşuyorlardı.
They wanted to prevent the bees from being killed.
Arıların ölmesini engellemek istiyorlardı.
But they could not reach the palace in time.
Ancak saraya zamanında ulaşamadılar.
Because the bees had already perished.
Çünkü arılar çoktan ölmüştü.
The moment the bees were killed, all the Rakshasas died.
Arılar öldürüldüğü anda bütün Rakshasalar öldü.
Their carcasses fell on the very spot they were standing.
Cesetleri bulundukları yere düştü.
Their carcasses now blocked the gateway of the palace.
Artık onların leşleri sarayın kapısını kapatmıştı.
**In this manner the seven hundred Rakshasas were
destroyed.**
Böylece yedi yüz Rakshasa yok edildi.

Afterwards Champa-Dal and Keshavati got married.
Daha sonra Champa-Dal ve Keshavati evlendiler.
They made the traditional exchange of garlands of flowers.
Geleneksel çiçek çelenklerini taktılar.
The princess had never been out of the house.
Prenses hiç evden dışarı çıkmamıştı.
So she naturally expressed a desire to see the outer world.
Dolayısıyla doğal olarak dış dünyayı görme arzusunu dile
getirdi.
Every morning and evening they went on long walks.
Her sabah ve akşam uzun yürüyüşlere çıkıyorlardı.
There was a large river Keshavati wished to bathe in.
Keşavati'nin yıkanmak istediği büyük bir nehir vardı.
As she bathed one of Keshavati's hairs came off.

Keshavati yıkanırken saçlarından biri koptu.
There was a special custom in those times.
O zamanlar özel bir gelenek vardı.
A woman never threw away a hair away by itself.
Hiçbir kadın kendi kendine bir saç telini bile atmaz.
A sea-shell was floating in the water.
Suyun içinde bir deniz kabuğu yüzüyordu.
So Keshavati tied the strand of hair to the sea-shell.
Bunun üzerine Keşavati saç tutamını deniz kabuğuna bağladı.
And then the couple returned to the palace.
Ve çift daha sonra saraya geri döndü.
Meanwhile the sea-shell floated down the stream.
Bu arada deniz kabuğu derenin aşağısına doğru
sürükleniyordu.
And in due time the sea-shell reached another bathing spot.
Ve zamanı gelince deniz kabuğu başka bir yüzme noktasına
ulaştı.
This was the bathing spot Sahasra-Dal went to.
Sahasra-Dal'ın gittiği banyo yeri burasıydı.
Here Champa-Dal's brother performed his ablutions.
Champa-Dal'ın kardeşi burada abdestini aldı.
On this day Sahasra-Dal was in the water.
Bu gün Sahasra-Dal sudaydı.
He was bathing and swimming with his friends.
Arkadaşlarıyla birlikte banyo yapıyor ve yüzüyordu.
And so the sea-shell floated past the men.
Ve böylece deniz kabuğu adamların yanından geçip gitti.
The men were in a playful mood that day.
O gün adamlar şakacı bir ruh halindeydiler.
"Whoever gets to the sea-shell first wins"
"Deniz kabuğuna ilk ulaşan kazanır"
And so they all swam towards the sea-shell.
Ve hepsi deniz kabuğuna doğru yüzdüler.
Sahasra-Dal was the strongest swimmer among his friends.
Sahasra-Dal arkadaşları arasında en güçlü yüzücüydü.
And so he was the first the reach the sea-shell.
Ve böylece deniz kabuğuna ilk ulaşan o oldu.

Examining the seashell, he found a hair tied to it.
Deniz kabuğunu incelerken, kabuğun üzerinde bağlı bir saç
teli buldu.
But it was a hair of extraordinary length.
Ama bu saç olağanüstü uzunluktaydı.
He had never seen such a long hair.
Hiç bu kadar uzun saç görmemişti.
The strand of hair was exactly seven cubits long.
Saç telinin uzunluğu tam yedi arşındı.
"This strand of hair must belong to a woman"
"Bu saç teli bir kadına ait olmalı"
"And this woman must be very remarkable"
"Ve bu kadın çok dikkat çekici olmalı"
"I must see who this remarkable woman is"
"Bu olağanüstü kadının kim olduğunu görmeliyim"
Sahasra-Dal was determined to find the remarkable woman.
Sahasra-Dal bu olağanüstü kadını bulmaya kararlıydı.
He went home from the river in a pensive mood.
Düşünceli bir ruh haliyle nehirden evine döndü.
And he did not proceed to the zenana for breakfast.
Ve kahvaltı için zenanaya gitmedi.
Instead he remained in the outer part of the palace.
Bunun yerine sarayın dış kısmında kaldı.
The queen-mother heard about Sahasra-Dal's melancholy.
Kraliçe anne, Sahasra-Dal'ın melankolik halini duydu.
And she heard he had not come to breakfast.
Ve kahvaltıya gelmediğini duydu.
So she went to him and asked the reason.
Bunun üzerine ona gidip sebebini sordu.
He showed her the strand of hair he had found.
Bulduğu bir tutam saçı ona gösterdi.
**"I must see the woman who's head this strand of hair
adorned"**
"Bu saç teliyle süslenmiş kadını görmeliyim"
The queen-mother was happy to help her son-in-law.
Kraliçe ana damadına yardım etmekten mutluluk duydu.
"Very well," she said to him.

"Peki," dedi ona.

"You shall soon have that lady in the palace"

"Yakında o hanımı sarayda bulacaksınız"

"I promise you to bring her here"

"Onu buraya getireceğime söz veriyorum"

The queen mother already had a plan.

Kraliçe annenin zaten bir planı vardı.

Her favourite maid-servant would be good at the job.

En sevdiği hizmetçi bu işte iyi olurdu.

Because this maid-servant was very resourceful.

Çünkü bu hizmetçi kız çok becerikliydi.

Of course the queen-mother did not really know her maid.

Elbette kraliçe anne nedimesini pek tanımıyordu.

She did not know her favourite maid was a Rakshasi.

En sevdiği hizmetçinin bir Rakshasi olduğunu bilmiyordu.

"Please find the owner of this strand of hair," she asked.

"Lütfen bu saç telinin sahibini bulun" diye rica etti.

And her maid-servant more than politely agreed.

Ve hizmetçisi de gayet nazik bir şekilde bu teklifi kabul etti.

"It would my pleasure to find this woman"

"Bu kadını bulmak benim için büyük bir mutluluk olurdu"

"I will soon bring her to the palace"

"Onu yakında saraya getireceğim"

"I will need a boat build from Hajol wood"

"Hajol ağacından yapılmış bir tekneye ihtiyacım olacak"

"The oars of the boat must be made from Mon-Paban wood"

"Teknenin kürekleri Mon-Paban ağacından yapılmalıdır."

The boat makers soon made the boat.

Tekne yapımcıları kısa sürede tekneyi yaptılar.

And the boat was launched on the stream.

Ve gemi dereye indirildi.

The maid-servant went on board of the boat.

Hizmetçi kız tekneye bindi.

With her she took some baskets of wicker.

Yanına birkaç hasır sepet de aldı.

The baskets of wicker were of curious workmanship.

Hasır sepetler ilginç bir işçiliğe sahipti.

She also took with her some sweetmeats.
Yanında tatlılar da götürmüştü.
Into the sweetmeats some poison had been mixed.
Tatlıların içine bir miktar zehir karıştırılmıştı.
She snapped her fingers thrice.
Üç kere parmaklarını şıklattı.
And then she uttered the following charm:
Ve sonra şu tılsımı söyledi:
"Boat of Hajol! Oars of Mon Paban!"
"Hajol Kayığı! Mon Paban'ın Kürekleri!"
"Take me to the Ghat,"
"Beni Ghat'a götür"
"The Ghat in which Keshavati bathes"
"Keşavati'nin yıkandığı Ghat"
The boat heeded to her command.
Tekne onun emrine uydu.
And the boat flew like lightning over the waters.
Ve tekne suların üzerinde şimşek gibi uçtu.
And the boat left many towns and cities behind.
Ve gemi birçok kasaba ve şehri geride bıraktı.
At last the boat stopped at a bathing-place.
Sonunda tekne bir hamamda durdu.
The Rakshasi maid-servant had reached her goal.
Rakshasi hizmetçisi amacına ulaşmıştı.
She concluded it was the bathing ghat of Keshavati.
Keşavati'nin yıkanma ghatı olduğuna karar verdi.
She landed with the sweetmeats in her hand.
Elinde tatlılarla yere indi.
She went to the gate of the palace, and cried aloud:
Sarayın kapısına gidip yüksek sesle bağırdı:
"Oh Keshavati! Keshavati! I am your aunt"
"Ah Keşavati! Keşavati! Ben senin teyzenim."
"Oh Keshavati, I am your mother's sister"
"Ey Keşavati, ben senin annenin kız kardeşiyim"
"I have come to see you, my darling"
"Seni görmeye geldim canım"
"I have come after so many years"

"Yıllar sonra geldim"
"Are you home, Keshavati?" she asked.
"Evde misin, Kehavati?" diye sordu.
The princess heard the words of the false-aunt.
Prenses, yalancı teyzenin sözlerini duydu.
She came out of her room and to the entrance of the palace.
Odasından çıkıp sarayın girişine geldi.
She had no doubt that it was really her aunt.
Gerçekten teyzesi olduğundan hiç şüphesi yoktu.
And she embraced and kissed her aunt.
Ve teyzesini kucaklayıp öptü.
They both wept rivers of joy.
İkisi de sevinçten ırmaklar gibi ağladılar.
Although you should know the Rakshasi wept first.
Rakshasi'nin önce ağladığını bilmelisin.
Keshavati wept with her out of empathy.
Keshavati de onunla birlikte ağladı, empati kurdu.
Champa-Dal also believed the Rakshasi to be her aunt.
Champa-Dal da Rakshasi'nin teyzesi olduğuna inanıyordu.
They all ate and drank and enjoyed the happy occasion.
Hep birlikte yiyip içtiler ve bu mutlu günün tadını çıkardılar.
And then they took rest in the middle of the day.
Ve sonra gün ortasında dinlenmeye çekildiler.
And they celebrated again in the evening.
Ve akşam tekrar kutlama yaptılar.

The next day the celebrations continued at breakfast.
Ertesi gün kutlamalar kahvaltıyla devam etti.
Champa-Dal had a habit of sleeping after breakfast.
Champa-Dal'ın kahvaltıdan sonra uyuma alışkanlığı vardı.
Towards afternoon, the supposed aunt said to Keshavati:
Öğleye doğru, sözde teyze Keşavati'ye şöyle dedi:
"Let us both go to the river and wash ourselves:
"İkimiz de nehre gidelim ve yıkanalım:
Keshavati replied, "How can we go now?"
Kehavati, "Şimdi nasıl gidebiliriz?" diye cevap verdi.
"My husband is sleeping," she explained.

"Kocam uyuyor" diye açıkladı.
"Do not worry about your husband's sleep," said the aunt.
"Kocanızın uykusunu dert etmeyin," dedi teyze.
"Let him sleep as much as he likes"
"İstediği kadar uyusun"
"Let me put these sweetmeats near his bedside"
"Bu şekerlemeleri yatağının yanına koyayım"
"That way, when he awakes, he has something to eat"
"Böylece uyandığında yiyecek bir şeyi olur."
Then they then went to the river-side.
Daha sonra nehir kenarına gittiler.
They went close to the spot where the boat was.
Teknenin olduğu yere yaklaştılar.
From a distance Keshavati saw the baskets of wicker-work.
Keşavati uzaktan hasır sepetleri gördü.
"Aunt, what beautiful things are those!"
"Teyze, bunlar ne güzel şeyler!"
"I wish I could get some of those wicker baskets"
"Keşke o hasır sepetlerden birkaç tane alabilseydim"
Her aunt happily obliged her.
Teyzesi memnuniyetle bu isteği yerine getirdi.
"Come, my child, and look at the wicker baskets"
"Gel çocuğum, hasır sepetlere bak"
"You can have as many baskets as you like"
"İstediğiniz kadar sepete sahip olabilirsiniz"
Keshavati at first refused to go into the boat.
Keşavati ilk başta tekneye binmeyi reddetti.
But her aunt was very persuasive.
Ama teyzesi çok ikna ediciydi.
And finally she went onto the boat.
Ve sonunda tekneye bindi.
But once on the boat her aunt did a strange thing.
Ancak tekneye bindiklerinde teyzesi tuhaf bir şey yaptı.
The aunt snapped her fingers thrice and said:
Teyze parmaklarını üç kere şıklattı ve şöyle dedi:
"Boat of Hajol! Oars of Mon-Paban!"
"Hajol Kayığı! Mon-Paban Kürekleri!"

"Take me to the Ghat,"
"Beni Ghat'a götür"
"The Ghat in which Sahasra-Dal bathes"
"Sahasra-Dal'ın yıkandığı Ghat"
And the boat heeded to her command.
Ve tekne onun emrine uydu.
And the boat flew like an arrow over the waters.
Ve gemi suların üzerinde bir ok gibi uçtu.
Keshavati was frightened and began to cry.
Keşavati korktu ve ağlamaya başladı.
But the boat went on despite her crying.
Ama ağlamasına rağmen tekne yoluna devam etti.
And the boat left behind many towns and cities.
Ve gemi birçok kasaba ve şehri geride bıraktı.
In a trice the boat reached its destination.
Kısa sürede tekne hedefine ulaştı.
The ghat where Sahasra-Dal was in the habit of bathing.
Sahasra-Dal'ın yıkanma alışkanlığının olduğu ghat.
Keshavati was taken to the palace.
Keşavati saraya götürüldü.
Sahasra-Dal admired her beauty and the length of her hair.
Sahasra-Dal onun güzelliğine ve saçlarının uzunluğuna
hayran kalmıştı.
And the ladies of the palace tried their best to comfort her.
Saraydaki hanımlar da onu teselli etmek için ellerinden geleni
yaptılar.
But she set up a loud cry of protest.
Ama o, yüksek sesle protesto çığlıkları attı.
And she wanted to be taken back to her husband.
Ve kocasına geri götürülmek istiyordu.
Finally she saw that she had been taken captive.
Sonunda esir alındığını gördü.
So she spoke to the ladies of the palace.
Bunun üzerine saraydaki hanımlara seslendi.
"Upon marriage I made a vow to my husband"
"Evlendiğimde kocama bir yemin ettim"
"I promised not to look upon the face of any other man"

"Başka hiçbir adamın yüzüne bakmayacağıma söz verdim"
"I promised to uphold this vow for six months"
"Bu yemini altı ay boyunca yerine getireceğime söz verdim"
She was then lodged away from the others in the palace.
Daha sonra sarayda diğerlerinden ayrı bir yere yerleştirildi.
And she was given a small house to live in.
Ve kendisine yaşaması için küçük bir ev verildi.
The window of the house overlooked the road.
Evin penceresi yola bakıyordu.
There she spent the livelong day.
Orada bütün gününü geçirdi.
And there she spent the livelong night.
Ve orada bütün geceyi geçirdi.
Because she had very little sleep.
Çünkü çok az uyumuştu.
Because her time was spent in sighing and weeping.
Çünkü onun zamanı inlemekle ve ağlamakla geçiyordu.

In the meantime Champa-Dal awoke from his sleep.
Bu arada Champa-Dal uykusundan uyandı.
He was distracted with the grief of not finding his wife.
Karısını bulamamanın üzüntüsüyle meşguldü.
His suspicions turned to the aunt of Keshavati.
Şüpheleri Keşavati'nin teyzesine yöneldi.
He knew she was a cheat and an impostor.
Onun bir hilekar ve sahtekâr olduğunu biliyordu.
It must have been her who carried away Keshavati.
Keşavati'yi kaçıran o olmalı.
He did not eat the sweetmeats left for him.
Kendisine bırakılan şekerlemeleri yemedi.
Because he suspected the sweets to have been poisoned.
Çünkü tatlıların zehirli olduğundan şüpheleniyordu.
He threw one of the sweets to a crow.
Şekerlerden birini kargaya fırlattı.
The moment the crow ate the sweet, it dropped down dead.
Karga tatlıyı yediği anda yere düşüp öldü.
This confirmed his suspicion of the pretend aunt.

Bu, onun sahte teyzeye dair şüphesini doğruladı.

Maddened with grief, he rushed out of the house.

Kederden çılgına dönmüş bir halde evden dışarı fırladı.

He was determined to go wherever his feet took him.

Ayakları onu nereye götürürse oraya gitmeye kararlıydı.

Like a madman he blubbered, "Oh Keshavati! Oh Keshavati!"

Deli gibi ağlıyordu: "Ah Kehavati! Ah Kehavati!"

He travelled on foot day after day.

Her gün yürüyerek yol alıyordu.

And he followed whatever way his feet took him.

Ve ayakları onu nereye götürürse oraya gidiyordu.

Six months he spent travelling in this wearisome manner.

Altı ayını bu yorucu yolculukla geçirdi.

After six month he reached the capital of Sahasra-Dal.

Altı ay sonra başkent Sahasra-Dal'a ulaştı.

He passed by the gate of the palace.

Sarayın kapısından geçti.

And from the road he could see a small house.

Ve yoldan küçük bir ev görünüyordu.

And from in the house he could hear sighs.

Ve evin içinden iç çekişler duyuluyordu.

Champa-Dal instantly recognized his wife.

Champa-Dal karısını hemen tanıdı.

And Keshavita instantly recognized her husband.

Ve Keshavita kocasını hemen tanıdı.

Keshavita told her husband everything that had happened.

Keshavita, kocasına olan biten her şeyi anlattı.

"The woman asked to go bathing after breakfast"

"Kadın kahvaltıdan sonra banyo yapmak istediğini söyledi"

"At the river there was a boat"

"Nehirde bir tekne vardı"

"The woman persuaded me onto the boat"

"Kadın beni tekneye ikna etti"

"And then the boat took us to this place"

"Ve sonra tekne bizi buraya götürdü"

"I realized that I had been made captive"

"Esir alındığımı anladım"
"So I told them of my vows to you"
"Bu yüzden onlara sana olan yeminlerimi anlattım"
"But tomorrow will be the end of six month"
"Ama yarın altı ayın sonu olacak"
There was a custom in those days.
O günlerde bir gelenek vardı.
The fulfilments of vows were publicly recited.
Adakların yerine getirilmesi halka açık bir şekilde okundu.
This was normally fulfilled by a learned Brahman.
Bu genellikle bilgili bir Brahman tarafından yerine getirilirdi.
They planned for Champa-Dal to take on this role.
Champa-Dal'ın bu rolü üstlenmesini planladılar.
And so that evening the palace drum was beat.
Ve o akşam saray davulu çalındı.
The king wanted a learned Brahman to make a recitation.
Kral, bilgili bir Brahman'ın dua okumasını istedi.
The story of Keshavati on the fulfilment of her vow.
Keşavatinin yeminini yerine getirme hikayesi.
Champa-Dal touched the drum and volunteered.
Champa-Dal davula dokundu ve gönüllü oldu.
"I will make the recitation of Keshavita's vows"
"Keşavita'nın yeminlerini okuyacağım"
The next morning all assembled in the courtyard.
Ertesi sabah herkes avluda toplandı.
The old king and the queen mother.
Yaşlı kral ve kraliçe anne.
Sahasra-Dal and his wife were there.
Sahasra-Dal ve eşi de oradaydı.
All the courtiers and the learned Brahmans of the country.
Ülkenin bütün saray mensupları ve bilgili Brahmanları.
All royalty was under a huge canopy of silk.
Bütün kraliyet ailesi ipekten yapılmış kocaman bir örtünün
altındaydı.
Keshavati was also there, but behind a veil.
Keşavati de oradaydı ama perdenin arkasında.
So that she wouldn't be exposed to the rude gaze of people.

İnsanların kaba bakışlarına maruz kalmamak için.

Champa-Dal, the reciter, sat on a dais.

Okuyucu Champa-Dal bir kürsüde oturuyordu.

And he began to tell the story of Keshavati.

Ve Keşavati'nin hikayesini anlatmaya başladı.

"There was once a poor dimwitted Brahman"

"Bir zamanlar zavallı, aptal bir Brahman varmış"

"This dimwitted man had a wife, but no children"

"Bu aptal adamın karısı vardı ama çocuğu yoktu"

"But him not having children was probably for the best"

"Ama çocuk sahibi olmaması muhtemelen en iyisiydi"

"Because he was barely able to meet his own needs"

"Çünkü kendi ihtiyaçlarını bile karşılayamıyordu"

"And he could hardly supply enough for his wife"

"Ve karısına yetecek kadarını bile zor sağlıyordu"

"But his dimwittedness was not even his biggest problem"

"Ama onun en büyük sorunu aptallığı bile değildi"

And he continued the story as we have followed it.

Ve hikayeyi bizim takip ettiğimiz şekilde sürdürdü.

And sometimes he turned around to Keshavati.

Ve bazen Keşavati'ye dönüyordu.

And he asked her if he was telling the story correctly.

Ve ona hikayeyi doğru anlatıp anlatmadığını sordu.

And she told him he was telling the story correctly.

Ve ona hikayeyi doğru anlattığını söyledi.

"The Brahman woman concluded her fate was sealed"

"Brahman kadın kaderinin mühürlendiği sonucuna vardı"

"And she thought her husband would meet the same fate"

"Ve kocasının da aynı kaderi paylaşacağını düşünüyordu"

"And she did not expect her son to be spared either"

"Ve oğlunun da bağışlanacağını beklemiyordu"

"That night she hardly slept at all"

"O gece neredeyse hiç uyumadı"

"The Rakshasi had prevented her from seeing her husband"

"Rakshasi, onun kocasını görmesini engellemişti"

"Early next morning Champa-Dal went to school"

"Ertesi sabahın erken saatlerinde Champa-Dal okula gitti"

"Before he went to school, she gave her son a golden bottle"
"Okula gitmeden önce oğluna altın bir şişe verdi"
"In the golden bottle was her own breast milk"
"Altın şişede kendi sütü vardı"
"Carefully watch the colour of the milk"
"Sütün rengine dikkat edin "
During the recitation the Rakshasi maid-servant grew pale.
Okuma sırasında Rakshasi hizmetçisinin rengi soldu.
She perceived that her real character was going to be discovered.
Gerçek karakterinin ortaya çıkacağını hissediyordu.
And Sahasra-Dal was astonished at the knowledge of the reciter.
Ve Sahasra-Dal, okuyanın bilgisine hayran kaldı.
The reciter clearly told the history of the prince's life.
Okuyucu, şehzadenin hayat hikayesini açık bir şekilde anlattı.
"A drop or two of the blood fell from the bees"
"Arılardan bir iki damla kan düştü"
"But their blood did not touch the ground"
"Ama kanları yere değmedi"
"Instead, their blood landed on the ashes"
"Bunun yerine kanları küllerin üzerine düştü"
"A terrible scream was heard at a distance"
"Uzaktan korkunç bir çığlık duyuldu"
"The scream was the wailing of the Rakshasas"
"Çığlık Rakshasaların feryadıydı"
"They were all running home as fast as they could"
"Hepsi olabildiğince hızlı bir şekilde evlerine koşuyorlardı"
"They wanted to prevent the bees from being killed"
"Arıların öldürülmesini engellemek istediler"
"But they could not reach the palace in time"
"Ama saraya zamanında ulaşamadılar"
"Because the bees had already been killed"
"Çünkü arılar zaten öldürülmüştü"
"The moment the bees were killed, all the Rakshasas died"
"Arılar öldürüldüğü anda tüm Rakshasalar öldü"
"Their carcasses fell on the very spot they were standing"

"Leşleri tam durdukları yere düştü"
"Their carcasses now blocked the gateway of the palace"
"Leşleri artık sarayın kapısını kapatmış durumda"
**"In this manner the seven hundred Rakshasas were
destroyed"**
"Böylece yedi yüz Rakshasa yok edildi"
All where enthralled by the story of the Rakshasas.
Herkes Rakshasaların hikayesine hayran kalmıştı.
Because the story was being told by a true storyteller.
Çünkü hikayeyi gerçek bir hikayeci anlatıyordu.
All enjoyed the story except for the maid-servant.
Hizmetçi hariç herkes hikayeyi beğendi.
Because her real character was bound to be discovered.
Çünkü gerçek karakteri mutlaka ortaya çıkacaktı.
"Champa-Dal touched the drum and volunteered.
"Champa-Dal davula dokundu ve gönüllü oldu.
"I will make the recitation of Keshavita's vows"
"Keşavita'nın yeminlerini okuyacağım"
"The next morning all assembled in the courtyard"
"Ertesi sabah herkes avluda toplandı"
"The old king and the queen mother"
"Yaşlı kral ve kraliçe anne"
"Sahasra-Dal and his wife were there"
"Sahasra-Dal ve eşi oradaydı"
"All the courtiers and the learned Brahmans of the country"
"Ülkenin tüm saray mensupları ve bilgili Brahmanları"
"All royalty was under a huge canopy of silk"
"Bütün kraliyet ailesi ipekten yapılmış devasa bir örtünün
altındaydı"
"Keshavati was also there, but behind a veil"
"Keşavati de oradaydı ama bir perdenin arkasındaydı"
"So that she wouldn't be exposed to the rude gaze of people"
"İnsanların kaba bakışlarına maruz kalmaması için"
"Champa-Dal, the reciter, sat on a dais"
"Anlatıcı Champa-Dal bir kürsüde oturuyordu"
"And he began to tell the story of Keshavati"
"Ve Keşavati'nin hikayesini anlatmaya başladı"

Sahasra-Dal jumped up from his seat.
Sahasra-Dal oturduğu yerden fırladı.
And he embraced the reciter of the story.
Ve hikâyeyi anlatan kişiyi kucakladı.
"You can be none other than my brother Champa-Dal"
"Sen benim kardeşim Champa-Dal'dan başkası olamazsın"
Then the prince was inflamed with rage.
Bunun üzerine prens öfkeden kudurdu.
He ordered the maid-servant to come into his presence.
Hizmetçinin huzuruna gelmesini emretti.
A hole the height of a man was dug in the ground.
Yere bir insan boyu kadar bir çukur kazıldı.
And the maid-servant was put into the hole, standing.
Ve cariye ayakta çukura konuldu.
Prickly thorns were heaped around her.
Etrafı dikenli çalılarla çevriliydi.
Up to the crown of her head she was covered in thorns.
Başının tepesine kadar dikenlerle kaplıydı.
In this way the maid-servant was buried alive.
Böylece hizmetçi kız diri diri gömülmüş oluyordu.
After this all lived happily together for many years.
Bundan sonra hepsi uzun yıllar mutlu bir şekilde yaşadılar.
Sahasra-Dal and his princess, and Champa-Dal and Keshavati.
Sahasra-Dal ve prensesi ve Champa-Dal ve Keshavati.

The Story of Swet and Bachanta
Swet ve Bachanta'nın Hikayesi

There was once upon a time a rich merchant.
Bir zamanlar zengin bir tüccar varmış.
This rich merchant had only one son.
Bu zengin tüccarın bir tek oğlu vardı.
And he loved his only son very much.
Ve biricik oğlunu çok seviyordu.
He gave to his son whatever he wanted.
Oğluna ne isterse onu verdi.
Of course his son wanted a beautiful house.
Elbette oğlu güzel bir ev istiyordu.
And he also wanted to have a large garden.
Ve ayrıca geniş bir bahçesi olmasını istiyordu.
So a beautiful house was built for him.
Böylece ona güzel bir ev inşa edildi.
And a fine garden was made for him too.
Ve ona güzel bir bahçe de yapıldı.
The merchant's son was pleased with the garden.
Tüccarın oğlu bahçeden memnundu.
And he enjoyed walking in the garden.
Ve bahçede yürümekten çok hoşlanıyordu.
One day a bird's nest caught his attention.
Bir gün bir kuş yuvası dikkatini çekti.
This bird happens to be called Toontooni.
Bu kuşun adı Toontooni'dir.
He put his hand into the small bird's nest.
Elini küçük kuş yuvasına soktu.
And in the nest he found an egg.
Ve yuvada bir yumurta buldu.
He took the egg out of its nest.
Yumurtayı yuvasından çıkardı.
There was an almirah in the wall of his house.
Evinin duvarında bir dolap vardı.
So he put the egg in the almirah.
Yumurtayı dolabın içine koydu.

He closed the door of the almirah.
Dolap kapısını kapattı.
And then he thought no more of the egg.
Ve sonra yumurtayı bir daha düşünmedi.
The merchant's son had a house of his own.
Tüccarın oğlunun da kendine ait bir evi vardı.
But he had a house without a household.
Ama onun bir evi, bir yuvası yoktu.
So in his house there was no cook.
Yani evinde aşçı yoktu.
But he had no need for his own cook.
Ama kendi aşçısına ihtiyacı yoktu.
Because his mother regularly sent him food.
Çünkü annesi ona düzenli olarak yemek gönderiyordu.
In the morning she sent him breakfast.
Sabahleyin ona kahvaltı gönderdi.
And every day she had dinner sent to him.
Ve her gün ona akşam yemeği gönderiliyordu.
One day the egg in the almirah burst.
Bir gün dolaptaki yumurta patladı.
But it was not a bird that came out of the egg.
Ama yumurtadan çıkan kuş değildi.
Out of the egg came a beautiful infant.
Yumurtadan çok güzel bir yavru çıktı.
The infant was not a bird, but a human girl.
Bebek bir kuş değil, bir insan kızıydı.
But the merchant's son knew nothing of the event.
Fakat tüccarın oğlunun bu olaydan haberi yoktu.
He had forgotten everything about the egg.
Yumurtayla ilgili her şeyi unutmuştu.
The door of the wall-almirah had been kept closed.
Duvar-almirahın kapısı kapalı tutuluyordu.
However, the merchant's son did not lock the door.
Ancak tüccarın oğlu kapıyı kilitlemedi.
The child grew up within the wall-almirah.
Çocuk duvar-almirahın içinde büyüdü.
She had no knowledge of the merchant's son.

Tüccarın oğlundan haberi yoktu.
Nor did she know of anyone else.
Başka birini de tanımıyordu.
When the child could walk it grew curious.
Çocuk yürümeye başlayınca meraklandı.
And out of curiosity she opened the door.
Ve merakından kapıyı açtı.
That day, too, the mother had sent breakfast.
O gün de annesi kahvaltı göndermişti.
And the breakfast had been put on the floor.
Ve kahvaltı yere konmuştu.
The child saw the food that was on the floor.
Çocuk yerdeki yemeği gördü.
Of course the child ate from the food.
Elbette çocuk yemekten yedi.
And then the child returned into the wall.
Ve sonra çocuk tekrar duvara döndü.
The merchant's mother always made a lot of food.
Tüccarın annesi her zaman çok yemek yapardı.
It was more food than he could possibly eat.
Yiyebileceğinden çok daha fazla yiyecek vardı.
So he didn't notice that any food was missing.
Yani hiçbir yiyeceğin eksik olduğunu fark etmemiş.
The girl of the wall-almirah came out every day.
Duvar-almirahın kızı her gün dışarı çıkıyordu.
And every day she ate a part of the food.
Ve her gün yemeğin bir kısmını yiyordu.
After eating the food she returned to the almirah.
Yemeğini yedikten sonra abdesthaneye döndü.
But with time the girl got older and older.
Ama zamanla kız giderek büyüdü.
And with age she got bigger and bigger.
Ve yaşlandıkça daha da büyüdü.
And the bigger she got the hungrier she got.
Ve büyüdükçe daha da acıkıyordu.
And she began to eat more of the food each day.
Ve her geçen gün daha fazla yemek yemeye başladı.

Eventually the merchant's son noticed the missing food.
Sonunda tüccarın oğlu eksik olan yiyeceği fark etti.
But he had no way of knowing where the food went.
Ama yiyeceklerin nereye gittiğini bilmesinin bir yolu yoktu.
The last thing he suspected was a girl from inside the almirah.
Dolaptaki kızlardan şüphelenmesinin son sebebi buydu.
And so he came to a very different conclusion.
Ve böylece çok farklı bir sonuca vardı.
"Why is mother sending such a small quantity of food?".
"Annem neden bu kadar az miktarda yiyecek gönderiyor?".
And he had a message sent to his mother.
Ve annesine bir mesaj göndermişti.
"Why am I being sent insufficient food?".
"Neden bana yetersiz yiyecek gönderiliyor?"
"And why is the dish served so slovenly?".
"Peki yemek neden bu kadar özensiz servis ediliyor?".
Of course we know why the food was insufficient.
Elbette yiyeceğin neden yetersiz olduğunu biliyoruz.
And we know why the food was presented slovenly.
Ve yemeğin neden özensiz sunulduğunu da biliyoruz.
The girl from in the wall ate from his food.
Duvardaki kız onun yemeğinden yedi.
And as she ate she fingered the rice and curry.
Ve yerken pilav ve köriye dokundu.
And she always hurried back into her cell in the wall.
Ve o her zaman duvardaki hücresine geri dönerdi.
So that she would not be seen by anyone.
Kimse görmesin diye.
She had no time to put the rice in proper order.
Pirinçleri düzgün bir şekilde sıralayacak vakti yoktu.
The mother was astonished at her son's complaint.
Anne, oğlunun şikâyeti karşısında şaşkına döndü.
She gave him more than he could eat.
Ona yiyebileceğinden fazlasını verdi.
The food was served up on a silver plate.
Yemekler gümüş bir tabakta sunuldu.

And she neatly arranged the food herself.
Ve yemeği kendisi özenle hazırlıyordu.
But her son repeated the same complaint again.
Ancak oğlu aynı şikâyeti tekrarladı.
Day after day he complained of the small portions.
Gün geçtikçe porsiyonların azlığından yakınıyordu.
Day after day he complained of the messy food.
Gün geçtikçe yemeklerin dağınıklığından şikâyet ediyordu.
And so his mother began to suspect foul play.
Ve böylece annesi bir şeylerin ters gittiğinden şüphelenmeye
başladı.
She told her son to watch over the food.
Oğluna yemeğe göz kulak olmasını söyledi.
"See if anyone is eating your food".
"Yemeğinizi yiyen var mı bakın".
The next day a servant brought the food.
Ertesi gün bir hizmetçi yemeği getirdi.
The servant laid the food in a clean place.
Hizmetçi yemeği temiz bir yere koydu.
Normally the merchant's son took a bath.
Tüccarın oğlu genellikle banyo yapardı.
But this day he did not go for a bath.
Ama o gün yıkanmaya gitmedi.
Instead, on this day he hid himself nearby.
Bunun yerine o gün yakınlarda saklandı.
From his hiding place he could see the food.
Saklandığı yerden yiyecekleri görebiliyordu.
The merchant's son did not have to wait for long.
Tüccarın oğlunun fazla beklemesine gerek kalmadı.
Soon he saw the wall-almirah open.
Az sonra dolap-duvarın açıldığını gördü.
And he saw a beautiful damsel step out.
Ve güzel bir kızın dışarı çıktığını gördü.
She could not have been more than sixteen.
Yaşı on altıdan büyük olamazdı.
She sat on the carpet by the breakfast.
Kahvaltı masasının yanındaki halının üzerine oturdu.

And she began to eat from the food left on the floor.
Ve yerde kalan yiyeceklerden yemeye başladı.
The merchant's son came out of his hiding-place.
Tüccarın oğlu saklandığı yerden çıktı.
And the damsel could not escape from him.
Ve kız ondan kaçamadı.
"Who are you, beautiful creature?".
"Sen kimsin güzel yaratık?"
"You do not seem to be earth-born".
"Siz dünyalı gibi görünmüyorsunuz."
"Are you one of the daughters of the gods?".
"Sen tanrıların kızlarından biri misin?"
The girl replied, "I do not know who I am".
Kız, "Ben kim olduğumu bilmiyorum" diye cevap verdi.
"But there is one thing I do know," the girl continued.
"Ama bildiğim bir şey var," diye devam etti kız.
"One day I found myself in the almirah in the wall".
"Bir gün kendimi duvardaki dolapta buldum".
"And since then I have been living in the wall".
"Ve o günden beri duvarın içinde yaşıyorum."
The merchant's son thought her story was strange.
Tüccarın oğlu onun hikayesini tuhaf buldu.
But then he thought a bit more about the story.
Ama sonra hikayeyi biraz daha düşündü.
And he remembered what happened sixteen years ago.
Ve on altı yıl önce yaşananları hatırladı.
He remembered the nest of the toontoori bird.
Toontoori kuşunun yuvasını hatırladı.
And he remembered finding an egg in the nest.
Ve yuvada bir yumurta bulduğunu hatırladı.
And he remembered putting the egg in the almirah.
Ve yumurtayı dolap içine koyduğunu hatırladı.
The wall-almirah girl was of uncommon beauty.
Duvardaki kız olağanüstü bir güzelliğe sahipti.
And the merchant's son was struck by her beauty.
Ve tüccarın oğlu onun güzelliğine hayran kaldı.
Her beauty made a deep impression on his mind.

Güzelliği onun zihninde derin bir iz bıraktı.
And he resolved in his mind to marry her.
Ve aklında onunla evlenmeye karar verdi.
From then on the girl didn't stay in the almirah.
Kız o günden sonra dolapta kalmadı.
She was given a room in the merchant's son's house.
Tüccarın oğlunun evinde kendisine bir oda verildi.
The next day the merchant's son wrote a message.
Ertesi gün tüccarın oğlu bir mesaj yazdı.
And he had the message sent to his mother.
Ve annesine mesajını iletti.
You can guess the general theme of the message.
Mesajın genel temasını tahmin edebilirsiniz.
The merchant's son said he would like to get married.
Tüccarın oğlu evlenmek istediğini söyledi.
The mother of the merchant's son reproached herself.
Tüccarın oğlunun annesi kendine kızdı.
She had not tried to find a wife for his son.
Oğluna eş bulmaya çalışmamıştı.
She felt she should have thought of his marriage.
Evliliğini düşünmesi gerektiğini düşündü.
And so she promptly replied to her son's message.
Ve hemen oğlunun mesajına cevap verdi.
She and her father were going to send out ghataks.
O ve babası gatak göndereceklerdi.
The ghataks were going to go to different countries.
Ghataklar farklı ülkelere gideceklerdi.
There they were going to look for suitable brides.
Orada kendilerine uygun gelinler arayacaklardı.
But the merchant's son said there would be no need.
Fakat tüccarın oğlu buna gerek olmadığını söyledi.
He had secured himself a lovely young lady.
Kendine güzel bir genç kız bulmuştu.
If they had no objection, he would introduce her to them.
Eğer itirazları yoksa onu onlara tanıştıracaktı.
And so the young lady was taken to the merchant's house.
Ve böylece genç kız tüccarın evine götürüldü.

The merchant and his wife welcomed the stranger.
Tüccar ve karısı yabancıyı hoş karşıladılar.
And they were also struck by her unmatched beauty.
Ve onun eşsiz güzelliğine de hayran kalmışlardı.
The girl was of perfect loveliness and grace.
Kız son derece güzel ve zarifti.
The parents made no questions to her birth.
Anne ve babası onun doğumuna dair hiçbir soru sormadı.
And the nuptials were celebrated there and then.
Ve düğünler orada kutlandı.

In the course of time the merchant's son had two sons.
Zamanla tüccarın oğlunun iki oğlu oldu.
The elder of the sons he named Swet.
Oğullarının büyüğüne Swet adını verdi.
And the younger son he named Basanta.
Küçük oğluna da Basanta adını verdi.
After the passing of more time the old merchant died.
Aradan biraz zaman geçtikten sonra yaşlı tüccar öldü.
So the merchant's son now became the merchant.
Böylece tüccarın oğlu artık tüccar oldu.
And after some time his mother died too.
Ve bir süre sonra annesi de öldü.
Swet and Basanta grew up to be fine lads.
Swet ve Basanta iyi çocuklar olarak büyüdüler.
And the elder son was in due time married.
Ve büyük oğul da zamanı gelince evlendi.
Sometime after Swet's marriage his mother also died.
Swet'in evliliğinden bir süre sonra annesi de öldü.
The girl from in the wall was no more.
Duvarın içindeki kız artık yoktu.
The widower lost no time in marrying again.
Dul adam hiç vakit kaybetmeden yeniden evlendi.
And he had a new young and beautiful wife.
Ve yeni, genç ve güzel bir karısı vardı.
Swet's wife was older than his stepmother.
Swet'in karısı üvey annesinden büyüktü.

So his wife became the mistress of the house.
Böylece karısı evin hanımı oldu.
The stepmother was like all stepmothers are.
Üvey anne, bütün üvey anneler gibiydi.
She hated Swet and Basanta with a perfect hatred.
Swet ve Basanta'dan tam bir nefretle nefret ediyordu.
And the two ladies also couldn't stand each other.
Ve iki hanım da birbirlerine tahammül edemiyordu.
It so happened one day that a fisherman came.
Bir gün bir balıkçı geldi.
The fisherman brought to the merchant a fish.
Balıkçı tüccara bir balık getirdi.
This fish was of singular and remarkable beauty.
Bu balık eşsiz ve dikkat çekici bir güzelliğe sahipti.
It was unlike any other fish that had been seen.
Daha önce görülen hiçbir balığa benzemiyordu.
And the fish had other qualities too.
Ve balığın başka nitelikleri de vardı.
The fisherman explained the wonders of the fish.
Balıkçı balığın harikalarını anlattı.
"Two things will happen if you eat this fish".
"Bu balığı yerseniz iki şey olur".
"When you laugh maniks will drop from your mouth".
"Güldüğünde ağzından manikler düşecek".
"And when you weep pearls will drop from your eyes".
"Ve ağladığın zaman gözlerinden inciler düşecek."
The merchant was astounded by what he had heard.
Tüccar duydukları karşısında şaşkına döndü.
And he wanted the wonderful properties of the fish.
Ve balığın harikulade özelliklerinden yararlanmak istiyordu.
And so he bought the fish at one thousand rupees.
Ve balığı bin rupiye satın aldı.
And he put the fish into the hands of Swet's wife.
Ve balığı Swet'in karısının eline verdi.
Because Swet's wife was the mistress of the house.
Çünkü Swet'in karısı evin hanımıydı.
He strictly instructed her to cook the fish well.

Balığın iyi pişirilmesini sıkı bir şekilde emretti.
And he told her to give the fish to him alone to eat.
Ve balığı yalnız kendisine vermesini, yemesini söyledi.
The house-mother however knew the fish's secret.
Ancak ev hanımı balığın sırrını biliyordu.
She had overheard what the fisherman had said.
Balıkçının söylediklerini duymuştu.
Secretly she made a different plan in her mind.
Gizlice aklında başka bir plan daha vardı.
She was going to cook the fish for her husband.
Kocasına balık pişirecekti.
And she was going to share the fish with his brother.
Ve balığı kardeşiyle paylaşacaktı.
For her father-in-law she was going to prepare a frog.
Kayınpederine kurbağa hazırlayacaktı.
Soon she had finished cooking the marvelous fish.
Çok geçmeden muhteşem balığı pişirmeyi bitirdi.
And she had finished cooking a frog too.
Ve bir kurbağayı da pişirmeyi başarmıştı.
But from the kitchen she could hear a squabble.
Ama mutfaktan bir kavga sesi duyuluyordu.
She could hear who it was that was arguing.
Tartışan kişinin kim olduğunu duyabiliyordu.
Her stepmother-in-law and her husband's brother.
Üvey kayınvalidesi ve kocasının kardeşi.
And she understood the cause of the argument.
Ve tartışmanın sebebini anlamıştı.
Basanta was still but a young lad.
Basanta henüz genç bir çocuktu.
But he was passionately fond of his pigeons.
Ama güvercinlerine tutkuyla bağlıydı.
And he tamed his pigeons very well.
Ve güvercinlerini çok iyi evcilleştirdi.
Nonetheless, one of his pigeons had escaped.
Ancak güvercinlerinden biri kaçmıştı.
And the pigeon flew into his stepmother's room.
Ve güvercin üvey annesinin odasına uçtu.

His stepmother hid the pigeon in her clothes.
Üvey annesi güvercini elbiselerinin arasına sakladı.
Basanta rushed after the pigeon into the room.
Basanta güvercinin peşinden odaya koştu.
And he loudly demanded to have the pigeon back.
Ve yüksek sesle güvercini geri istedi.
His stepmother denied having the pigeon.
Üvey annesi güvercini olduğunu inkar etti.
Swet, however, did know she had the pigeon.
Ancak Swet, güvercinin onda olduğunu biliyordu.
And the older brother forcibly took the bird.
Ve abisi kuşu zorla aldı.
And he freed the pigeon from her clothes.
Ve güvercini elbiselerinden kurtardı.
And he gave the pigeon back to his brother.
Ve güvercini kardeşine geri verdi.
The stepmother cursed and swore, and added;
Üvey anne küfürler savurdu, sövdü ve ekledi;
"Wait until the head of the house comes home".
"Evin reisi eve gelene kadar bekle".
"He will get no water till he sheds your blood".
"Kanını dökmedikçe ona su verilmeyecek."
Swet's wife called her husband and said to him;
Swet'in karısı kocasını çağırdı ve ona şöyle dedi;
"My dearest lord, that woman is a most wicked woman".
"Sevgili efendim, o kadın çok kötü bir kadındır."
"And she has boundless influence over my father-in-law".
"Ve kayınpederim üzerinde sınırsız bir nüfuza sahip."
"She will make him do what she has threatened".
"Ona tehdit ettiği şeyi yaptıracak."
"All our lives are in imminent danger".
"Hepimizin hayatı büyük tehlike altında."
"But let us first eat a little," she added.
"Ama önce biraz yemek yiyelim," diye ekledi.
"And then let us all three run away from this place".
"Ve sonra üçümüz de buradan kaçalım."
Swet forthwith called Basanta to him.

Swet hemen Basanta'yı yanına çağırdı.
And he told him what he had heard from his wife.
Ve karısından duyduklarını ona anlattı.
They resolved to run away before nightfall.
Akşam karanlığı çökmeden kaçmaya karar verdiler.
The woman placed before her husband the fish.
Kadın balığı kocasının önüne koydu.
And her brother-in-law ate of the fish too.
Ve kayınbiraderi de balıktan yedi.
And they ate of the fish heartily.
Ve balıktan afiyetle yediler.
The woman packed up all her jewels in a box.
Kadın bütün mücevherlerini bir kutuya koydu.
There was only one horse in the stables.
Ahırda yalnızca bir at vardı.
But the horse was of uncommon fleetness.
Fakat atın olağanüstü bir çevikliği vardı.
They could all sit on the horse together.
Hepsi birlikte atın üzerine oturabilirlerdi.
Swet held the reins of the horse.
Atın dizginlerini Swet tutuyordu.
The woman sat in the middle of the horse.
Kadın atın ortasına oturdu.
And she had the jewel-box in her lap.
Ve mücevher kutusu kucağındaydı.
And Basanta sat on the rear of the horse.
Ve Basanta atın arkasına oturdu.
The horse galloped with the utmost swiftness.
At son derece süratli bir şekilde dörtnala gidiyordu.
They passed through many a plain and noted town.
Birçok ova ve ünlü kasabadan geçtiler.
After midnight they found themselves in a forest.
Gece yarısından sonra kendilerini bir ormanda buldular.
And they were not far from the banks of a river.
Ve bir nehrin kıyısına çok da uzak değillerdi.
Here the most untoward event took place.
İşte en tatsız olay burada yaşandı.

Swet's wife began to feel the pains of child-birth.
Swet'in karısı doğum sancılarını hissetmeye başladı.
They dismounted from the horse without delay.
Hiç vakit kaybetmeden attan indiler.
And within an hour Swet's wife gave birth to a son.
Ve bir saat içinde Swet'in karısı bir oğlan doğurdu.
What were the two brothers to do in this forest?
İki kardeş bu ormanda ne yapacaklardı?
They knew that a fire had to be kindled.
Ateşin yakılması gerektiğini biliyorlardı.
The mother and the new-born baby needed warmth.
Anne ve yeni doğan bebeğin sıcaklığa ihtiyacı vardı.
But from where was there fire to be gotten?
Peki ateş nereden bulunacaktı?
There were no human habitations visible.
Hiçbir insan yerleşimi görünmüyordu.
Nonetheless, a fire had to be procured.
Ancak yine de ateş yakılması gerekiyordu.
And it was the winter month of December.
Ve Aralık ayının kış ayıydı.
The mother and the baby would certainly perish.
Anne ve bebek kesinlikle helak olurdu.
Swet told Basanta to sit beside his wife.
Swet, Basanta'ya karısının yanına oturmasını söyledi.
And he set out in the darkness of the night.
Ve gecenin karanlığında yola çıktı.
And he went in search of wood to make a fire.
Ve ateş yakmak için odun aramaya gitti.
Swet walked many a mile through the darkness.
Swet karanlığın içinde kilometrelerce yürüdü.
But despite the distance he saw no human habitations.
Ancak mesafeye rağmen hiçbir insan yerleşimi göremedi.
But eventually his eyes were given some help.
Ama sonunda gözlerine bir çare bulundu.
The genial light of Sukra somewhat illumined his path.
Sukra'nın aydınlık ışığı yolunu bir nebze olsun
aydınlatıyordu.

And he saw at a distance what seemed a large city.
Ve uzaktan büyük bir şehir gibi görünen bir şey gördü.
He was congratulating himself on his journey's end.
Yolculuğunun sona ermesinden dolayı kendini kutluyordu.
And he congratulated himself for finding fire.
Ve ateşi bulduğu için kendini tebrik etti.
The fire that was going to benefit his poor wife.
Zavallı karısına fayda sağlayacak olan ateş.
His wife that was lying cold in the forest.
Ormanda soğukta yatan karısı.
The fire that was going to save his new-born child.
Yeni doğan çocuğunu kurtaracak olan yangın.
The new-born baby born into the coldness.
Soğukta doğan yeni doğmuş bebek.
Suddenly an elephant shot across his path.
Aniden bir fil yolunu kesti.
The elephant was gorgeously caparisoned.
Fil muhteşem bir şekilde süslenmişti.
And the elephant gently picked him with his trunk.
Ve fil onu hortumuyla nazikçe aldı.
He placed him on the rich howdah on its back.
Onu sırt üstü zengin bir heybenin üzerine koydu.
The elephant then walked rapidly towards the city.
Fil daha sonra hızla şehre doğru yürüdü.
Swet was quite taken aback by the events.
Swet, yaşananlar karşısında oldukça şaşkına dönmüştü.
He did not understand the elephant's actions.
Filin hareketlerini anlayamadı.
And he wondered what was in store for him.
Ve kendisini neyin beklediğini merak ediyordu.
A crown is that which was in store for him.
Ona bir taç verilmişti.
He was being taken to the chief city of a kingdom.
Bir krallığın başşehrine götürülüyordu.
In this kingdom every morning a king was elected.
Bu krallıkta her sabah bir kral seçiliyordu.
Because the kings of this city lasted but a day.

Çünkü bu şehrin kralları ancak bir gün yaşadılar.
Every night the new king joined the queen in her room.
Her gece yeni kral kraliçenin odasına katılıyordu.
And every morning the previous king was found dead.
Ve her sabah bir önceki kral ölü bulunuyordu.
No one knew what caused the deaths of the kings.
Kralların ölümlerinin sebebini kimse bilmiyordu.
Not even the queen knew what caused their death.
Kraliçe bile neden öldüklerini bilmiyordu.
So this kingdom had its own king-maker.
Yani bu krallığın kendine ait bir kral yaratıcısı vardı.
The elephant who suddenly took hold of Swet.
Swet'i aniden yakalayan fil.
Early in the morning the elephant roamed about.
Sabahın erken saatlerinde fil dolaşmaya başladı.
Sometimes the elephant went to distant places.
Bazen fil uzak yerlere gidiyordu.
And every evening the elephant returned with a man.
Ve her akşam fil bir adamla geri dönüyordu.
The man on the elephant's became their king.
Filin üzerindeki adam onların kralı oldu.
The elephant majestically marched through the streets.
Fil, görkemli bir şekilde sokaklarda yürüyordu.
A crowd of people welcomed their new king.
Kalabalık bir halk yeni krallarını karşıladı.
But Swet did not yet understand their cheers.
Ama Swet onların tezahüratlarını henüz anlayamıyordu.
The elephant entered the kingdom's palace.
Fil krallığın sarayına girdi.
And the elephant placed Swet on the throne.
Ve fil Swet'i tahta oturttu.
Amid much rejoicing he was proclaimed king.
Büyük sevinçler arasında kral ilan edildi.
But there were lamentations in the crowd too.
Ama kalabalıkta ağıtlar da duyuluyordu.
In the course of the day he heard of the curse.
Gün içerisinde lanetin haberini aldı.

The nightly death of every newly elected king.
Her yeni seçilen kralın her gece ölümü.
But Swet was possessed of great discretion.
Ama Swet çok dikkatli bir adamdı.
And he had the courage not to try an escape.
Ve kaçmayı deneme cesaretini gösterdi.
He took every precaution that he could take.
Alabileceği her türlü tedbiri aldı.
But he did not know how to avert the catastrophe.
Ama felaketi nasıl önleyeceğini bilmiyordu.
And he knew not what expedients to adopt.
Ve hangi çarelere başvuracağını bilmiyordu.
Because he didn't know the nature of the danger.
Çünkü tehlikenin mahiyetini bilmiyordu.
He resolved, however, upon two things;
Ancak iki şeye karar verdi;
He was going to go armed into the bedchamber.
Silahlı bir şekilde yatak odasına girecekti.
And he was going to stay awake the whole night.
Ve bütün gece uyanık kalacaktı.
The queen was young and of exquisite beauty.
Kraliçe genç ve olağanüstü güzelliğe sahipti.
Guileless and benevolent was the expression of her face.
Yüzünün ifadesi saf ve iyilikseverdi.
It was impossible to attribute her any malice.
Ona herhangi bir kötülük yüklemek imkânsızdı.
No one believed she caused all the kings' deaths.
Hiç kimse onun bütün kralların ölümüne sebep olduğuna
inanmıyordu.
In the queen's chamber Swet spent an agreeable evening.
Kraliçenin odasında Swet keyifli bir akşam geçirdi.
As the night advanced the queen fell asleep.
Gece ilerledikçe kraliçe uykuya daldı.
But Swet kept awake, and was on the alert.
Ama Swet uyanıktı ve tetikteydi.
He looked at every creek and corner of the room.
Odanın her köşesine, her koyağına baktı.

And he expected every minute to be murdered.
Ve her dakikanın katledileceğini bekliyordu.
But the queen did not rise to murder him.
Ama kraliçe onu öldürmek için ayağa kalkmadı.
And no one entered the room to murder him either.
Ve onu öldürmek için odaya kimse girmedi.
Nor did he feel anything other than sleepiness.
Uykudan başka bir şey hissetmiyordu.
But in the dead of night he perceived something.
Ama gecenin karanlığında bir şey fark etti.
A thread was coming out the queen's nostril.
Kraliçenin burnundan bir iplik çıkıyordu.
The thread was so thin that it was almost invisible.
İplik o kadar inceydi ki neredeyse görünmüyordu.
Slowly the thread reached several yards in length.
Yavaş yavaş iplik birkaç metre uzunluğa ulaştı.
And eventually all the thread came out.
Ve sonunda bütün ipler koptu.
Only then did the thread begin to grow thicker.
Ancak o zaman iplik kalınlaşmaya başladı.
Soon the thread took on its real shape.
Kısa süre sonra iplik gerçek şeklini aldı.
The thread was in fact a huge serpent.
İplik aslında kocaman bir yılandı.
Immediately Swet cut off the head of the serpent.
Swet hemen yılanın başını kesti.
The body of the serpent wriggled violently.
Yılanın gövdesi şiddetle kıvranıyordu.
He sat quiet in the room, expecting other adventures.
Odada sessizce oturuyor, başka maceralar bekliyordu.
But nothing else happened the rest of the night.
Ama gecenin geri kalanında başka bir şey olmadı.
The queen slept longer than usual.
Kraliçe her zamankinden daha uzun uyudu.
Because she had been relieved of the huge snake.
Çünkü kocaman yılandan kurtulmuştu.
Early next morning the ministers came.

Ertesi sabah erkenden bakanlar geldi.
They were expecting to hear of the king's death.
Kralın ölüm haberini bekliyorlardı.
The ladies of the bedchamber knocked at the door.
Yatak odasındaki hanımlar kapıyı çaldılar.
But to their astonishment Swet come out.
Ama şaşkınlıkla Swet'in ortaya çıktığını gördüler.
The folk learned the mystery of all the kings' deaths.
Halk bütün kralların ölümlerinin sırrını öğrendi.
And now the country rejoiced their permanent king.
Ve artık ülke daimi kralını sevinçle karşılıyordu.
There is a strange thing you probably noticed.
Muhtemelen fark ettiğiniz garip bir şey var.
Swet did not remember his wife he left behind.
Swet geride bıraktığı karısını hatırlamıyordu.
It is a strange thing, nevertheless it is true.
Garip bir şey ama gerçek bu.
Nor did he remember the defenseless new-born babe.
Yeni doğmuş savunmasız bebeği de hatırlamıyordu.
And he did not remember his brother either.
Ve kardeşini de hatırlamıyordu.
He had no time to remember when the elephant came.
Filin ne zaman geldiğini hatırlamaya vakti yoktu.
On the first night he had to worry for his own life.
İlk gece kendi can güvenliğinden endişe etmek zorunda kaldı.
And now the crown brought on his forgetfulness.
Ve şimdi taç onun unutkanlığını getirdi.
But he had entrusted his wife and child to Basanta.
Ama karısını ve çocuğunu Basanta'ya emanet etmişti.
And his brother sat waiting for many weary hours.
Ve kardeşi uzun saatler boyunca bekleyerek oturdu.
Every moment he expected to see Swet return with fire.
Her an Swet'in ateşle döneceğini bekliyordu.
But the whole night passed away without his return.
Ama bütün gece onun geri dönmemesiyle geçti.
At sunrise he went to the bank of the river.
Güneş doğarken nehrin kıyısına gitti.

There he anxiously looked about for his brother.
Orada endişeyle kardeşini aradı.
But his waiting and searching were all in vain.
Fakat onun beklemesi ve araması boşunaydı.
Distressed beyond measure, he wept at the riverside.
Ölçüsüz bir üzüntü içinde nehir kenarında ağladı.
As he was weeping a boat was passing by.
O ağlarken bir kayık geçiyordu.
In the boat a merchant was returning from business.
Kayıkta bir tüccar ticaretten dönüyordu.
The boat was not far from the shore.
Tekne kıyıdan çok uzakta değildi.
So the merchant could see Basanta weeping.
Böylece tüccar Basanta'nın ağladığını görebiliyordu.
Something struck the attention of the merchant.
Tüccarın dikkatini çeken bir şey oldu.
By the weeping man appeared to be a pile of pearls.
Ağlayan adamın yanında bir inci yığını görünüyordu.
The merchant requested the boatman to halt.
Tüccar kayıkçıdan durmasını istedi.
And the merchant went to the weeping man.
Ve tüccar ağlayan adamın yanına gitti.
By the weeping man was in fact a pile of pearls.
Ağlayan adamın yanında bir inci yığını vardı.
And the pearls were of the highest quality.
Ve inciler en yüksek kalitedeydi.
And another thing astonished the merchant.
Ve tüccarı şaşırtan bir şey daha vardı.
The pile of pearls grew larger every second.
İnci yığını her saniye biraz daha büyüyordu.
Because the man was crying, but not tears.
Çünkü adam ağlıyordu ama gözyaşı dökmüyordu.
Because his tears turned to pearls on the ground.
Çünkü gözyaşları yerde incilere dönüşmüştü.
The merchant stowed away the pearls into his boat.
Tüccar incileri teknesine istifledi.
Then the merchant got his servants to help him.

Bunun üzerine tüccar hizmetçilerini de yanına alarak onlara
yardım etti.
And together they captured the crying man.
Ve birlikte ağlayan adamı yakaladılar.
They put him on board of the vessel.
Onu gemiye bindirdiler.
And he tied him to one of the ship's masts.
Ve onu geminin direklerinden birine bağladı.
Basanta, of course, tried his best to resist.
Basanta elbette elinden geleni yaparak direnmeye çalıştı.
But what could he do against so many sailors?
Peki bu kadar denizciye karşı ne yapabilirdi?
He thought of his brother who never returned.
Bir daha geri dönmeyen kardeşini düşündü.
He thought of his sister-in-law in the forest.
Ormandaki baldızını düşündü.
And he thought of his newly born niece.
Ve yeni doğan yeğenini düşündü.
And he cried even more bitterly than before.
Ve eskisinden daha da acı bir şekilde ağlamaya başladı.
His weeping mightily pleased the merchant.
Tüccarın ağlaması çok hoşuna gitti.
Because even more pearls were falling to the ground.
Çünkü daha fazla inci yere düşüyordu.
And the merchant became richer and richer.
Ve tüccar gittikçe zenginleşti.
Eventually the merchant reached his native town.
Sonunda tüccar memleketine ulaştı.
When they got there he confined Basanta in a room.
Oraya vardıklarında Basanta'yı bir odaya kapattı.
At stated hours every day he had him whipped.
Her gün belli saatlerde onu kırbaçlatıyordu.
In order to make him shed yet more tears.
Daha fazla gözyaşı dökmesini sağlamak için.
And every tear converted into a bright pearl.
Ve her gözyaşı parlak bir inciye dönüştü.
The merchant one day said to his servants;

Tüccar bir gün hizmetkarlarına şöyle dedi;
"The fellow is making me rich by his weeping".
"Bu adam ağlayarak beni zengin ediyor."
"Let us see what he gives me by laughing".
"Bakalım bana gülerek ne verecek".
Accordingly, he began to tickle his captive.
Bunun üzerine esirini gıdıklamaya başladı.
Upon being tickled Basanta began to laugh.
Basanta gıdıklanınca gülmeye başladı.
Of course he was not laughing out of happiness.
Elbette mutluluktan gülmüyordu.
But none the less maniks dropped from his mouth.
Ama yine de ağzından manikler dökülüyordu.
After this Basanta was not just whipped anymore.
Bundan sonra Basanta sadece kırbaçlanmadı.
Now he was alternately whipped and tickled.
Şimdi ise sırayla kırbaçlanıyor ve gıdıklanıyordu.
All day and far into the night he was exploited.
Bütün gün ve gece geç saatlere kadar sömürüldü.
The merchant's wealth increased day and night.
Tüccarın serveti gece gündüz artıyordu.
Soon he became the wealthiest man in the land.
Kısa zamanda ülkenin en zengin adamı oldu.
But let us return to Basanta's subjugation later.
Ama Basanta'nın boyunduruk altına alınmasına daha sonra
dönelim.
Now let us turn our attention to Swet's wife.
Şimdi dikkatimizi Swet'in karısına çevirelim.

Swet's abandoned wife was still in the forest.
Swet'in terk ettiği karısı hâlâ ormandaydı.
She had just given birth to her child.
Çocuğunu yeni doğurmuştu.
But now she was alone in the forest.
Ama şimdi ormanda yalnızdı.
First her husband had abandoned her.
Önce kocası onu terk etmişti.

And now her brother-in-law abandoned her too.
Ve şimdi kayınbiraderi de onu terk etmişti.
Imagine how overwhelmed with grief she felt.
Ne kadar büyük bir keder içinde olduğunu hayal edin.
Alone, and in a forest, far from civilization.
Yalnız ve bir ormanın içinde, medeniyetten uzak.
Her case was indeed deserving of sympathy.
Onun durumu gerçekten de sempatiyi hak ediyordu.
She wept rivers of sad and lonely tears.
Hüzün ve yalnızlık gözyaşlarıyla ırmaklar akıttı.
Excessive grief, however, brought her relief.
Ancak aşırı keder ona rahatlama getirdi.
She fell asleep with the new-born in her arms.
Yeni doğan bebeği kucağında uyuyakaldı.
While she was deep in sleep another tragedy took place.
Derin uykudayken bir facia daha yaşandı.
It so happened that the Kotwal was passing by.
Tesadüfen Kotwal oradan geçiyordu.
He had recently suffered his own misfortune.
Yakın zamanda kendisi de bir talihsizlik yaşamıştı.
But his misfortune was of a different nature.
Ama onun talihsizliği farklıydı.
The children his wife bore died shortly after birth.
Karısının doğurduğu çocuklar doğumdan kısa bir süre sonra öldü.
And he was now going to bury the last infant.
Ve şimdi son bebeği de gömmeye gidiyordu.
He was heading to the banks of the river.
Nehrin kıyısına doğru gidiyordu.
The place where the other infants were buried.
Diğer bebeklerin gömüldüğü yer.
But then he saw the woman sleeping in the forest.
Ama sonra ormanda uyuyan kadını gördü.
And in her arms he saw her holding a baby.
Ve onun kollarında bir bebek tuttuğunu gördü.
The infant was a lively and beautiful boy.
Bebek canlı ve güzel bir çocuktu.

His liveliness did not disturb his mother's sleep.
Annesinin uykusunu, onun canlılığı bozmuyordu.
The Kotwal wanted the lovely infant very much.
Kotwal bu sevimli bebeği çok istiyordu.
He quietly took the child from his mother.
Çocuğu sessizce annesinden aldı.
And in her arms he placed his own dead child.
Ve onun kollarına kendi ölmüş çocuğunu bıraktı.
Of course this is not what he could tell his wife.
Elbette karısına bunu söyleyemezdi.
"We both thought that our son had died".
"İkimiz de oğlumuzun öldüğünü düşünüyorduk."
"And I carried his body to the river bank".
"Ve onun cesedini nehir kıyısına taşıdım."
"And that was when a miracle occurred".
"Ve işte o zaman bir mucize gerçekleşti."
"Once more our son opened his young eyes".
"Oğlumuz bir kez daha genç gözlerini açtı".
"And now we have a beautiful and lively boy".
"Ve şimdi güzel ve hayat dolu bir oğlumuz var."
But Swet's wife did not know the true events.
Ancak Swet'in karısı gerçek olayları bilmiyordu.
When she woke she held the dead child in her arms.
Uyandığında ölü çocuğu kucağında tutuyordu.
And she thought it was her child that had died.
Ve ölenin kendi çocuğu olduğunu düşünüyordu.
The distress of her mind may easily be imagined.
Onun zihnindeki sıkıntıyı kolayca tahmin edebilirsiniz.
The whole world became dark to her.
Bütün dünya ona karanlık göründü.
She was distracted by the loss of her child.
Çocuğunu kaybetmenin verdiği üzüntüyle aklı başından
gitmişti.
And in her distraction she formed a resolution.
Ve o dalgınlığı içinde bir karar aldı.
She had resolved to take her own life.
Kendi canına kıymaya karar vermişti.

The river was not far from where she had slept.
Nehir, uyuduğu yerden çok uzakta değildi.
And she determined to drown herself in the river.
Ve kendini nehre atıp boğmaya karar verdi.
She took in her hand the bundle of jewels.
Mücevher demetini eline aldı.
And then she proceeded to the river-side.
Ve sonra nehir kıyısına doğru ilerledi.
An old Brahman was at no great distance.
Çok uzakta olmayan yaşlı bir Brahman vardı.
The Brahman was performing his morning ablutions.
Brahman sabah abdestini alıyordu.
He noticed the woman going into the water.
Kadının suya girdiğini fark etti.
Naturally he thought that she was going to bathe.
Doğal olarak onun yıkanacağını düşündü.
But then he saw her going into the deep waters.
Ama sonra onun derin sulara girdiğini gördü.
Something akin to suspicion arose in his mind.
Aklına şüpheye benzer bir şey geldi.
The Brahman discontinued his devotions.
Brahman ibadetlerini bıraktı.
He too waded out towards the river's depth.
O da nehrin derinliklerine doğru yürüdü.
And he ordered the woman to come to him.
Ve kadına yanına gelmesini emretti.
Swet's wife heard the old man calling her.
Swet'in karısı yaşlı adamın kendisine seslendiğini duydu.
So she retraced her steps to the old man.
Bunun üzerine yaşlı adamın yanına geri döndü.
"What were your intentions?" asked the Braham.
"Niyetin neydi?" diye sordu Braham.
And the woman confirmed his suspicions.
Ve kadın onun şüphelerini doğruladı.
"I was going to put an end to my life".
"Hayatıma son verecektim".
And she thanked the Brahman for saving her.

Ve Brahman'a kendisini kurtardığı için teşekkür etti.
"Accept these jewels as a sign of appreciation".
"Bu mücevherleri bir takdir ifadesi olarak kabul edin."
The Brahman accepted the sign of appreciation.
Brahman takdir işaretini kabul etti.
But he was more interested in her story.
Ama onun hikayesi daha çok ilgisini çekiyordu.
And at his request she related her story.
Ve onun isteği üzerine hikayesini anlattı.
She had escaped from her stepmother in law.
Üvey kayınvalidesinden kaçmıştı.
In the forest she gave birth to a child.
Ormanda bir çocuk doğurdu.
First her husband went looking for fire.
Önce kocası ateş aramaya gitti.
But her husband never came back to her.
Ancak kocası bir daha geri dönmedi.
Then her brother-in-law looked for her husband.
Bunun üzerine kayınbiraderi kocasını aramaya başladı.
But her brother-in-law did not return either.
Ancak kayınbiraderi de geri dönmedi.
Eventually she fell asleep with her child.
En sonunda çocuğuyla birlikte uykuya daldı.
But when she woke her child was dead.
Ama uyandığında çocuğu ölmüştü.
And that's when she decided to drown herself.
Ve işte o zaman kendini boğmaya karar verdi.
She felt the relieve of telling her fate.
Kaderini anlatmanın rahatlığını yaşadı.
The Brahman invited the woman to his house.
Brahman kadını evine davet etti.
And the woman was accepted into his family.
Ve kadın onun ailesine kabul edildi.
The Brahman's wife treated her like a daughter.
Brahman'ın karısı ona kendi kızı gibi davranıyordu.
And she spent years with her new family.
Ve yeni ailesiyle yıllar geçirdi.

Swet spend those years in his kingdom.
Swet o yılları krallığında geçirdi.
Basanta spent those years being tortured.
Basanta o yılları işkence görerek geçirdi.
And the adopted son of the Kotwal grew up.
Ve Kotwal'ın evlatlık oğlu büyüdü.
The Brahman's house was not far from the Kotwal's.
Brahman'ın evi Kotwal'ın evinden çok uzakta değildi.
So the Kotwal's son met the Brahman's adopted daughter.
Böylece Kotwal'ın oğlu Brahman'ın evlatlık kızıyla tanıştı.
And the lad thought he fell in love with her.
Ve delikanlı ona aşık olduğunu sandı.
He spoke to his father about the woman.
Kadından babasıyla konuştu.
And the father spoke to the Brahman about the woman.
Ve baba Brahman'a kadından bahsetti.
The Brahman's rage knew no bounds.
Brahman'ın öfkesi sınır tanımıyordu.
"What is this insolence!" the Brahman protested.
"Bu ne küstahlık!" diye itiraz etti Brahman.
"Your son is the son of an infidel".
"Oğlunuz bir kâfirin oğludur."
"How can he aspire to the hand of a Brahman's daughter!?".
"Bir Brahman'ın kızının elini nasıl arzulayabilir!?".
"A dwarf may as well aspire to catch hold of the moon!".
"Bir cücenin bile Ay'ı yakalamaya heves etmesi gerekir!"
But the Kotwal's son determined to have her by force.
Fakat Kotwal'ın oğlu onu zorla almaya kararlıydı.
One day he scaled the wall of the Brahman's house.
Bir gün Brahman'ın evinin duvarını aştı.
He got upon the thatched roof of the cow-house.
İnek ağılının sazdan çatısına çıktı.
And from that lofty position he reconnoitered.
Ve o yüce makamdan keşif yaptı.
And he saw two young calves below him.
Ve aşağıda iki buzağı gördü.
And he overheard the conversation of two young calves.

Ve iki buzağının konuşmasını duydu.

"Men accuse us of brutish ignorance and immorality".

"İnsanlar bizi kaba cahillikle ve ahlaksızlıkla suçluyorlar."

"But in my opinion men are fifty times worse".

"Ama benim fikrime göre erkekler elli kat daha kötüdür."

"What makes you say so, brother?" the calf asked.

"Kardeşim, bunu söylemene ne sebep oldu?" diye sordu buzağı.

"Have you witnessed instances of human depravity?".

"İnsanoğlunun ahlaksızlığına dair örneklere tanık oldunuz mu?"

"Who is a greater monster than the Kotwal's son?".

"Kotwal'ın oğlundan daha büyük canavar kimdir?"

"The same lad standing on the thatched roof".

"Sazdan çatının üzerinde duran aynı çocuk."

"The roof of this hut above our heads".

"Başımızın üstündeki bu kulübenin çatısı".

"I thought he was just the son of our Kotwal".

"Onun bizim Kotwal'ın oğlu olduğunu sanıyordum."

"I never heard that he was exceptionally vicious".

"Onun olağanüstü derecede vahşi olduğunu hiç duymadım."

"You may have never heard of his wickedness".

"Onun kötülüğünü hiç duymamış olabilirsiniz."

"But now you will hear of his wickedness from me".

"Fakat şimdi onun kötülüğünü benden duyacaksınız."

"This wicked lad is now making immoral plans".

"Bu hain çocuk şimdi ahlaksız planlar yapıyor."

"He is trying get married to his own mother!".

"Kendi annesiyle evlenmeye çalışıyor!".

The First Calf then related the whole story.

Birinci Buzağı daha sonra bütün hikayeyi anlattı.

And the inquisitive Second Calf listened.

Ve meraklı İkinci Buzağı dinledi.

And the calf told Swet's and Basanta's story.

Ve buzağı Swet ve Basanta'nın hikayesini anlattı.

"A merchant built a house for his son"

"Bir tüccar oğluna bir ev inşa etti"

"In the garden of the house was a Toontooni bird"
"Evin bahçesinde bir Toontooni kuşu vardı"
"In the nest of the Toontooni bird was an egg"
"Toontooni kuşunun yuvasında bir yumurta vardı"
"The merchant's son put the egg in an almirah"
"Tüccarın oğlu yumurtayı bir dolap içine koydu"
"Out of the egg came a beautiful girl"
"Yumurtadan güzel bir kız çıktı"
"Eventually the merchant's son married this beautiful girl"
"Sonunda tüccarın oğlu bu güzel kızla evlendi"
"Together they had two children; Swet and Basanta"
"Birlikte iki çocukları oldu; Swet ve Basanta"
"Some time later the grandfather of the children died"
"Bir süre sonra çocukların dedesi öldü"
"Some time later again their grandmother died too"
"Bir süre sonra yine büyükanneleri öldü"
"At the right time, the oldest son, Swet, got married"
"Doğru zamanda en büyük oğul Swet evlendi"
"His mother, the Toontooni woman, died sometime later"
"Annesi, Toontooni kadını, bir süre sonra öldü"
"Soon after their father married a younger woman"
"Babaları kısa bir süre sonra daha genç bir kadınla evlendi"
"But their new stepmother hated her stepsons"
"Ama yeni üvey anneleri üvey oğullarından nefret ediyordu"
"And she also hated her new stepdaughter-in-law"
"Ve yeni üvey gelininden de nefret ediyordu"
"One day a fisherman happened to visit the merchant"
"Bir gün bir balıkçı tüccarı ziyarete geldi"
"The Fisherman had sold the merchant a magical fish"
"Balıkçı tüccara sihirli bir balık satmıştı"
"Whoever ate the fish would laugh maniks"
"Balığı yiyenler gülerdi manikler"
"And whoever ate the fish would weep pearls"
"Ve balığı yiyenler inci ağlardı"
"The same day there was an argument over some pigeons"
"Aynı gün bazı güvercinler yüzünden tartışma yaşandı"
"The stepmother was terribly vengeful to her stepsons"

"Üvey anne üvey oğullarına karşı çok intikamcıydı"
"And she swore revenge on her stepsons"
"Ve üvey oğullarından intikam almaya yemin etti "
"That day Swet, his wife, and Basanta escaped"
"O gün Swet, karısı ve Basanta kaçtı"
"But before leaving they ate the magical fish"
"Ama ayrılmadan önce büyülü balığı yediler"
"On their journey Swet's wife gave birth to a baby boy"
"Yolculukları sırasında Swet'in karısı bir erkek çocuk doğurdu"
"Swet went to look for wood to make a fire"
"Swet ateş yakmak için odun aramaya gitti"
"But he was carried away by an elephant"
"Ama onu bir fil götürdü"
"He was taken to a Queen haunted by a snake"
"Yılanın musallat olduğu bir kraliçeye götürüldü "
"But he succeeded in killing the serpent"
"Ama yılanı öldürmeyi başardı"
"And so he became king of the land"
"Ve böylece ülkenin kralı oldu"
"Basanta went looking for his brother"
"Basanta kardeşini aramaya gitti"
"But he was captured by a merchant"
"Ama bir tüccar tarafından yakalandı"
"And now he's flogged and tickled daily"
"Ve şimdi her gün kırbaçlanıyor ve gıdıklanıyor"
"And he cries pearls and laughs maniks"
"Ve inci ağlar ve manik güler"
"The Kotwal's son had died that night"
"Kotwal'ın oğlu o gece ölmüştü"
"So the Kotwal exchanged the two babies"
"Böylece Kotwal iki bebeği takas etti"
"The mother couldn't bear the loss of her child"
"Anne çocuğunu kaybetmeye dayanamadı"
"So she made the decision to drown herself"
"Bu yüzden kendini boğmaya karar verdi"
"But there was a Brahman that saved her life"

"Ama hayatını kurtaran bir Brahman vardı"
"And this Brahman took her into his home"
"Ve bu Brahman onu evine aldı"
"The Kotwal's son grew up a hardy boy"
"Kotwal'ın oğlu dayanıklı bir çocuk olarak büyüdü"
"And he fell in love with the woman"
"Ve kadına aşık oldu"
"And now he stands on the roof"
"Ve şimdi çatıda duruyor"
"And he's intent on having the woman"
"Ve o kadını elde etmeye niyetli"
All this the Kotwal's son heard.
Kotwal'ın oğlu bütün bunları duydu.
And he was struck with horror.
Ve dehşete kapıldı.
He forthwith got down from the thatch.
Hemen damdan indi.
And he went home to his father.
Ve babasının yanına gitti.
And he said he must speak with the king.
Ve kralla görüşmesi gerektiğini söyledi.
The father protested against the request.
Baba bu isteğe itiraz etti.
But he got an interview with the king.
Ama kralla bir görüşme ayarladı.
He told the king about the two calves.
Krala iki buzağıdan bahsetti.
And he repeated the whole story.
Ve bütün hikâyeyi tekrarladı.
The king now remembered his poor wife.
Kral şimdi zavallı karısını hatırladı.
So a servant was sent to the Brahman.
Bunun üzerine bir hizmetçi Brahman'a gönderildi.
And the Brahman was richly rewarded.
Ve Brahman bol bol ödüllendirildi.
And his wife was brought back to the palace.
Ve karısı saraya geri getirildi.

His wife was put in her proper position.
Karısı hak ettiği yere getirildi.
And she became queen of the kingdom.
Ve krallığın kraliçesi oldu.
The reputed son of the Kotwal was readopted.
Kotwal'ın oğlu olduğu iddia edilen kişi yeniden evlat edinildi.
And he was proclaimed heir to the throne.
Ve tahtın varisi ilan edildi.
Basanta was brought out of the dungeon.
Basanta zindandan çıkarıldı.
And the wicked merchant was buried alive.
Ve kötü tüccar diri diri gömüldü.
And thorns were put in his burying-place.
Ve onun mezarına dikenler konuldu.
And all lived together happily for many years.
Ve hepsi uzun yıllar mutlu bir şekilde yaşadılar.
Swet, his wife and son, and Basantas.
Swet, karısı ve oğlu ve Basantas.

The Evil Eye of Sani
Sani'nin Nazarı

Once upon a time Sani and Lakshmi fell out with each other.
Bir zamanlar Sani ve Lakshmi'nin arası bozuldu.
Sani, also known as Saturn, is the God of bad luck.
Satürn olarak da bilinen Sani, uğursuzluk tanrısıdır.
And Lakshmi is the Goddess of good luck.
Ve Lakshmi iyi şansın tanrıçasıdır.
And these two Gods fell out with each other in heaven.
Ve bu iki Tanrı gökte birbirleriyle kavga ettiler.
Sani said he was higher in rank than Lakshmi.
Sani, kendisinin Lakshmi'den daha yüksek rütbede olduğunu söyledi.
And Lakshmi said she was higher in rank than Sani.
Ve Lakshmi, kendisinin Sani'den daha yüksek rütbede olduğunu söyledi.
But there were just as many Gods as there were Goddesses.
Ama Tanrılar kadar Tanrıçalar da vardı.
Therefore the dispute could not be settled in heaven.
Dolayısıyla anlaşmazlık gökte çözülemedi.
The contending deities agreed to refer the matter to humans.
Birbirleriyle çekişen tanrılar meseleyi insanlara havale etme konusunda anlaştılar.
The humans had a name for wisdom and justice.
İnsanların bilgelik ve adalet için bir adı vardı.
There lived at that time upon earth a man named Sribatsa.
O zamanlar dünyada Sribatsa adında bir adam yaşıyordu.
(Sri is another name of Lakshmi).
(Sri, Lakshmi'nin bir diğer adıdır).
(And "batsa" is another word for child).
(Ve "batsa" çocuk için kullanılan başka bir kelimedir).
(so Sribatsa literally means "the child of fortune").
(Sribatsa'nın tam anlamı "talih çocuğu"dur).
Sribatsa had as much wisdom as he had wealth.
Sribatsa'nın zenginliği kadar bilgeliği de vardı.
And he was as fair as he was rich, too.

Ve zengin olduğu kadar da adil bir adamdı.

He was therefore a good judge for the dispute.

Bu nedenle anlaşmazlıkta iyi bir yargıçtı.

And the God and Goddess agreed he could judge their case.

Ve Tanrı ile Tanrıça onun davalarını yargılayabileceği konusunda anlaştılar.

One day, accordingly, Sribatsa was contacted.

Bir gün Sribatsa ile temasa geçildi.

He was told that Sani and Lakshmi would come to him.

Sani ve Lakshmi'nin kendisine geleceği söylendi.

And he was told they wished for him to settle their dispute.

Ve kendisine, aralarındaki anlaşmazlığı çözmesini istedikleri söylendi.

This put Sribatsa in a delicate situation.

Bu durum Sribatsa'yı hassas bir duruma soktu.

He could say Sani was higher in rank than Lakshmi.

Sani'nin Lakshmi'den daha yüksek rütbeli olduğunu söyleyebilirdi.

But then she would be angry with him and forsake him.

Ama sonra ona kızıp onu terk ederdi.

He could say Lakshmi was higher in rank than Sani.

Lakshmi'nin Sani'den daha yüksek rütbeli olduğunu söyleyebilirdi.

But then Sani would cast his evil eye upon him.

Ama sonra Sani ona kötü gözle bakardı.

He made up his mind not to say anything directly.

Hiçbir şeyi doğrudan söylememeye karar verdi.

The god and the goddess had to observe his actions.

Tanrı ve tanrıça onun hareketlerini gözlemlemek zorundaydı.

And from his actions they could gather their opinions.

Ve onun eylemlerinden kendi görüşlerini çıkarabiliyorlardı.

Sribatsa ordered two chairs to be made.

Sribatsa iki sandalye yapılmasını emretti.

One of the chairs was made from gold.

Sandalyelerden biri altından yapılmıştı.

And the other chair was made from silver.

Diğer sandalye ise gümüşten yapılmıştı.

And he placed the two chairs beside himself.
Ve iki sandalyeyi de yanına koydu.
The day came when Sani and Lakshmi visited Sribatsa.
Sani ve Lakshmi'nin Sribatsa'yı ziyaret ettikleri gün geldi.
He told Sani to sit upon the silver chair.
Sani'ye gümüş sandalyeye oturmasını söyledi.
And he told Lakshmi to sit upon the gold chair.
Ve Lakshmi'ye altın sandalyeye oturmasını söyledi.
Sani became mad with rage, and spoke angrily;
Sani öfkeden deliye döndü ve öfkeyle konuşmaya başladı;
"You consider me lower in rank than Lakshmi"
"Beni Lakshmi'den daha düşük rütbeli mi görüyorsun?"
"I will cast my eye on you for three years"
"Üç yıl boyunca seni göz hapsinde tutacağım"
"We shall see how you fare at the end of that period"
"O dönemin sonunda nasıl bir performans sergileyeceğinizi
göreceğiz"
The god then went away in great anger.
Bunun üzerine tanrı büyük bir öfkeyle oradan ayrıldı.
Lakshmi, before she went away, said to Sribatsa;
Lakshmi gitmeden önce Sribatsa'ya şöyle dedi;
"My child, do not fear. I'll befriend you"
"Çocuğum korkma. Seninle arkadaş olurum."
The god and the goddess then went away.
Tanrı ve tanrıça daha sonra uzaklaştılar.
Sribatsa spoke to his wife, Chantamani;
Sribatsa karısı Chantamani ile konuştu;
"Dearest, the evil eye of Sani will be upon me"
"Sevgilim, Sani'nin nazar boncuğu üzerimde olacak"
"I had better go away from the house"
"Evden uzaklaşsam iyi olur"
"If I stay evil will befall you and me"
"Eğer kalırsam sana ve bana kötülük gelecek"
"But if I go, evil will overtake me only"
"Ama eğer gidersem, bana ancak kötülük yetişir"
Chintamani said, "it cannot be that way"
Chintamani, "Bu şekilde olamaz" dedi

"Wherever you go, I will go with you"
"Nereye gidersen ben de seninle gelirim"
"Your good luck shall be my good luck"
"Senin şansın benim şansım olacak"
"And your bad luck shall be my bad luck"
"Ve senin kötü şansın benim kötü şansım olacak"
The husband tried hard to persuade his wife to stay.
Koca, karısını kalmaya ikna etmek için çok uğraştı.
But all his efforts were of no use.
Ancak bütün çabaları boşa gitti.
She refused to abandon her husband.
Kocasını terk etmeyi reddetti.
Sribatsa told his wife to make an opening in their mattress.
Sribatsa karısına şiltelerinde bir delik açmasını söyledi.
And he told her to stow away all their money and jewels.
Ve ona bütün paralarını ve mücevherlerini saklamasını
söyledi.
**On the eve of leaving their house, Sribatsa invoked
Lakshmi.**
Sribatsa, evlerinden ayrılmadan hemen önce Lakshmi'yi
çağırdı.
Upon being invoked, Lakshmi forthwith appeared.
Lakshmi çağrılınca hemen belirdi.
"Mother Lakshmi, the evil eye of Sani is upon us"
"Anne Lakshmi, Sani'nin nazarları üzerimizde"
"We are going away into exile"
"Sürgüne gidiyoruz"
"Please befriend us, and take care of our property"
"Lütfen bizimle dost olun ve malımıza iyi bakın"
The goddess of good luck answered.
Şans tanrıçası cevap verdi.
"Do not fear; I'll befriend you"
"Korkma, seninle dost olurum"
"In the end all will be right"
"Sonunda her şey yoluna girecek"
They then set out on their journey.
Daha sonra yola koyuldular.

Sribatsa rolled up the mattress and put it on his head.
Sribatsa şilteyi rulo yapıp başına koydu.
They had not gone many miles when they saw a river.
Çok fazla kilometre gitmemişlerdi ki bir nehir gördüler.
There was a canoe with a man sitting in it.
İçinde bir adamın oturduğu bir kano vardı.
The travelers requested the ferryman to take them across.
Yolcular kayıkçıdan kendilerini karşıya geçirmesini rica ettiler.
The ferryman said he could only take one at a time.
Kayıkçı, bir seferde yalnızca bir kişiyi alabileceğini söyledi.
"Tere are three of you," he objected.
"Üç kişisiniz," diye itiraz etti.
"There is you, your wife, and your mattress"
"Sen, karın ve yatağın var"
Sribatsa proposed in what order they should ferry over the river.
Sribatsa nehrin hangi sırayla geçilmesi gerektiğini önerdi.
"First my wife should be taken across the river"
"Önce karımın nehrin karşısına geçirilmesi gerekiyor"
"After my wife, take the mattress across the river"
"Karımdan sonra yatağı nehrin karşısına götür"
"And then you can take me across the river"
"Ve sonra beni nehrin karşısına geçirebilirsin"
But the ferryman would not hear of it.
Fakat kayıkçı buna aldırış etmedi.
"Only one at a time," he repeated.
"Sadece birer birer," diye tekrarladı.
"First let me take across the mattress"
"Önce yatağı karşıya geçireyim"
Sribatsa saw no reason to object to the proposal.
Sribatsa bu teklife itiraz etmek için bir neden görmedi.
The ferryman started taking the mattress across the river.
Kayıkçı yatağı nehrin karşı kıyısına taşımaya başladı.
He had reached halfway across the river.
Nehrin yarısına kadar gelmişti.
But then, from nowhere, a fierce gale arose.
Ama sonra, birdenbire, şiddetli bir fırtına çıktı.

The ferryman lost control of his canoe.
Kayıkçı kanosunun kontrolünü kaybetti.
The mattress was blown into the river.
Yatak nehre uçtu.
The river carried everything away with it.
Nehir her şeyi beraberinde götürmüştü.
And the ferrymen, canoe, and mattress were never seen again.
Ve kayıkçılar, kano ve şilte bir daha hiç görülmedi.
But that was not even the strangest events.
Ama en tuhaf olay bu bile değildi.
Because the river also disappeared into thin air.
Çünkü nehir de ortadan kaybolmuştu.
Where there was water there was now dry ground.
Suyun olduğu yerde artık kuru toprak vardı.
Sribatsa knew the evil eye of Sani had been watching.
Sribatsa, Sani'nin kem gözünün onu izlediğini biliyordu.

Sribatsa and his wife had not a pice in their pockets.
Sribatsa ve karısının ceplerinde bir kuruş bile yoktu.
Together, impoverished, they went to a nearby village.
Birlikte, yoksullaşarak yakındaki bir köye gittiler.
The village was dwelt in mostly by wood-cutters.
Köyde çoğunlukla oduncular yaşıyordu.
At sunrise the woodcutters went to cut wood.
Gün doğarken oduncular odun kesmeye gittiler.
And the wood they cut they sold in a faraway town.
Ve kestikleri odunları uzak bir kasabada satıyorlardı.
Sribatsa asked to work with the wood-cutters.
Sribatsa oduncularla çalışmak istedi.
And the wood-cutters agreed to let him cut wood.
Ve oduncular onun odun kesmesine izin verdiler.
He could fell trees as well as the best of them.
Ağaçları en iyiler kadar iyi kesebiliyordu.
But Sribatsa was different from the wood-cutters.
Ama Sribatsa odunculardan farklıydı.
The wood-cutters cut any and every sort of wood.

Oduncular her türlü odunu keserler.
But Sribatsa cut only the precious types of wood.
Ama Sribatsa sadece değerli ağaç türlerini kesiyordu.
His efforts were focused on cutting down sandal-wood.
Çabaları sandal ağacı kesimi üzerine yoğunlaşmıştı.
The wood-cutters brought to market large loads of common wood.
Oduncular pazara büyük miktarlarda odun getiriyorlardı.
Sribatsa brought only a few pieces of sandal-wood to the market.
Sribatsa pazara sadece birkaç parça sandal ağacı getirdi.
He was paid a great deal more money than the others.
Diğerlerinden çok daha fazla para alıyordu.
Things went on this way for some days.
Bu durum birkaç gün böyle devam etti.
And the wood-cutters became jealous of Sribatsa.
Ve oduncular Sribatsa'yı kıskanmaya başladılar.
In their jealousy they plotted against Sribatsa.
Kıskançlıklarından dolayı Sribatsa'ya karşı komplo kurdular.
And finally they drove Sribatsa and his wife from the village.
Ve sonunda Sribatsa ve karısını köyden kovdular.

Sribatsa and his wife made their way to another village.
Sribatsa ve eşi başka bir köye doğru yola koyuldular.
In this village there were many women that weaved.
Bu köyde çok sayıda dokumacı kadın vardı.
Here Chintamani made herself useful by spinning cotton.
Burada Çintamani pamuk eğirerek kendine bir fayda sağladı.
Chintamani was an intelligent and skillful woman.
Çintamani zeki ve becerikli bir kadındı.
So she spun finer thread than the other women.
Bu yüzden diğer kadınlardan daha ince iplik eğiriyordu.
And she got paid more money than the other women.
Ve diğer kadınlardan daha fazla para alıyordu.
This roused the envy of the native women of the village.
Bu durum köyün yerli kadınlarının kıskançlığına yol açtı.

But the envy of the other women was not all.
Ama diğer kadınların kıskançlığı bununla sınırlı değildi.
Sribatsa wanted to gain the good grace of the weavers.
Sribatsa dokumacıların gözüne girmek istiyordu.
So he invited the women that spun cotton to a feast.
Bunun üzerine pamuk eğirme kadınlarını bir ziyafete davet etti.
The dishes of the feat were all cooked by his wife.
Yemekleri tamamen eşi pişiriyordu.
Chintamani was a good weaver, and an excellent in cook.
Çintamani iyi bir dokumacıydı ve aşçılıkta da çok iyiydi.
She placed the delicacies before the women.
Kadınların önüne nefis yemekleri koydu.
And the barbarous weavers were quite charmed.
Ve barbar dokumacılar oldukça büyülenmişlerdi.
The men went to their homes with their bellies full.
Adamlar karınları tok bir şekilde evlerine gittiler.
But when they got home, they reproached their wives.
Ama eve döndüklerinde karılarına sitem ettiler.
"Why do you not cook like the wife of Sribatsa"
"Neden Sribatsa'nın karısı gibi yemek yapmıyorsun?"
And the men called their wives good-for-nothing women.
Ve erkekler karılarına işe yaramaz kadınlar diyorlardı.
This made the women hate Chintamani the more.
Bu durum kadınların Çintamani'den daha fazla nefret etmesine neden oldu.

One day Chintamani went to the river-side.
Bir gün Çintamani nehir kenarına gitti.
She wanted to bathe along with the other women of the village.
Köyün diğer kadınlarıyla birlikte yıkanmak istiyordu.
A boat had been lying on the bank, stranded on the sand.
Kıyıda bir tekne kumların üzerinde karaya oturmuştu.
The boat had been stranded there for many days.
Tekne orada günlerdir mahsur kalmıştı.
They had tried to move the boat, but in vain.

Tekneyi hareket ettirmeye çalışmışlar ama başaramamışlar.
It so happened that Chintamani touched the boat.
Öyle oldu ki Çintamani tekneye dokundu.
It was an accident, for she did not mean to touch the boat.
Kaza eseriydi, çünkü tekneye dokunmak istememişti.
But whether she meant to or not, the boat moved.
Ama isteyerek ya da istemeyerek, tekne hareket etti.
And soon the boat was heading off to the river.
Ve kısa süre sonra tekne nehre doğru yol almaya başladı.
The boatmen were astonished by what they had seen.
Kayıkçılar gördükleri karşısında şaşkına döndüler.
They thought that the woman had uncommon power.
Kadının olağanüstü bir güce sahip olduğunu düşünüyorlardı.
And so they thought she might be useful in future.
Ve bu yüzden onun gelecekte faydalı olabileceğini
düşündüler.
They therefore caught hold of her, against her will.
Bu yüzden onu isteği dışında yakaladılar.
And they put her in the boat, and rowed off.
Ve onu kayığa bindirip kürek çekerek yol aldılar.
The women of the village were present for this kidnapping.
Bu kaçırma olayına köyün kadınları da katılmıştı.
But they did not offer Chintamani any assistance.
Ancak Çintamani'ye herhangi bir yardımda bulunmadılar.
Because Chintamani had put them in a bad light.
Çünkü Çintamani onları kötü bir duruma düşürmüştü.

**Sribatsa heard how his wife had been carried away by
boatmen.**
Sribatsa karısının kayıkçılar tarafından nasıl götürüldüğünü
duydu.
I will let you imagine how he became mad with grief.
Onun kederden nasıl çıldırdığını siz hayal edin.
He left the village and went to the river-side.
Köyden ayrılıp dere kenarına gitti.
And he resolved to follow the course of the stream.
Ve derenin akışını izlemeye karar verdi.

Along the stream he was sure to meet the kidnappers' boat.
Dere boyunca ilerlerken kaçırıcıların teknesine
rastlayacağından emindi.
He travelled on and on, along the side of the river.
Nehir kıyısından yol almaya devam etti.
And he travelled till it eventually became dark.
Ve sonunda hava kararıncaya kadar yol aldı.
Where he was there were no huts to be seen.
Onun bulunduğu yerde kulübe falan görünmüyordu.
So he climbed into a tree to sleep for the night.
Bunun üzerine geceyi geçirmek için bir ağaca tırmandı.
In the next morning he got down from the tree.
Ertesi sabah ağaçtan indi.
At the foot of the tree he saw a Kapila-cow.
Ağacın dibinde bir Kapila ineği gördü.
A Kapila-cow never has any calves of her own.
Bir Kapila ineğinin hiçbir zaman kendi buzağısı olmaz.
But she can be milked at all hours of the day.
Ama günün her saati sağılabiliyor.
Sribatsa milked the cow without her objecting.
Sribatsa ineği itiraz etmeden sağdı.
And he drank the milk to his heart's content.
Ve sütü doyasıya içti.
And then he noticed something else about the cow.
Ve sonra inekte başka bir şey daha fark etti.
The dung of the cow was of a bright yellow color.
İneğin dışkısı parlak sarı renkteydi.
In fact, the dung of the cow was made of pure gold.
Aslında ineğin dışkısı saf altından yapılmıştı.
The golden cow dung was still in a soft state.
Altın inek gübresi hala yumuşak haldeydi.
So he was able to write his name in the golden dung.
Böylece adını altın gübreye yazdırabildi.
During the course of the day the dung hardened.
Gün geçtikçe gübre sertleşti.
And finally the dung looked like a brick of gold.
Ve sonunda gübre bir altın tuğlasına benzedi.

The tree he had slept in grew on the river-side.
Uyuduğu ağaç nehrin kenarında büyümüştü.
And the Kapila-cow supplied him with milk all day.
Ve Kapila ineği ona bütün gün süt veriyordu.
So Sribatsa decided to wait there for the boat.
Bunun üzerine Sribatsa tekneyi orada beklemeye karar verdi.
In the morning the cow deposited the precious article.
Sabahleyin inek kıymetli eşyayı bıraktı.
And at night the cow deposited the precious article.
Ve geceleyin inek kıymetli eşyayı bıraktı.
So the gold bricks increased every day.
Böylece altın külçeleri her geçen gün artıyordu.
And on each golden brick he had engraved his name.
Ve her altın tuğlanın üzerine adını kazımıştı.
He stacked the bricks on top of each other.
Tuğlaları üst üste yığdı.
From a distance it looked like a hillock of gold.
Uzaktan bakıldığında altın bir tepeciğe benziyordu.

But now we must leave Sribatsa to stack his gold.
Ama şimdi Sribatsa'nın altınlarını istiflemesini beklemeliyiz.
And we must turn our attention to Chintamani.
Ve dikkatimizi Çintamani'ye çevirmeliyiz.
Chintamani was a graceful woman of great beauty.
Çintamani çok güzel ve zarif bir kadındı.
She had worried her beauty might be her ruin.
Güzelliğinin onu mahvedebileceğinden endişelenmişti.
So she offered a prayer as she was being kidnapped.
Bu yüzden kaçırılırken dua etti.
"Lakshmi, O Mother Lakshmi! have pity upon me"
"Lakshmi, ey Lakshmi Ana! Bana acı!"
"Thou hast made me beautiful, you have"
"Beni güzelleştirdin, sen"
"But now my beauty will undoubtedly be my ruin"
"Ama şimdi güzelliğim şüphesiz ki benim yıkımım olacak"
"I am bound to loss my honor and my chastity"
"Namusumu ve iffetimi kaybetmeye mahkûmum"

"I therefore beseech thee, gracious Mother;"
"Bu nedenle sana yalvarıyorum, lütufkâr Anne;"
"Take my beauty from me, and make me ugly"
"Güzelliğimi benden al ve beni çirkin yap"
"Cover my body with some loathsome disease"
"Vücudumu iğrenç bir hastalıkla ört"
"That way the boatmen might not touch me"
"Böylece kayıkçılar bana dokunmasın"
Chintamani was in the arms of the boatmen.
Çintamani kayıkçıların kollarındaydı.
But the Goddess of good fortune heard her prayer.
Ama şans tanrıçası onun duasını duydu.
In the twinkling of an eye her form changed.
Bir anda şekli değişti.
Her naturally beautiful form faded away.
Doğal güzelliği kaybolup gitti.
And she was turned into a vile carcass.
Ve aşağılık bir leşe dönüştürüldü.
The boatmen were putting her down in the boat.
Kayıkçılar onu kayığa indiriyorlardı.
They found her body was covered with loathsome sores.
Vücudunun iğrenç yaralarla kaplı olduğunu gördüler.
And the sores were giving out a disgusting stench.
Ve yaralar iğrenç bir koku yayıyordu.
They therefore threw her into the hold of the boat.
Bunun üzerine onu teknenin ambarına attılar.
And they left her amongst the cargo of the ship.
Ve onu geminin yükü arasına bıraktılar.
Morning and evening they sent her some food.
Sabah akşam kendisine yiyecek gönderiyorlardı.
A little boiled rice, and some water to drink.
Biraz haşlanmış pirinç ve içmek için biraz su.
Chintamani was miserable in the hull of the ship.
Çintamani geminin gövdesinde perişan haldeydi.
But she greatly preferred misery to the alternative.
Ama o, alternatifine kıyasla sefaleti çok daha fazla tercih
ediyordu.

She would rather be miserable than loss her chastity.
İffetini kaybetmektense perişan olmayı tercih ederdi.

The boatmen had gone to some port to sell cargo.
Kayıkçılar yük satmak için bir limana gitmişlerdi.
While sailing back they caught sight something.
Geri dönerken bir şey gördüler.
By the river-side there seemed to be a hillock of gold.
Nehrin kıyısında bir altın tepeciği vardı sanki.
Sribatsa had been keeping watch by the river.
Sribatsa nehrin kenarında nöbet tutuyordu.
So he was delighted to see a boat approach him.
Bu yüzden kendisine yaklaşan bir tekneyi görünce çok
sevindi.
Because he fondly imagined his wife might be on board.
Çünkü karısının da gemide olabileceğini içtenlikle hayal
ediyordu.
The boatmen went greedily to the hillock of gold.
Kayıkçılar açgözlülükle altın tepeciğine doğru gittiler.
Of course Sribatsa told them the gold was his.
Elbette Sribatsa onlara altının kendisinin olduğunu söyledi.
But that didn't help Sribatsa very much.
Ama bu Sribatsa'ya pek yardımcı olmadı.
The sailors took him prisoner on the boat.
Denizciler onu teknede esir aldılar.
And they loaded the gold onto their vessel.
Ve altını gemilerine yüklediler.
They happened to imprison him close to the ugly woman.
Onu çirkin kadının yanına hapsetmişler.
Of course the husband and wife recognized each other.
Elbette karı koca birbirlerini tanıdılar.
In spite of the change Chintamani had undergone.
Çintamani'nin geçirdiği değişime rağmen.
And despite their excitement they kept their composure.
Ve heyecanlarına rağmen soğukkanlılıklarını korudular.
And they thought it prudent not to speak to each other.
Ve birbirleriyle konuşmamanın akıllıca olacağını düşündüler.

Instead they communicated their ideas through gestures.
Bunun yerine fikirlerini jestlerle iletmeyi tercih ettiler.
There is something you should know about the boatmen.
Kayıkçılar hakkında bilmeniz gereken bir şey var.
These boatmen were very fond of playing at dice.
Bu kayıkçılar zar atmayı çok severlerdi.
Sribatsa appeared to them to be a respectable man.
Sribatsa onlara saygın bir adam gibi göründü.
So they always asked him to join in the game.
Bu yüzden onu sürekli oyuna katılmaya çağırıyorlardı.
Sribatsa happened to be an expert dice player.
Sribatsa'nın usta bir zar oyuncusu olduğu ortaya çıktı.
Despite their efforts he won almost every game.
Tüm çabalarına rağmen neredeyse her maçı kazandı.
You can imagine how the sailors felt about losing.
Denizcilerin kaybetmenin acısını nasıl yaşadıklarını tahmin
edebilirsiniz.
And in jealousy the boatmen threw him overboard.
Ve kıskançlıktan kayıkçılar onu denize attılar.
Chintamani saw the men throw her husband overboard.
Chintamani, adamların kocasını denize attıklarını gördü.
**Fortunately for Sribatsa, his wife had great presence of
mind.**
Neyse ki Sribatsa'nın karısı çok soğukkanlı davrandı.
The boatmen had allowed her a pillow to rest her head.
Kayıkçılar başını koyabileceği bir yastık koymuşlardı ona.
And she simultaneously threw this pillow into the water.
Ve aynı anda bu yastığı suya attı.
Sribatsa was able to grab hold of the pillow.
Sribatsa yastığa tutunmayı başardı.
And the pillow helped him float down the stream.
Ve yastık onun derede yüzmesine yardımcı oldu.
Up until nightfall the river carried him downstream.
Akşam karanlığı çökene kadar nehir onu aşağı doğru taşıdı.
At nightfall he arrived at what seemed to be a garden.
Akşam karanlığında sanki bir bahçeye benzeyen bir yere
vardı.

Because it was dark there was nothing he could do.
Karanlık olduğu için yapabileceği bir şey yoktu.
So all night he stayed in the garden, cold and wet.
Böylece bütün gece bahçede kaldı, üşüdü ve ıslandı.
I should tell you who this garden belonged to.
Bu bahçenin kime ait olduğunu sana söyleyeyim.
This was the garden of an old widowed woman.
Burası yaşlı bir dul kadının bahçesiydi.
This woman used to supply flowers for the king.
Bu kadın krala çiçek getiriyordu.
But one day some blight had come over her garden.
Fakat bir gün bahçesinde bir hastalık baş göstermişti.
Almost all the trees and plants ceased flowering.
Neredeyse bütün ağaçlar ve bitkiler çiçek açmayı bıraktı.
She had therefore given up the business she had.
Bu nedenle elindeki işi bırakmıştı.
And she was no longer the royal flower supplier.
Ve artık kraliyetin çiçek tedarikçisi değildi.
However, Sribatsa's arrival had rejuvenated her garden.
Ancak Sribatsa'nın gelişi bahçesini gençleştirmişti.
She could scarcely believe her eyes in the morning.
Sabahleyin gözlerine inanamadı.
The whole garden was ablaze with flowers again.
Bütün bahçe yeniden çiçeklerle dolmuştu.
There was no plant that was not in bloom.
Çiçek açmayan bitki yoktu.
And every tree she had was begemmed with flowers.
Ve sahip olduğu her ağaç çiçeklerle bezenmişti.
She had no way of knowing the cause of the miracle.
Mucizenin nedenini bilmesinin bir yolu yoktu.
And so she took a walk through the garden.
Ve böylece bahçede bir yürüyüşe çıktı.
But she soon found the cause of all the flowers.
Ama çok geçmeden bütün bu çiçeklerin sebebini buldu.
At the edge of her garden was a cold, wet man.
Bahçenin kenarında soğuk ve ıslak bir adam vardı.
He was shivering and almost dead from hypothermia.

Titriyordu ve hipotermiden dolayı neredeyse ölüyordu.
She immediately brought the man into to her cottage.
Hemen adamı kulübesine aldı.
And she lighted a fire to give him some warmth.
Ve ona biraz sıcaklık vermek için bir ateş yaktı.
She nursed him and showed him every attention.
Ona baktı ve her türlü ilgiyi gösterdi.
And she ascribed the miracle to his presence.
Ve mucizeyi onun varlığına bağladı.
She made him as comfortable as she could.
Onu olabildiğince rahat ettirmeye çalıştı.
And then she ran to the king's palace.
Ve sonra kralın sarayına koştu.
She asked to speak to the king's chief servant.
Kralın baş hizmetkârıyla görüşmek istediğini söyledi.
And she told him the good fortune she had had.
Ve ona başına gelen güzel talihini anlattı.
"I can again supply the palace with flowers"
"Saraya tekrar çiçek gönderebilirim"
Her flowers had been very much missed at the palace.
Sarayda çiçekleri çok özlenmişti.
So she was immediately restored to her former position.
Böylece derhal eski görevine iade edildi.
She was again the flower-woman of the royal household.
O, yine kraliyet ailesinin çiçekçisiydi.

Sribatsa spent a few more days recovering his health.
Sribatsa sağlığına kavuşmak için birkaç gün daha harcadı.
And eventually he had all his vitality back.
Ve sonunda tüm canlılığını geri kazandı.
He asked the woman if he could speak with a minister.
Kadına bir bakanla görüşüp görüşemeyeceğini sordu.
So the woman took him to the palace with her.
Bunun üzerine kadın onu saraya götürdü.
One of the king's ministers gave him an appointment.
Kralın vezirlerinden biri ona bir randevu verdi.
And he was at once found to be a man of intelligence.

Ve onun zeki bir adam olduğu hemen anlaşıldı.
So was offered a position in the king's service.
Böylece kendisine kralın hizmetinde bir görev teklif edildi.
In fact, he was allowed to choose what job he wanted.
Aslında istediği işi seçmesine izin verilmişti.
He asked to be collector of tolls on the river.
Nehir üzerindeki vergilerin tahsilatını üstlenmeyi teklif etti.
The minister was happy to give Sribatsa the job.
Bakan, Sribatsa'ya görevi vermekten mutluluk duydu.
The kingdom needed someone to collect river-tolls.
Krallığın nehir vergilerini toplayacak birine ihtiyacı vardı.
And Sribatsa immediately started his new job.
Ve Sribatsa hemen yeni işine başladı.
It wasn't long before his plan came to fruition.
Planının meyvesini vermesi uzun sürmedi.
The boat his wife was on was coming down the river.
Karısının içinde olduğu tekne nehirden aşağı doğru geliyordu.
Under the king's authority he detained the boat.
Kralın emriyle tekneyi alıkoydu.
And he charged the boatmen with the theft of gold-bricks.
Ve kayıkçıları altın kerpiç çalmakla suçladı.
The king liked the sound of a boat full of gold.
Kral, altın dolu bir teknenin sesini çok beğeniyordu.
So the king himself came to the river-side.
Bunun üzerine kral bizzat ırmak kıyısına geldi.
Even he was amazed by the quantity of gold they had.
Hatta ellerindeki altının çokluğuna kendisi bile şaşırmıştı.
And every gold brick had Sribatsa's inscription.
Ve her altın tuğlanın üzerinde Sribatsa'nın yazısı vardı.
At the same time he rescued his wife from the boatmen.
Aynı zamanda karısını da kayıkçıların elinden kurtardı.
Back on dry land she returned to her previous beauty.
Karaya çıktığında eski güzelliğine kavuştu.
He told the king the story of their misfortune.
Başlarına gelen felaketi krala anlattı.
And the king had them as a guest in his palace.
Ve kral onları sarayında misafir etti.

The king gave them presents of horses and elephants.
Kral onlara at ve fil hediye etti.
And on the horses and elephants they rode to their country.
Ve atlara ve fillere binip ülkelerine doğru yola çıktılar.
The evil eye of Sani was now turned away from Sribatsa.
Sani'nin nazarı artık Sribatsa'nın üzerinden uzaklaşmıştı.
And he again became what he formerly was.
Ve yine eskisi gibi oldu.
He was again Sribatsa; the Child of Fortune.
O yine Sribatsa'ydı; Talihin Çocuğu.

The Boy whom Seven Mothers Suckled
Yedi Annenin Emdiği Çocuk

Once on a time there reigned a king who had seven queens.
Bir zamanlar yedi kraliçesi olan bir kral varmış.
He was very sad, for the seven queens were all barren.
Çok üzüldü, çünkü yedi kraliçenin hepsi kısırdı.
One day, however, he met a holy mendicant.
Ancak bir gün dindar bir dilenciyle karşılaştı.
The holy mendicant told the king about a certain forest.
Dilenci krala bir ormandan bahsetti.
In this forest there grew a special kind of tree.
Bu ormanda özel bir ağaç türü yetişiyordu.
On a branch of this tree hung seven mangoes.
Bu ağacın bir dalında yedi tane mango asılıydı.
These mangos could restore the fertilities of his queens.
Bu mangolar kraliçelerinin doğurganlığını geri
kazandırabilirdi.
But the king had to pluck the mangoes himself.
Ancak kral mangoları kendisi toplamak zorundaydı.
The king followed the advice of the mendicant.
Kral dilencinin tavsiyesine uydu.
And he set off to go to the forest with the mango tree.
Ve mango ağacının olduğu ormana doğru yola koyuldu.
Soon he had found the tree the mendicant spoke of.
Çok geçmeden dilencinin bahsettiği ağacı bulmuştu.
**And he plucked the seven mangoes that grew upon one
branch.**
Ve bir dalda yetişen yedi mangoyu kopardı.
He gave a mango to each of the queens to eat.
Kraliçelerin her birine yemeleri için birer mango verdi.
In a short time the king's heart was filled with joy.
Kısa zamanda kralın yüreği sevinçle doldu.
He was told that the seven queens were all with child.
Yedi kraliçenin de hamile olduğu söylendi.

One day the king was out hunting.

Bir gün kral avlanmaya çıkmıştı.
On his path he saw a young lady of peerless beauty.
Yolda eşsiz güzellikte bir genç kızla karşılaştı.
He instantly fell in love with the beautiful woman.
Güzel kadına anında aşık oldu.
And he brought her to his palace, and married her.
Ve onu sarayına getirip evlendi.
This lady was, however, not a human being.
Ancak bu hanım bir insan değildi.
But what this woman was was a Rakshasi.
Ama bu kadın bir Rakshasi'ydi.
But the king of course did not know this.
Ama kral tabii ki bunu bilmiyordu.
The king became dotingly fond of her.
Kral ona karşı büyük bir sevgi beslemeye başladı.
And he did whatever she told him to do.
Ve o, ona ne söylediyse onu yaptı.
One day she made a very particular request of the king.
Bir gün kraldan çok özel bir ricada bulundu.
"You say that you love me more than anyone else"
"Beni herkesten çok sevdiğini söylüyorsun"
"Let me see whether you really love me as much as you say"
"Bakalım gerçekten söylediğin kadar beni seviyor musun?"
"If you love me, make your seven other queens blind"
"Beni seviyorsan, diğer yedi kraliçeni kör et"
"And once they are blind, let them be killed"
"Ve bir kez kör olduklarında öldürülsünler"
The king became very sad at the terrible request.
Kral bu korkunç istek karşısında çok üzüldü.
He was especially sad because the queens were all pregnant.
Özellikle kraliçelerin hepsinin hamile olması onu çok
üzüyordu.
But he had no choice but to comply with her request.
Ama onun bu isteğini yerine getirmekten başka çaresi yoktu.

The eyes of the queens were plucked out of their sockets.
Kraliçelerin gözleri yuvalarından çıkarıldı.

And the queens were delivered up to the chief minister.
Ve kraliçeler başbakana teslim edildi.
It was up to the chief minister to destroy the queens.
Kraliçeleri yok etmek başbakanın göreviydi.
But the chief minister was a merciful man.
Ama başbakan merhametli bir adamdı.
In the side of the hill there was secret a cave.
Tepenin yamacında gizli bir mağara vardı.
Instead of killing the queens, the minister hid them.
Bakan kraliçeleri öldürmek yerine onları sakladı.
In course of time the eldest of the seven queens gave birth.
Zamanla yedi kraliçenin en büyüğü doğum yaptı.
"What shall I do with the child," said she.
"Çocuğu ne yapacağım?" dedi.
"We are blind and are dying for want of food."
"Kör olduk ve yiyecek sıkıntısından ölüyoruz."
"Let me kill the child," she proposed.
"Çocuğu öldüreyim" diye önerdi.
"Let us all eat of the child's flesh," she added.
"Hepimiz çocuğun etinden yiyelim" diye ekledi.
Just as she said she would, she killed the infant.
Tam da dediği gibi bebeği öldürdü.
She gave to each of her sister-queens a part of the child.
Kız kardeş kraliçelerin her birine çocuğun bir parçasını verdi.
And the sister queens ate their part of the child.
Ve kızkardeş kraliçeler çocuğun kendilerine düşen kısmını yediler.
But the youngest queen did not eat her share.
Ama en genç kraliçe kendi payını yemedi.
Instead, she laid her part of the child beside her.
Bunun yerine çocuğun kendisine ait olan kısmını yanına koydu.
In a few days the second queen also was delivered of a child.
Birkaç gün sonra ikinci kraliçe de bir çocuk doğurdu.
She did with her child as her eldest sister had done with hers.
Ablasının çocuğuna yaptığının aynısını o da çocuğuna yaptı.

So did the third, the fourth, the fifth, and the sixth queen.
Üçüncü, dördüncü, beşinci ve altıncı kraliçe de aynısını yaptı.
Eventually the seventh queen gave birth to a son.
Sonunda yedinci kraliçe bir oğlan doğurdu.
But she did not follow the example of her sister-queens.
Ama o, kız kardeş kraliçelerinin örneğini izlemedi.
Instead, she resolved to raise the child.
Bunun yerine çocuğu büyütmeye karar verdi.
The other queens demanded their portions of the newly-born.
Diğer kraliçeler de yeni doğan bebekten paylarını istediler.
But she still had the portions she had not eaten.
Ama hâlâ yemediği porsiyonlar vardı.
And she gave her sister-queens back their children's parts.
Ve kızkardeş kraliçelere çocuklarının parçalarını geri verdi.
The other queens at once perceived that their portions were dry.
Diğer kraliçeler de hemen kendi porsiyonlarının kuru olduğunu anladılar.
Therefore the parts could not be of the newly born child.
Dolayısıyla parçalar yeni doğan çocuğa ait olamazdı.
"I have decided not to kill me child," she explained.
"Çocuğumu öldürmemeye karar verdim" diye açıkladı.
"I will not eat him, but try to raise him instead"
"Onu yemeyeceğim, ama büyütmeye çalışacağım"
The others were glad to hear this news.
Diğerleri de bu haberi duyunca sevindiler.
They all said that they would help her in nursing the child.
Hepsi çocuğun bakımında kendisine yardımcı olacaklarını söylediler.
And so the child was suckled by seven mothers.
Ve böylece çocuk yedi anne tarafından emzirildi.
And the child became the hardiest and strongest boy that ever lived.
Ve çocuk, dünyanın en dayanıklı ve en güçlü çocuğu oldu.

In the meantime the Rakshasi-queen was doing infinite
mischief.
Bu arada Rakshasi kraliçesi bitmek bilmeyen yaramazlıklar
yapıyordu.
And she got the royal household into all sorts of trouble.
Ve kraliyet ailesini her türlü belaya soktu.
What she ate at the royal table did not fill her capacious
stomach.
Saray sofrasında yedikleri, o kocaman midesini
doyurmuyordu.
She therefore, in the darkness of night, went hunting.
Bunun üzerine o, gecenin karanlığında avlanmaya çıktı.
Gradually she ate up all the members of the royal family.
Yavaş yavaş kraliyet ailesinin bütün üyelerini yedi.
She ate all the king's servants, and his attendants.
Kralın bütün hizmetçilerini ve hizmetçilerini yedi.
She ate all his horses, elephants, and cattle.
Onun bütün atlarını, fillerini ve sığırlarını yedi.
And eventually only her royal consort and the king were
left.
Ve sonunda geriye sadece kraliyet eşi ve kral kaldı.
After that she used to go out in the evenings into the city.
Ondan sonra akşamları şehre çıkmaya başladı.
And she ate up stray human beings wherever she found any.
Ve bulduğu her yerde başıboş insanları yiyordu.
The king was left without any servants.
Kralın hizmetkarı kalmadı.
There was no person left to cook for him.
Artık ona yemek pişirecek kimse kalmamıştı.
Because no one would accept this job.
Çünkü bu işi kimse kabul etmezdi.
But at last someone volunteered their services.
Ama sonunda birileri gönüllü olarak hizmet etmeye başladı.
The boy who had been suckled by seven mothers.
Yedi annenin emzirdiği çocuk.
He had now grown up to be a stalwart youth.
Artık büyümüş, güçlü bir genç olmuştu.

He attended on the king and prepared his food.
Kralın hizmetine girdi ve onun yemeğini hazırladı.
But he took every care while with the queen.
Ama kraliçeyle birlikteyken her türlü özeni gösterdi.
And he made sure that she did not swallow him up.
Ve onun kendisini yutmamasına dikkat etti.
The Rakshasi-queen seized her victims only at night.
Rakshasi kraliçesi kurbanlarını yalnızca geceleri alıyordu.
So the boy he went home long before nightfall.
Böylece çocuk, akşam karanlığı çökmeden çok önce evine gitti.
So she had to find another way to get rid of the boy.
Bu yüzden çocuktan kurtulmanın başka bir yolunu bulmak zorundaydı.

The boy always boasted that he could do any work.
Çocuk her zaman her işi yapabileceğiyle övünürdü.
So the queen invented a disease for herself.
Bunun üzerine kraliçe kendine bir hastalık icat etti.
She said that there was a cure for her disease.
Hastalığının bir çaresinin olduğunu söyledi.
But she said the cure was not easy to get.
Ancak tedavinin kolay bulunmadığını söyledi.
This made the boy even more interested in the task.
Bu durum çocuğun göreve olan ilgisini daha da artırdı.
She said there was a melon which cured her disease.
Hastalığına şifa veren bir kavun olduğunu söyledi.
The melon was twelve cubits in length.
Kavunun uzunluğu on iki arşındı.
But the stone of the lemon was thirteen cubits long.
Fakat limonun çekirdeği on üç arşın uzunluğundaydı.
The fruit could only be gotten from her mother.
Meyveyi ancak annesinden alabiliyordu.
And her mother lived on the other side of the ocean.
Annesi ise okyanusun diğer tarafında yaşıyordu.
She gave him a letter of introduction to her mother.
Annesine bir tanıtım mektubu verdi.
But actually the note told her to eat the boy.

Ama notta aslında çocuğu yemesi yazıyordu.
The boy had suspected there was some foul play.
Çocuk bir şeylerin ters gittiğinden şüphelenmişti.
So he tore up the letter and proceeded on his journey.
Bunun üzerine mektubu yırtıp yoluna devam etti.
The dauntless youth passed through many lands.
Cesaretli genç birçok diyardan geçti.
After much travel he stood on the shore of the ocean.
Uzun bir yolculuktan sonra okyanus kıyısına ulaştı.
On the other side of the ocean was the country of the Rakshasis.
Okyanusun diğer tarafında Rakshasilerin ülkesi vardı.
He then bawled as loud as he could, and said;
Sonra avazı çıktığı kadar bağırarak şöyle dedi;
"Granny! granny! come and save your daughter"
"Büyükanne! Büyükanne! Gel ve kızını kurtar"
"Your daughter, my mother, is dangerously ill"
"Kızınız, yani annem, tehlikeli derecede hasta."
On the other side of the ocean an old Rakshasi heard him.
Okyanusun öte yakasında yaşlı bir Rakshasi onu duydu.
The old Rakshasi crossed the ocean to the boy.
Yaşlı Rakshasi okyanusu aşarak çocuğa doğru yürüdü.
The boy told her the message of the queen.
Çocuk kraliçenin mesajını ona iletti.
And the Rakshasi took the boy on her back.
Ve Rakshasi çocuğu sırtına aldı.
She re-crossed the ocean to the land of the Rakshasi.
Okyanusu tekrar aşarak Rakshasi diyarına ulaştı.
And the boy was at once given the medicinal melon.
Ve çocuğa hemen şifalı kavun verildi.
The Rakshasi told him to hurry back to her daughter.
Rakshasi ona kızının yanına dönmesini söyledi.
But the boy said he was too tired to keep travelling.
Ama çocuk yolculuğu sürdüremeyecek kadar yorgun olduğunu söyledi.
And he begged to be allowed to rest one day.
Ve bir gün dinlenmesine izin verilmesi için yalvardı.

The old Rakshasi consented to her grandson's wishes.
Yaşlı Rakshasi torununun isteğini kabul etti.

The boy noticed interesting things in the Rakshasi's room.
Çocuk Rakshasi'nin odasında ilginç şeyler fark etti.
There was a stout club and a rope hanging in the room.
Odada sağlam bir sopa ve asılı bir ip vardı.
The boy inquired what the stout club and rope were for.
Çocuk, kalın sopanın ve ipin ne işe yaradığını sordu.
"Child, with that club and rope I cross the ocean"
"Çocuk, o sopa ve iple okyanusu geçerim"
"One just has to take the club and the rope in his hands"
"İnsanın sadece sopayı ve ipi eline alması yeterli"
"And then you have to say the following magical words:"
"Ve sonra şu sihirli kelimeleri söylemelisiniz:"
"O stout club! O strong rope!"
"Ey sağlam sopa! Ey güçlü ip!"
"Take me at once to the other side"
"Beni hemen öbür tarafa götür"
"Then they will take him to the other side of the ocean"
"Sonra onu okyanusun öbür yakasına götürecekler"
The boy noticed another interesting thing in the room.
Çocuk odada ilginç bir şey daha fark etti.
There was a bird in a cage in the corner of the room.
Odanın köşesinde kafeste bir kuş vardı.
The boy also wanted to know what this bird was for.
Çocuk ayrıca bu kuşun ne işe yaradığını da merak ediyordu.
"The bird contains a secret, my child"
"Kuşta bir sır var çocuğum"
"But that secret must not be disclosed to mortals"
"Ama bu sır ölümlülere açıklanmamalı"
"But how can I hide this secret from my own grandchild?"
"Peki bu sırrı kendi torunumdan nasıl saklayabilirim?"
"That bird, child, contains the life of your mother.
"O kuş, çocuğum, annenin canını barındırıyor.
"If the bird is killed, your mother will at once die"
"Kuş öldürülürse annen hemen ölecek"

Armed with these secrets, the boy went to bed that night.
Bu sırlarla donanmış olan çocuk o gece yatağa girdi.

Next morning the old Rakshasi went to distant countries.
Ertesi sabah yaşlı Rakshasi uzak ülkelere gitti.
Together with all the other Rakshasis, she went to forage.
Diğer tüm Rakshasilerle birlikte yiyecek aramaya gitti.
The boy took down the bird-cage from the ceiling.
Çocuk tavandan kuş kafesini indirdi.
And the boy took the club and the rope.
Ve çocuk sopayı ve ipi aldı.
And then he spoke the magic words to the club and rope.
Ve sonra sopaya ve ipe sihirli sözcükleri söyledi.
"O stout club! O strong rope!"
"Ey sağlam sopa! Ey güçlü ip!"
"Take me at once to the other side"
"Beni hemen öbür tarafa götür"
In the twinkling of an eye the boy was put on this side of the ocean.
Göz açıp kapayıncaya kadar çocuk okyanusun bu yakasına bırakıldı.
He then retraced his steps, back to the queen.
Daha sonra geri dönüp kraliçenin yanına gitti.
To her astonishment he really had the medicinal lemon.
Kadının şaşkınlığına rağmen, gerçekten de şifalı limonu vardı.
But the bird in the cage he kept carefully concealed.
Ama kafesteki kuşu özenle gizliyordu.

In the course of time the people of the city came to the king.
Zamanla şehir halkı kralın huzuruna geldi.
And they told the king of their troubles.
Ve sıkıntılarını krala anlattılar.
"A monstrous bird comes from the palace every evening"
"Her akşam saraydan devasa bir kuş geliyor"
"The bird seizes the people in the streets"
"Kuş sokaktaki insanları yakalıyor"
"And the bird swallows the people up whole"

"Ve kuş insanları bütünüyle yutar"
"This has been going on for a long time"
"Bu uzun zamandır devam ediyor"
"And now the city has become almost desolate"
"Ve şimdi şehir neredeyse ıssızlaştı"
The king did not know what this monstrous bird was.
Kral bu korkunç kuşun ne olduğunu bilmiyordu.
But the king's servant, the boy, said he knew.
Fakat kralın hizmetkarı olan çocuk, bildiğini söyledi.
"I will kill the monstrous bird," he offered.
"Bu canavar kuşu öldüreceğim," diye teklifte bulundu.
"But the queen has to stand beside us," he added.
"Ama kraliçenin bizim yanımızda durması gerekiyor" diye
ekledi.
The king saw no reason to object to the proposal.
Kral bu teklife itiraz edecek bir sebep görmedi.
And so the queen was made to stand beside the king.
Ve böylece kraliçe kralın yanına getirildi.
The boy then took the bird out from its cage.
Çocuk daha sonra kuşu kafesinden çıkardı.
On seeing the bird she fell into a fainting fit.
Kuşu görünce baygınlık geçirdi.
Then the boy turned to the king, and spoke.
Bunun üzerine çocuk krala dönerek konuştu.
"King, you will soon perceive who the monstrous bird is"
"Kral, yakında o korkunç kuşun kim olduğunu anlayacaksın"
"You will see what devours your people every evening"
"Her akşam halkını neyin yiyip bitirdiğini göreceksin"
"I tear off each limb of this bird"
"Bu kuşun her bir dalını koparıyorum"
"The corresponding limb of the man-eater will fall off"
"İnsan yiyenin ilgili uzvu düşecek"
The boy then tore off one leg of the bird in his hand.
Çocuk daha sonra elindeki kuşun bir bacağını kopardı.
All assembled were astonished at what happened next.
Toplanan herkes bundan sonra olan bitene hayret ediyordu.
One of the legs of the queen fell off.

Kraliçenin bacaklarından biri koptu.
Then the boy squeezed the throat of the bird.
Bunun üzerine çocuk kuşun boğazını sıktı.
And as he squeezed the bird, the queen gave up the ghost.
Ve kuşu sıktıkça kraliçe pes etti.
The boy then retold his history to the king.
Çocuk daha sonra başından geçenleri krala anlattı.
"You used to have seven barren wives"
"Senin yedi kısır karın vardı"
"To treat their barrenness, you gave them each a mango"
"Kısırlıklarını tedavi etmek için her birine bir mango verdin"
"And each of your wives fell pregnant with a child"
"Ve eşlerinizin her biri bir çocuğa gebe kaldı."
"However, you then married an eighth wife"
"Ancak daha sonra sekizinci bir kadınla evlendin"
"This wife ordered you to blind your other wives"
"Bu kadın sana diğer karılarını kör etmeni emretti"
"And she ordered you to have your other wives killed"
"Ve diğer karılarının öldürülmesini emretti"
"Your minister blinded your seven wives"
"Bakanınız yedi karınızı kör etti"
"But he was too good hearted to kill your wives"
"Ama o, karılarınızı öldürmeyecek kadar iyi kalpliydi"
"Your seven wives were taken to a hiding place"
"Yedi karın saklanma yerine götürüldü"
"And in this hiding place they each gave birth"
"Ve bu saklanma yerinde her biri doğum yaptı"
"But they were forced to eat their newly born children"
"Ama yeni doğan çocuklarını yemeye zorlandılar"
"Only my mother did not let me be eaten"
"Sadece annem beni yemeye izin vermedi"
"Instead, I was suckled by seven mothers"
"Beni yedi anne emzirdi"
"And I grew up strong and capable"
"Ve ben güçlü ve yetenekli olarak büyüdüm"
"Eventually I came to work in your palace"
"Sonunda sarayınızda çalışmaya geldim"

"Your wife, my stepmother, sent me on a mission"
"Eşiniz, yani üvey annem beni bir göreve gönderdi"
"She sent me to her mother for a medicine"
"Beni annesine ilaç için gönderdi"
"However, her mother was a Rakshasi"
"Ancak annesi bir Rakshasi'ydi"
"From her I found the secret of your wife's life"
"Ondan karınızın hayatının sırrını öğrendim"
"And so I brought the bird that held your wife's life"
"Ve böylece karının hayatını elinde tutan kuşu getirdim"
The king had listened to the story his son told him.
Kral, oğlunun anlattığı hikâyeyi dinlemişti.
The seven queens were brought back to the palace.
Yedi kraliçe saraya geri getirildi.
And their eyes were miraculously restored.
Ve mucizevi bir şekilde gözleri yeniden açıldı.
The boy that was suckled by seven mothers was crowned.
Yedi annenin emzirdiği çocuk taç giydi.
And he was recognized by the king as his rightful heir.
Ve kral tarafından meşru mirasçı olarak tanındı.
And they lived together happily.
Ve mutlu bir şekilde birlikte yaşadılar.

The Story of Prince Sobur
Prens Sobur'un Hikayesi

Once upon a time there lived a merchant.
Bir zamanlar bir tüccar yaşarmış.
This merchant had seven daughters.
Bu tüccarın yedi kızı vardı.
One day the merchant asked them a question.
Bir gün tüccar onlara bir soru sordu.
"From whose fortune do you live?"
"Kimin servetinden geçiniyorsun?"
The eldest daughter answered first.
En büyük kızı ilk önce cevap verdi.
"Papa, I live from your fortune"
"Baba, senin servetinle yaşıyorum"
The second daughter gave the same answer.
İkinci kız da aynı cevabı verdi.
The same answer was given by the third daughter.
Üçüncü kız da aynı cevabı verdi.
His fourth daughter also lived from his fortune.
Dördüncü kızı da onun servetinden geçiniyordu.
His fifth daughter was no different.
Beşinci kızı da farklı değildi.
And his sixth daughter was like the rest.
Altıncı kızı da diğerleri gibiydi.
But his youngest daughter surprised him.
Ama en küçük kızı onu şaşırttı.
She had a very different answer.
Onun cevabı çok farklıydı.
"I live from my own fortune"
"Kendi servetimle yaşıyorum"
He did not like this answer.
Bu cevaptan hoşlanmadı.
Her answer made the merchant very angry.
Bu cevap tüccarı çok kızdırdı.
"You are very ungrateful," he told her.
"Çok nankörsün," dedi ona.

"See how well you do on your own"
"Kendi başına ne kadar iyi yaptığını gör"
"I am kicking you out of my house"
"Seni evimden kovuyorum"
"You will not have a rupee in your pocket"
"Cebinizde bir rupi bile olmayacak"
He called his palanquins to come.
Palankinlerini çağırdı.
And he ordered them to take the girl away.
Ve kızı alıp götürmelerini emretti.
"Leave her in the midst of a forest"
"Onu bir ormanın ortasında bırak"
The girl begged to be allowed one thing.
Kız bir şeye izin verilmesi için yalvardı.
"Please let me take my work-box"
"Lütfen çalışma kutumu almama izin verin"
"In the box are my needles and threads"
"Kutuda iğnelerim ve ipliklerim var"
Her father allowed her to take her box.
Babası onun kutusunu almasına izin verdi.
She got into the seat of the palanquins.
Tahtırevanların koltuğuna oturdu.
And the bearers lifted her up.
Ve taşıyıcılar onu kaldırdılar.
And they put her onto their shoulders.
Ve onu omuzlarına aldılar.
As the bearers ran they chanted.
Taşıyıcılar koşarken tezahürat yapıyorlardı.
"Hoon! Hoon! Hoon! Hoon! Hoon!"
"Hoon! Hoon! Hoon! Hoon! Hoon!"
But they didn't get very far.
Ama çok da uzağa gidemediler.
An old woman stood in their way.
Yollarına yaşlı bir kadın çıktı.
She came up to the carriage.
Arabanın yanına geldi.
"Where are you taking my daughter?"

"Kızımı nereye götürüyorsunuz?"
She was the maid of the child.
Çocuğun hizmetçisiydi.
"We have been given orders by the merchant"
"Tüccardan emir aldık"
"He told us to take her away"
"Bize onu götürmemizi söyledi"
"We will leave her in a forest"
"Onu bir ormana bırakacağız"
"We are going to do his bidding"
"Onun emrini yerine getireceğiz"
"I must go with her," said the old woman.
"Onunla gitmeliyim," dedi yaşlı kadın.
But the bearers were not sure.
Fakat taşıyıcılar emin değildi.
Bearers run when they carry a sedan chair.
Taşıyıcılar tahtırevan taşıdıklarında koşarlar.
"How will you be able to keep pace with us?"
"Bizimle nasıl baş edebileceksin?"
The old woman was not deterred.
Yaşlı kadın yılmadı.
"It does not matter how I do it"
"Nasıl yaptığımın bir önemi yok "
"I must go where my daughter goes"
"Kızımın gittiği yere ben de gitmeliyim"
The youngest daughter begged the bearers.
En küçük kız taşıyıcılara yalvardı.
"Please carry my mother with me"
"Lütfen annemi yanımda taşıyın"
And the bearers gracefully agreed.
Ve taşıyıcılar nezaketle kabul ettiler.
They carried mother and child to the forest.
Anne ve çocuğu ormana taşıdılar.
"Hoon! Hoon! Hoon! Hoon! Hoon!"
"Hoon! Hoon! Hoon! Hoon! Hoon!"
In the afternoon they reached a dense forest.
Öğleden sonra sık bir ormana ulaştılar.

They went deeper and deeper into the forest.
Ormanın derinliklerine doğru ilerlediler.
Towards sunset they reached their goal.
Gün batımına doğru hedeflerine ulaştılar.
They stopped at the foot of an old tree.
Yaşlı bir ağacın dibinde durdular.
They lowered the girl and the old woman.
Kızı ve yaşlı kadını indirdiler.
And they left them in the forest.
Ve onları ormana bıraktılar.
Then they retraced their steps home.
Daha sonra evlerine doğru geri döndüler.

The merchant's youngest daughter looked around.
Tüccarın en küçük kızı etrafına bakındı.
You would not have wanted to be in her shoes.
Onun yerinde olmak istemezdiniz.
Her situation was truly pitiable.
Durumu gerçekten acınasıydı.
She was hardly fourteen years old.
Henüz on dört yaşında bile değildi.
She had grown up in luxury.
Lüks içinde büyümüştü.
But now there was no luxury for her.
Ama artık onun için lüks yoktu.
She was in the heart of a dark forest.
Karanlık bir ormanın ortasındaydı.
She had not a rupee in her pocket.
Cebinde bir rupi bile yoktu.
And she had nothing for protection.
Ve onu koruyacak hiçbir şeyi yoktu.
Nothing except an old, decrepit, woman.
Yaşlı, harap bir kadından başka bir şey değil.
Even the trees of the forest pitied her.
Ormanın ağaçları bile ona acıyordu.
The young girl and old woman sat together.
Genç kızla yaşlı kadın yan yana oturuyorlardı.

They were at the foot of an old tree.
Yaşlı bir ağacın dibindeydiler.
And together they cried over their situation.
Ve hep birlikte durumlarına ağladılar.
I should say this all happened long ago.
Bunların hepsinin çok uzun zaman önce yaşandığını
söylemeliyim.
In these times the trees could talk.
O zamanlar ağaçlar konuşabiliyordu.
And the old tree spoke to the girl.
Ve yaşlı ağaç kıza konuştu.
"Unhappy women, I much pity you"
"Mutsuz kadınlar, size çok acıyorum"
"There are wild beasts in this forest"
"Bu ormanda vahşi hayvanlar var"
"Soon they will come out of their lairs"
"Yakında inlerinden çıkacaklar"
"They will roam about for prey"
"Av peşinde dolaşacaklar"
"And they are sure to devour you two"
"Ve sizi mutlaka yutacaklar"
"But I can help you, if you want"
"Ama istersen sana yardım edebilirim"
"I will make an opening for you"
"Sana bir açılım yapacağım"
"When you see the opening, go into it"
"Açılışı gördüğünüzde, içeri girin"
"And then I will close the opening up"
"Ve sonra açılışı kapatacağım"
"As long as you are in me you'll be safe"
"İçimde olduğun sürece güvende olacaksın"
"This way the wild beasts can't touch you"
"Böylece vahşi hayvanlar sana dokunamaz"
And then the tree split itself in two.
Ve sonra ağaç ikiye bölündü.
The two women went inside the tree.
İki kadın ağacın içine girdiler.

And the old tree resumed its natural shape.
Ve yaşlı ağaç doğal şekline geri döndü.

The shade of night darkened the forest.
Gecenin karanlığı ormanı karartmıştı.
Everything the tree had said was true.
Ağacın söylediği her şey doğruydu.
The wild beasts came out of their lairs.
Vahşi hayvanlar inlerinden çıktılar.
The fierce tiger came out at night.
Azgın kaplan geceleyin ortaya çıktı.
The wild bear left his lair.
Vahşi ayı inini terk etti.
The rhinoceros roamed the forest.
Gergedan ormanda dolaşıyordu.
The bushy bear was there that night.
O gece çalı ayısı oradaydı.
The great elephant could be heard.
Büyük filin sesi duyuluyordu.
And there was the horned buffalo.
Ve boynuzlu bizon da oradaydı.
They all growled as they circled the tree.
Hepsi ağacın etrafında dönerken homurdandılar.
They had gotten the scent of human blood.
İnsan kanının kokusunu almışlardı.
They could hear the growls of the beasts.
Canavarların hırıltılarını duyabiliyorlardı.
The beasts came dashing against the tree.
Canavarlar ağaca doğru hızla koştular.
They broke the old tree's branches.
Yaşlı ağacın dallarını kırdılar.
Their horns pierced the tree's trunk.
Boynuzları ağacın gövdesini deldi.
They scratched its bark with their claws.
Pençeleriyle kabuğunu tırmaladılar.
But all their efforts were in vain.
Ancak tüm çabaları boşa çıktı.

The girl and woman were safe in the tree.
Kız ve kadın ağaçta güvendeydiler.
Towards dawn the wild beasts went away.
Şafak vakti vahşi hayvanlar uzaklaştı.
After sunrise the good tree spoke again.
Güneş doğduktan sonra iyi ağaç tekrar konuştu.
"The wild beasts have gone back"
"Vahşi hayvanlar geri döndü"
"They are in their lairs again"
"Yine inlerindeler"
"But they did their best to torment me"
"Ama bana eziyet etmek için ellerinden geleni yaptılar"
"The sun has risen up again"
"Güneş yeniden doğdu"
"So you can come out now"
"Şimdi dışarı çıkabilirsin"
The tree split itself into two again.
Ağaç tekrar ikiye bölündü.
The girl and the old woman came out.
Kız ve yaşlı kadın dışarı çıktılar.
They saw the extent of the damage.
Zararın boyutunu gördüler.
The tree's branches had been broken off.
Ağacın dalları kırılmıştı.
The tree's trunk had been pierced.
Ağacın gövdesi delinmişti.
The bark had been stripped off.
Kabuğu soyulmuştu.
"Good mother, we thank you"
"İyi anne, teşekkür ederiz"
"You have been very kind to us"
"Bize karşı çok nazik davrandınız"
"You gave us shelter from the beasts"
"Bize canavarlardan korunma imkânı verdin"
"But it was at a great cost to yourself"
"Ama bu sana büyük bir maliyet çıkardı"
"You have many wounds from the wilds beasts"

"Vahşi hayvanlardan çok sayıda yara aldın"
"You must be in great pain?"
"Çok acı çekiyor olmalısın?"
Close by there was a flowing river.
Yakınlarda akan bir nehir vardı.
The young girl went to the river bank.
Genç kız nehir kıyısına gitti.
At the bank of the river she found mud.
Irmağın kıyısında çamur buldu.
She covered the tree with the mud.
Ağacı çamurla örttü.
She especially covered the damaged parts.
Özellikle hasarlı yerleri kapattı.
The tree thanked her for the treatment.
Ağaç, kendisine yaptığı muameleden dolayı ona teşekkür etti.
"My good girl, I thank you"
"İyi kızım, teşekkür ederim"
"I am greatly relieved of my pain"
"Ağrımdan büyük ölçüde kurtuldum"
"I am, however, more concerned for you"
"Ancak ben senin için daha çok endişeleniyorum"
"You must be hungry"
"Aç olmalısın"
"You have not eaten since yesterday"
"Dünden beri bir şey yemedin"
"But what can I give you?"
"Peki sana ne verebilirim?"
"I have no fruit of my own"
"Benim kendime ait meyvem yok"
"But I do have some advice"
"Ama bazı tavsiyelerim var"
"Give the old woman whatever money you have"
"Yaşlı kadına elinde ne kadar para varsa ver"
"Let her go into the city"
"Şehre girmesine izin verin"
"In the city she can buy some food"
"Şehirde biraz yiyecek satın alabilir"

They explained their situation to the tree.
Durumlarını ağaca anlattılar.
"We have been sent out with no money"
"Hiç paramız olmadan dışarı gönderildik "
But she searched through her work-box anyway.
Ama yine de çalışma kutusunu karıştırdı.
And in the box she found five cowries.
Ve kutunun içinde beş tane deniz kabuğu buldu.
The tree continued to give its advice.
Ağaç öğüt vermeye devam etti.
"Go with your cowries to the city"
"Kabuğunla şehre git"
"Use the cowries to buy some fried rice"
"Kızarmış pirinç satın almak için deniz kabuklarını kullan"
So the old woman went to the city.
Bunun üzerine yaşlı kadın şehre doğru yola çıktı.
Fortunately the city was not far away.
Neyse ki şehir çok uzakta değildi.
She went to the first shopkeeper she found.
Karşısına çıkan ilk dükkâna gitti.
"Please give me five cowries worth of rice"
"Lütfen bana beş deniz kabuğu değerinde pirinç verin"
The shopkeeper laughed at her.
Dükkan sahibi ona güldü.
"Where can rice be had for five cowries?"
"Beş cowry'ye pirinç nereden bulunur?"
"Be off, you old hag," he told her.
"Defol git, yaşlı cadı," dedi ona.
So she tried to barter at another shop.
Bunun üzerine başka bir dükkânda pazarlık yapmayı denedi.
This shopkeeper could see her distress.
Bu dükkân sahibi onun sıkıntısını görebiliyordu.
And the shopkeeper took pity on her.
Ve dükkan sahibi ona acıdı.
She gave her a large quantity of rice.
Ona bol miktarda pirinç verdi.
The old woman returned with the rice.

Yaşlı kadın pirinçle geri döndü.
And the tree gave further instructions.
Ve ağaç daha fazla talimat verdi.
"Eat less than half of the rice"
"Pirincin yarısından azını ye"
"Go to the embankments of the river bank"
"Nehir kıyısının setlerine git"
"Cast the remaining rice on the river bank"
"Kalan pirinci nehir kıyısına dökün"
They did not understand the sense of it.
Bunun anlamını kavrayamadılar.
"Why sow the riverbank with rice?"
"Nehir kıyısına neden pirinç ekilir?"
But they did as they were advised.
Ama kendilerine söylendiği gibi yaptılar.
And they threw their rice onto the ground.
Ve pirinçlerini yere attılar.

They spent the day lamenting their fate.
Günlerini kaderlerine ağıt yakarak geçirdiler.
Just as before the beasts came out at night.
Tıpkı daha önce olduğu gibi, hayvanlar geceleyin ortaya çıktılar.
The tree housed them inside of its trunk again.
Ağaç onları tekrar gövdesinin içinde barındırıyordu.
Again they mutilated and tortured the tree.
Ağacı tekrar parçalayıp işkence ettiler.
But that night something else happened.
Ama o gece başka bir şey daha oldu.
The women only saw it the next day.
Kadınlar bunu ancak ertesi gün gördüler.
The rice had attracted hundreds of peacocks.
Pirinç yüzlerce tavus kuşunu cezbetmişti.
The peacocks competed for the rice.
Tavus kuşları pirinç için yarıştı.
And their feathers fell on the floor.
Ve tüyleri yere düştü.

The tree had known what would happen.

Ağaç ne olacağını biliyordu.

And the tree advised them what to do next.

Ve ağaç onlara bundan sonra ne yapmaları gerektiğini tavsiye etti.

"Go back to the bank of the river"

"Nehrin kıyısına geri dön"

"Go to where you cast the rice"

"Pirinçleri attığın yere git"

"There you will see many feathers"

"Orada birçok tüy göreceksin"

"Collect all the feathers you can find"

"Bulabildiğin tüm tüyleri topla"

"Use the feathers to make a beautiful fan"

"Tüyleri kullanarak güzel bir yelpaze yapın"

"And take the feather-fan to the city"

"Ve tüy yelpazesini şehre götür"

The two women did as they were advised.

İki kadın da kendilerine söyleneni yaptılar.

It was good the girl had taken her work-box.

Kızın iş kutusunu alması iyi oldu.

In her work-box was some string.

Çalışma kutusunda bir miktar ip vardı.

The tied the feathers together.

Tüyleri birbirine bağladılar.

And she had made a fan from the feathers.

Ve tüylerden bir yelpaze yapmıştı.

She took the feather fan to the city.

Tüy yelpazesini şehre götürdü.

The son of the king happened to be there.

Kralın oğlu da orada bulunuyordu.

He admired the feathers greatly.

Tüylere büyük hayranlık duyuyordu.

He paid a large sum of money for the feathers.

Tüyler için yüklü miktarda para ödedi.

Each morning a quantity of feathers was collected.

Her sabah bir miktar tüy toplanıyordu.

And each day a feather fan was made and sold.
Ve her gün bir tüy yelpazesi yapılıp satılıyordu.
Within a short time the two women got rich.
Kısa zamanda iki kadın da zengin oldu.
The tree then advised them to build a house.
Ağaç daha sonra onlara bir ev yapmalarını tavsiye etti.
"Employ men to burn bricks for you"
"Tuğlaları yakmak için adamlar istihdam edin"
"Get them to cut beams and rafters"
"Kirişleri ve kirişleri kesmelerini sağlayın"
"Make them plaster the walls with lime"
"Duvarları kireçle sıvamalarını sağlayın"
In a few months a stately house was built.
Birkaç ay içinde görkemli bir ev inşa edildi.
The tree was pleased for the women.
Ağaç kadınlardan hoşnuttu.
"You should add a garden to your house"
"Evinize bir bahçe eklemelisiniz"
"And you want to be able to store water"
"Ve suyu depolayabilmek istiyorsunuz"
"Dig a water tank in your garden"
"Bahçenize bir su deposu kazın"

The girl had not had much time.
Kızın fazla vakti yoktu.
So she didn't think of her family.
Bu yüzden ailesini düşünmüyordu.
The merchant's luck had taken a turn.
Tüccarın şansı dönmüştü.
The goddess of wealth frowned upon him.
Zenginlik tanrıçası ona kaşlarını çattı.
He was struck by a sudden misfortune.
Ani bir talihsizlikle karşılaştı.
All at once he lost all of his money.
Bir anda bütün parasını kaybetti.
He was forced to sell his house.
Evini satmak zorunda kaldı.

But he made a great loss on the property.
Ama mülkünde büyük bir kayıp yaşadı.
He and his family were left penniless.
Kendisi ve ailesi parasız kaldı.
So they were forced to live elsewhere.
Bu yüzden başka yerlerde yaşamak zorunda kaldılar.
They happened to move to a nearby village.
Tesadüfen yakındaki bir köye taşınmışlardı.
The palace was not far from their new house.
Saray yeni evlerine çok uzak değildi.
But the merchant was not rich anymore.
Fakat tüccar artık zengin değildi.
And he still had to support his family.
Ve hâlâ ailesini geçindirmek zorundaydı.
He had been reduced to doing manual labor.
Artık sadece beden işçiliği yapmaya indirgenmişti.
He applied for the job at the palace.
Saraydaki işe başvurdu.
He was going to dig the hole for the water.
Su için çukur kazacaktı.
His wife also offered to work with him.
Eşi de kendisine birlikte çalışmayı teklif etti.
But they got there too late to work.
Ama işe yaramayacak kadar geç kalmışlardı.
The water tank had already been finished.
Su deposu zaten tamamlanmıştı.
And they did not know whose house it was.
Ve kimin evi olduğunu bilmiyorlardı.
The merchant's daughter was looking out the window.
Tüccarın kızı pencereden dışarı bakıyordu.
She happened to see her parents in the garden.
Bahçede anne ve babasını gördü.
She could see the rags they were wearing.
Üzerlerindeki paçavraları görebiliyordu.
Her eyes filled with tears at the sight.
Bu manzara karşısında gözleri yaşlarla doldu.
She could not believe what she saw.

Gördüklerine inanamadı.
Her parents had come to her for work.
Annesi ve babası iş için yanına gelmişlerdi.
She immediately called her servants.
Hemen hizmetçilerini çağırdı.
"Outside in the garden are my parents"
"Dışarıda bahçede annem ve babam var"
"Please offer them these fine clothes"
"Lütfen onlara bu güzel kıyafetleri verin"
"And ask them to come into the palace"
"Ve onlardan saraya gelmelerini isteyin"
Her servants did as they were told.
Hizmetçileri kendilerine söyleneni yaptılar.
But her parents were frightened beyond measure.
Ama anne ve babası ölçülemeyecek kadar çok korkuyorlardı.
They had seen that the tank was finished.
Tankın bittiğini görmüşlerdi.
There used to be a strange tradition.
Eskiden garip bir gelenek varmış.
In those days human sacrifices were offered.
O günlerde insan kurbanları sunuluyordu.
One of those occasions was after digging a pool.
Bunlardan biri de havuz kazma işiydi.
You can imagine her parents' fear.
Anne ve babasının korkusunu tahmin edebilirsiniz.
They had come to dig the water tank.
Su deposunu kazmaya gelmişlerdi.
But now servants were calling them.
Ama şimdi hizmetçiler onları çağırıyordu.
They thought they going to be sacrificed.
Kendilerinin kurban edileceğini sanıyorlardı.
"Throw away your rags" they said.
"Paçavralarınızı atın" dediler.
"Here, wear these fine clothes"
"Al, şu güzel elbiseleri giy"
And their fears increased even more.
Ve korkuları daha da arttı.

But they did not have to fear for long.
Ama uzun süre korkmalarına gerek kalmadı.
Their rich daughter came out to meet them.
Zengin kızları onları karşılamaya çıktı.
She hugged and kissed her parents.
Anne ve babasına sarılıp öptü.
And she told them everything that had happened.
Ve onlara olan biten her şeyi anlattı.
The father felt that she had been right.
Baba, kadının haklı olduğunu düşünüyordu.
"You do live from your own fortune"
"Sen kendi servetinle yaşıyorsun"
The daughter did not blame her father.
Kızı babasını suçlamadı.
And she gave him a large fortune.
Ve ona büyük bir servet verdi.
With the money he moved back to the city.
Parayla şehre geri döndü.
Soon he became a merchant again.
Kısa süre sonra tekrar tüccar oldu.
And he went to distant countries for trade.
Ve ticaret için uzak ülkelere gitti.

One day he got ready for another business venture.
Bir gün başka bir ticari girişime hazırlanıyordu.
But that day something strange happened.
Ama o gün garip bir şey oldu.
The ship was ready to leave the port.
Gemi limandan ayrılmaya hazırdı.
But for some reason the ship did not move.
Ancak gemi nedense hareket etmedi.
No one could explain what was happening.
Olan biteni kimse açıklayamıyordu.
But the merchant had an idea.
Ama tüccarın aklına bir fikir geldi.
"Perhaps my daughters would like presents"
"Belki kızlarım hediye isterler"

"I need to ask them what they would like"
"Onlara ne istediklerini sormam gerekiyor"
He went to see his daughters.
Kızlarını görmeye gitti.
He asked them what they would like.
Onlara ne istediklerini sordu.
And he promised to bring them presents.
Ve onlara hediyeler getireceğine söz verdi.
But the ship would still not move.
Ama gemi hâlâ hareket etmiyordu.
He had not asked all his daughters.
Kızlarının hepsine sormamıştı.
His youngest daughter was not there.
En küçük kızı orada değildi.
She was living in a different city.
Başka bir şehirde yaşıyordu.
So he ordered his servants go to her palace.
Bunun üzerine hizmetçilerine saraya gitmelerini emretti.
The messenger came at the wrong time.
Haberci yanlış zamanda geldi.
The young girl was engaged in devotions.
Genç kız ibadetle meşguldü.
But the messenger asked her anyway.
Ama haberci yine de sordu.
She just told him "sobur"
Ona sadece "sobur" dedi
The meaning of this was "wait"
Bunun anlamı "beklemek" idi
But the messenger didn't know this.
Fakat elçi bunu bilmiyordu.
He thought she wanted something called "sobur"
"Sobur" adında bir şey istediğini sanıyordu
So he went back to the city of the merchant.
Böylece tüccarın şehrine geri döndü.
And he delivered the message he received.
Ve aldığı mesajı iletti.
"Your daughter wants something called 'sobur'"

"Kızınız 'sobur' adında bir şey istiyor"
This time the ship could move again.
Bu sefer gemi tekrar hareket edebildi.
So the merchant started on his travels.
Böylece tüccar yolculuğuna başladı.
He visited many ports on his journey.
Seyahati sırasında birçok limana uğradı.
And he made good profits from his trades.
Ve yaptığı işlerden iyi karlar elde etti.
Finding the presents was not difficult.
Hediyeleri bulmak zor olmadı.
He found everything his oldest daughters wanted.
Büyük kızlarının aradığı her şeyi buldu.
But his youngest daughter's wish was difficult.
Ama en küçük kızının isteği zordu.
He could not find the thing called "sobur"
"Sobur" denen şeyi bulamadı
He asked at every port he came to.
Her uğradığı limanda soruyordu.
"Do you have something called 'sobur'?"
"Sobur diye bir şey var mı?"
But the merchants all shook their heads.
Ama tüccarların hepsi başlarını salladılar.
"We've never heard of 'sobur'"
"Sobur'u hiç duymadık"
His voyage had almost come to its end.
Yolculuğu artık sona ermek üzereydi.
He was soon going to head back home.
Yakında evine geri dönecekti.
But he wanted "sobur" for his daughter.
Ama kızına "sobur" istiyordu.
So he went calling through the streets.
Bunun üzerine sokaklarda bağırarak dolaşmaya başladı.
"Sobur, does anyone have sobur?!"
"Sobur, soburu olan var mı?!"
The son of the King was in his castle.
Kralın oğlu şatosundaydı.

He happened to be looking out the window.
O sırada pencereden dışarı bakıyordu.
And the calls attracted his attention.
Ve çağrılar onun dikkatini çekti.
Because his name happened to be Sobur.
Çünkü onun adı Sobur'du.
He came to the merchant to speak with him.
Tüccarla konuşmak için yanına geldi.
"I have the Sobur that you want"
"İstediğin Sobur bende var"
"Take this box, but be careful with it"
"Bu kutuyu al ama dikkatli ol"
"In the box is a magical feather fan and mirror"
"Kutuda sihirli bir tüy yelpazesi ve ayna var"
"This is the Sobur your daughter wishes for"
"Bu, kızınızın istediği Sobur"
The merchant thanked the prince for the box.
Tüccar, prense kutu için teşekkür etti.
And he returned back to his country.
Ve ülkesine geri döndü.

He gave the box to his daughter.
Kutuyu kızına verdi.
But the daughter didn't think about it.
Ama kızı bunu düşünmedi.
She thought it was just a common box.
Bunun sıradan bir kutu olduğunu düşünüyordu.
She had forgotten about the messenger.
Haberciyi unutmuştu.
But one day she decided to open the box.
Ama bir gün kutuyu açmaya karar verdi.
Inside the box she found a beautiful fan.
Kutunun içerisinden güzel bir yelpaze buldu.
In the feather fan there was a beautiful mirror.
Tüy yelpazesinin içinde güzel bir ayna vardı.
She waved the feather fan to cool herself.
Kendini serinletmek için tüy yelpazesini salladı.

And Prince Sobur appeared before her.
Ve Prens Sobur onun karşısına çıktı.
"You called me, so here I am," he said.
"Beni çağırdın, işte buradayım" dedi.
"What is it you wish for?" he asked.
"Ne istiyorsun?" diye sordu.
She was astonished at what she saw.
Gördükleri karşısında şaşkına döndü.
A handsome prince had suddenly appeared!
Birdenbire yakışıklı bir prens çıkagelmişti!
"Who are you?" she asked the prince.
"Sen kimsin?" diye sordu prense.
"And how did you suddenly appear?"
"Peki sen nasıl oldu da birdenbire ortaya çıktın?"
The prince explained what had happened.
Prens olanları anlattı.
"Your father was looking for 'sobur'"
"Baban 'sobur' arıyordu"
"I am prince Sobur," he explained.
"Ben Prens Sobur'um," diye açıkladı.
"I gave your father a box"
"Babana bir kutu verdim"
"In this box there is a feather fan and mirror"
"Bu kutunun içinde bir tüy yelpazesi ve ayna var"
"When you shake the feather fan I will appear"
"Tüy yelpazesini salladığında ben ortaya çıkacağım"
She asked the prince to stay as a guest.
Prensin misafir olarak kalmasını istedi.
And for two days the prince stayed with her.
Ve iki gün boyunca prens onun yanında kaldı.
And she entertained him in her palace.
Ve onu sarayında ağırladı.
During that time the two fell in love.
Bu sırada ikili birbirlerine aşık oldular.
They made their vows to each.
Birbirlerine yemin ettiler.
And they became husband and wife.

Ve karı koca oldular.
After this the prince returned to his father.
Bundan sonra prens babasının yanına döndü.
He told him that he had selected a wife.
Ona bir eş seçtiğini söyledi.
The day for the wedding was decided.
Düğün günü kararlaştırıldı.
All the family was invited.
Bütün aile davetliydi.
And they had a beautiful wedding.
Ve çok güzel bir düğün yaptılar.

But there was a death in the marriage bed.
Ama evlilik yatağında bir ölüm yaşandı.
The six daughters of the merchant were envious.
Tüccarın altı kızı da onu kıskanıyordu.
They were jealous of their sister's success.
Kardeşlerinin başarısını kıskanıyorlardı.
So they decided to destroy her happiness.
Bu yüzden onun mutluluğunu yok etmeye karar verdiler.
They broke several glass bottles.
Birkaç cam şişeyi kırdılar.
And they ground the glass into fine powder.
Ve camı incecik toz haline getiriyorlardı.
Then they scattered the powder on the bed.
Daha sonra tozu yatağa serptiler.
The prince suspected no danger.
Prens herhangi bir tehlikeden şüphelenmiyordu.
He laid himself down in the bed.
Kendini yatağa bıraktı.
Soon he felt an acute pain.
Çok geçmeden şiddetli bir acı hissetti.
All of his whole body ached.
Bütün vücudu ağrıyordu.
The powder had gone through his skin.
Toz derisini delmişti.
The prince became restless through pain.

Prens acıdan huzursuzlanmaya başladı.
And he started to kick and scream.
Ve tekmelemeye ve bağırmaya başladı.
He was taken away to his own country.
Kendi ülkesine götürüldü.
The king and queen were very worried.
Kral ve kraliçe çok endişeliydi.
They consulted all the kingdom's physicians.
Ülkenin bütün hekimlerine danıştılar.
But their efforts were in vain.
Ancak çabaları sonuçsuz kaldı.
Day and night the young prince was screaming.
Genç prens gece gündüz bağırıyordu.
No one could ascertain the disease.
Hastalığın ne olduğu tespit edilemedi.
So they had no way of knowing the remedy.
Dolayısıyla çareyi bilmelerinin bir yolu yoktu.
You can imagine the grief of his wife.
Karısının acısını tahmin edebilirsiniz.
The marriage knot had only just been tied.
Evlilik bağı daha yeni atılmıştı.
She thought a terrible disease had attacked him.
Kendisine korkunç bir hastalığın bulaştığını düşünüyordu.
Then he was carried hundreds of miles away.
Sonra yüzlerce kilometre uzağa götürüldü.
She had never been to his country.
Hiç onun ülkesine gitmemişti.
But she was determined to go there.
Ama o oraya gitmeye kararlıydı.
And she was determined to nurse him better.
Ve onu daha iyi beslemeye kararlıydı.
She put on the garb of a Sannyasi.
Sannyasi kılığına girdi.
And she carried a dagger in her hand.
Ve elinde bir hançer vardı.
And then she set out on her journey.
Ve sonra yolculuğuna koyuldu.

The princess was still relatively young.
Prenses henüz nispeten gençti.
She was unaccustomed to long journeys.
Uzun yolculuklara alışık değildi.
And she wasn't used to walking so far.
Ve o kadar uzağa yürümeye alışkın değildi.
She soon got weary of walking.
Çok geçmeden yürümekten yoruldu.
So she sat under a tree to rest.
Bunun üzerine dinlenmek için bir ağacın altına oturdu.
On the top of the tree there was a nest.
Ağacın tepesinde bir yuva vardı.
It was the nest of two divine birds.
İki ilahi kuşun yuvasıydı.
Bihangami and Bihangama lived here.
Bihangami ve Bihangama burada yaşıyordu.
They were not in their nest at the time.
O sırada yuvalarında değillerdi.
But two of their chicks were in the nest.
Ama yuvada iki yavruları vardı.
Suddenly the chicks gave a scream.
Birden civcivler çığlık attı.
This roused the half-drowsy princess.
Bu, yarı uykulu prensesi uyandırdı.
The little birds had seen huge serpent.
Küçük kuşlar kocaman yılanı görmüşlerdi.
The snake was about to climb the tree.
Yılan ağaca tırmanmak üzereydi.
This would have been the end of the birds.
Bu kuşların sonu olurdu.
But the Sannyasi took out her dagger.
Fakat Sannyasi hançerini çıkardı.
And she cut the serpent in two.
Ve yılanı ikiye böldü.
Of course even this frightened the young birds.
Tabi bu durum bile yavru kuşları korkutuyordu.

And they flew from the nest screaming.
Ve çığlık çığlığa yuvalarından uçup gittiler.
Bihangama and Bihangami were on their way back.
Bihangama ve Bihangami dönüş yolundaydı.
They came sailing through the air.
Havada süzülerek geldiler.
They thought they already knew what had happened.
Zaten olup biteni bildiklerini sanıyorlardı.
"I don't expect to see our children"
"Çocuklarımızı görmeyi beklemiyorum"
"The nest will be empty again"
"Yuva yine boş kalacak"
"All our previous children were eaten"
"Önceki çocuklarımızın hepsi yendi"
"They were eaten by our great enemy the serpent"
"Onları büyük düşmanımız yılan yedi."
"They will have met the same fate"
"Aynı kaderi paylaşmış olacaklar"
"I do not hear the cries of my young ones"
"Gençlerimin feryatlarını duymuyorum"
The two birds got to their nest.
İki kuş yuvalarına vardılar.
And as predicted, the nest was empty.
Ve tahmin edildiği gibi yuva boştu.
This seemed to confirm their suspicions.
Bu, onların şüphelerini doğrular nitelikteydi.
But soon the young birds returned.
Ancak kısa süre sonra genç kuşlar geri döndü.
The divine birds were pleasantly surprised.
İlahi kuşlar hoş bir sürprizle karşılaştılar.
The young birds told them what had happened.
Genç kuşlar, olan biteni onlara anlattılar.
"There was a young Sannyasi under the tree"
"Ağacın altında genç bir Sannyasi vardı"
"He destroyed the serpent"
"Yılanı yok etti"
"He cut the snake in two with his dagger"

"Yılanı hançeriyle ikiye böldü"
The parents went to foot of the tree.
Anne ve baba ağacın dibine gittiler.
Two halves of the snake were still there.
Yılanın iki yarısı hâlâ oradaydı.
"The young Sannyasi has saved our offspring"
"Genç Sannyasi yavrularımızı kurtardı"
"I wish we could do him some service in return"
"Keşke karşılığında ona bir hizmette bulunabilseydik"
The divine bird Bihangama replied.
İlahi kuş Bihangama cevap verdi.
"We shall do our service to HER"
"ONA hizmetimizi yapacağız"
"The Sannyasi under the tree is not a man"
"Ağacın altındaki Sannyasi bir insan değildir"
"The Sannyasi under the tree is a woman"
"Ağacın altındaki Sannyasi bir kadındır"
"Last night she got married to Prince Sobur"
"Dün gece Prens Sobur'la evlendi"
"Shortly after their marriage he was poisoned"
"Evlendikten kısa bir süre sonra zehirlendi"
"His skin was pierced with small shards of glass"
"Cildi küçük cam parçalarıyla delinmişti"
"His sisters-in-law envied his wife"
"Kayınvalideleri karısını kıskanıyordu"
"Her sisters spread the powder over the bed"
"Kız kardeşleri pudrayı yatağın üzerine serdiler"
"He is still suffering from his pain"
"Hala acısını çekiyor"
"But he is in his native land"
"Ama o kendi memleketinde"
"And now he is at the point of death"
"Ve şimdi ölüm noktasına geldi"
"Beneath the tree is his heroic bride"
"Ağacın altında onun kahraman gelini var"
"She is wearing the garb of a Sannyasi"
"Bir Sannyasi kıyafeti giyiyor"

"And she is going to nurse him"
"Ve onu emzirecek"
The Bihangami asked the Bihangama.
Bihangami, Bihangama'ya sordu.
"Is there no cure for the prince?"
"Prensin bir çaresi yok mu?"
"Yes, there is a cure" replied the Bihangama.
"Evet, bir çaresi var" diye cevapladı Bihangama.
"There is hardened dung lying on the ground"
"Yerde sertleşmiş bir gübre yatıyor"
"She must take this hardened dung"
"Bu sertleşmiş gübreyi almalı"
"Then she must reduce the dung to powder"
"O zaman gübreyi toz haline getirmeli"
"And then she must bathe the prince"
"Ve sonra prensi yıkamalı"
"She must bathe him in seven jars of water"
"Onu yedi testi suyla yıkamalı"
"Then she must bathe him in seven jars of milk"
"Sonra onu yedi testi sütle yıkamalıdır "
"Then she must apply the powder to his body"
"O zaman pudrayı vücuduna sürmeli"
"After this Prince Sobur will get well"
"Bundan sonra Prens Sobur iyileşecek"
"I have no doubts about this remedy"
"Bu çare konusunda hiçbir şüphem yok"
The Bihangami saw a problem though.
Ancak Bihangami halkı bir sorun gördü.
"The princess is but a young girl"
"Prenses henüz genç bir kız"
"She cannot walk such a distance"
"O kadar mesafeyi yürüyemez"
"The journey would take her many days"
"Yolculuk onun için günler sürecekti"
"By that time the poor prince will have died"
"O zamana kadar zavallı prens ölmüş olacak"
"I can," replied the Bihangama.

"Yapabilirim," diye cevapladı Bihangama.
"I will take the young lady on my back"
"Genç hanımı sırtıma alacağım"
"I will fly her to Prince Sobur's city"
"Onu Prens Sobur'un şehrine uçuracağım"
"If she takes no presents, I will fly her back"
"Hediye almazsa onu geri uçuracağım"
The merchant's daughter heard this conversation.
Tüccarın kızı bu konuşmayı duydu.
She begged the Bihangama to take her on his back.
Bihangama'dan kendisini sırtına almasını rica etti.
And of course the bird willingly consented.
Ve tabi ki kuş gönüllü olarak razı oldu.
First she gathered some of the bird's dung.
Önce kuşun dışkısını topladı.
And then she reduced the dung to fine powder.
Ve sonra gübreyi ince toz haline getirdi.
She was armed with this potent medicine.
Bu güçlü ilaçla donatılmıştı.
And she got on the back of the kind bird.
Ve o iyi kalpli kuşun sırtına bindi.

The Bihangama flew as fast as lightning.
Bihangama şimşek kadar hızlı uçtu.
They soon reached Prince Sobur's city.
Kısa süre sonra Prens Sobur'un şehrine ulaştılar.
The young Sannyasi went up to the palace.
Genç Sannyasi saraya çıktı.
And she spoke to the guards at the gate.
Ve kapıdaki muhafızlara seslendi.
"Send word to the king that I have a medicine"
"Krala haber gönder, ilacım var."
"This medicine will save the prince's life"
"Bu ilaç prensin hayatını kurtaracak"
"Within hours I will have cured the prince"
"Birkaç saat içinde prensi iyileştireceğim"
The king had tried all the best doctors.

Kral en iyi doktorları denemişti.
But no doctor had been able to cure his son.
Ancak hiçbir doktor oğlunu iyileştirememişti.
So he didn't believe the Sannyasi's words.
Bu yüzden Sannyasi'nin sözlerine inanmadı.
But his councilors advised him otherwise.
Ancak danışmanları ona başka türlü tavsiyede bulundular.
The Sannyasi ordered for seven jars of water.
Sannyasi yedi testi su istedi.
And seven jars of milk were ordered.
Ve yedi küp süt sipariş edildi.
He poured a jar of water on the prince.
Prensin üzerine bir testi su döktü.
And he poured a jar of milk on the prince.
Ve prensin üzerine bir testi süt döktü.
He had a feather from the divine bird.
İlahi kuştan bir tüy almıştı.
And he used the feather to apply the powder.
Ve tüyü pudrayı sürmek için kullandı.
All of the prince's body was covered.
Prensin bütün vücudu örtülüydü.
This was repeated another six times.
Bu durum altı kez daha tekrarlandı.
The last treatment did the magic.
Son tedavi işe yaradı.
The prince started to feel well again.
Prens kendini tekrar iyi hissetmeye başladı.
The king was happier than words can describe.
Kral kelimelerle anlatılamayacak kadar mutluydu.
"Give the Sannyasi the finest treasures"
"Sannyasi'ye en iyi hazineleri verin"
But the Sannyasi refused to take presents.
Fakat Sannyasi hediye almayı reddetti.
"Let me have the ring on the prince's finger"
"Prensin parmağındaki yüzüğü bana verin"
The king and the prince were happy.
Kral ve prens mutluydular.

And they gave him what he wanted.
Ve ona istediğini verdiler.
The merchant's daughter hastened back.
Tüccarın kızı hızla geri döndü.
The Bihangama was waiting at the sea-shore.
Bihangama deniz kıyısında bekliyordu.
They reached the tree of the divine birds.
İlahi kuşların ağacına ulaştılar.
The young bride walked back to her palace.
Genç gelin sarayına doğru yürümeye başladı.

The following day she shook the magical feather fan.
Ertesi gün sihirli tüy yelpazesini salladı.
Just as before, her husband appeared.
Tıpkı daha önce olduğu gibi kocası da ortaya çıktı.
Of course he was happy to see his wife.
Elbette karısını görünce mutlu oldu.
But he was infinitely surprised.
Ama o sonsuz bir şaşkınlık içindeydi.
She had his ring on her finger.
Parmağında onun yüzüğü vardı.
His own wife was his doctor.
Kendi karısı onun doktoruydu.
It was his wife that had cured him!
Onu iyileştiren karısıydı!
The prince took his bride to his palace.
Prens gelinini sarayına götürdü.
He forgave his sisters-in-law.
Yengelerini affetti.
They lived happily for many years.
Uzun yıllar mutlu bir şekilde yaşadılar.
And they were blessed with children.
Ve çocuk sahibi oldular.

The Origins of Opium
Afyonun Kökenleri

Once upon on a time there lived a Rishi.
Bir zamanlar bir Rishi yaşarmış.
He lived on the banks of the holy Ganges.
Kutsal Ganj Nehri'nin kıyısında yaşıyordu.
This Rishi was a very religious man.
Bu Rishi çok dindar bir adamdı.
He spent his days performing religious rites.
Günlerini dinî ayinler yaparak geçiriyordu.
From sunrise to sunset he sat on the river bank.
Gün doğumundan gün batımına kadar nehir kıyısında
oturuyordu.
For the whole time he sat engaged in devotion.
Bütün zaman boyunca ibadetle meşgul oldu.
At night he took shelter in his hut.
Geceleyin kulübesine sığındı.
His hut was made from palm-leaves.
Kulübesi palmiye yapraklarından yapılmıştı.
The palms he had grown from saplings.
Fidanlardan yetiştirdiği palmiyeler.
There was no one around for miles.
Kilometrelerce etrafta kimse yoktu.
However, in the hut there was a mouse.
Ancak kulübede bir fare vardı.
She lived from what the Rishi left for her.
Rishi'nin kendisine bıraktığı mirasla geçiniyordu.
The Rishi was a kind-hearted man.
Rishi iyi kalpli bir adamdı.
He would not hurt any living thing.
Hiçbir canlıya zarar vermezdi.
So our mouse never ran away from him.
Böylece faremiz ondan hiç kaçmadı.
In fact, our mouse went to him.
Zaten faremiz de ona gitti.
She touched his feet when he was sitting.

Otururken ayaklarına dokundu.
And she enjoyed playing with him.
Ve onunla oynamaktan keyif alıyordu.
The Rishi also liked the little mouse.
Rishi de küçük fareyi çok beğenmişti.
So he wanted to be kind to her.
Bu yüzden ona karşı nazik olmak istiyordu.
And he wanted someone to talk to.
Ve konuşacak birini istiyordu.
So he gave her the power of speech.
Böylece ona konuşma yeteneği verdi.

One night the mouse stood up.
Bir gece fare ayağa kalktı.
She got onto her hind legs.
Arka ayakları üzerine kalktı.
And she stood in front of the Rishi.
Ve Rishi'nin karşısına dikildi.
And she put her front paws together.
Ve ön patilerini birleştirdi.
"Holy Sage, you have been kind to me"
"Kutsal Bilge, bana karşı nazik davrandın"
"And you have given me human language"
"Ve sen bana insan dilini verdin"
"I hope it doesn't displease your reverence"
"Umarım saygıdeğer efendimiz bundan rahatsız olmaz"
"But I have one more boon to ask"
"Ama bir ricam daha var"
The Rishi listened to his mouse.
Rishi faresini dinledi.
"What is it?" asked the Rishi.
"Nedir?" diye sordu Rişi.
"Say what you want, little mouse"
"Ne istiyorsan söyle, küçük fare"
The mouse answered the Rishi.
Fare Rishi'ye cevap verdi.
"By day your reverence goes to the river"

"Gündüzleri saygın nehre gider "
"And there you practice your devotions"
"Ve orada ibadetlerinizi yerine getiriyorsunuz"
"During this time a cat comes to the hut"
"Bu sırada kulübeye bir kedi gelir"
"This cat has been trying to catch me"
"Bu kedi beni yakalamaya çalışıyordu"
"She still has some fear of your reverence"
"Hala senin saygından biraz korkuyor"
"Otherwise she would have eaten me long ago"
"Aksi takdirde beni çoktan yerdi"
"But I fear the cat will eat me someday"
"Ama bir gün kedinin beni yiyeceğinden korkuyorum"
"So I have one prayer to ask of you"
"Bu yüzden sizden bir dua isteyeceğim"
"Please may I be changed into a cat!"
"Lütfen beni bir kediye dönüştürün!"
"Then I would be a match for my foe"
"O zaman düşmanıma rakip olurdum"
The Rishi understood the mouse's plight.
Rishi farenin durumunu anlamıştı.
He threw some holy water on the mouse.
Farenin üzerine kutsal su döktü.
And the mouse instantly turned into a cat.
Ve fare bir anda kediye dönüştü.

She had lived as a cat for some days.
Birkaç gün kedi olarak yaşamıştı.
One night she went to the Rishi again.
Bir gece yine Rishi'nin yanına gitti.
And the Rishi spoke to his pet.
Ve Rishi evcil hayvanıyla konuştu.
"Well, little kitty, how are you!"
"Ee, küçük kedicik, nasılsın!"
"How do you like your present life!"
"Şimdiki hayatını nasıl buluyorsun?"
The cat thought about what to say.

Kedi ne söyleyeceğini düşündü.
But she didn't have to say anything.
Ama hiçbir şey söylemesine gerek yoktu.
The Rishi could tell by her expression.
Rishi bunu onun ifadesinden anlayabiliyordu.
"Why don't you like it?" asked the sage.
"Neden hoşlanmıyorsun?" diye sordu bilge.
"Are you not as strong as the other cats!"
"Sen diğer kediler kadar güçlü değil misin?"
"Yes, I am strong enough," answered the cat.
"Evet, yeterince güçlüyüm," diye cevapladı kedi.
"Your reverence has made me a strong cat"
"Saygınız beni güçlü bir kedi yaptı"
"As strong as any cat in the world"
"Dünyadaki herhangi bir kedi kadar güçlü"
"Now I do not fear cats anymore"
"Artık kedilerden korkmuyorum"
"But now I have got a new foe"
"Ama şimdi yeni bir düşmanım var"
"By day your reverence goes to the river"
"Gündüzleri saygın nehre gider"
"During this time dogs come to the hut"
"Bu sırada kulübeye köpekler geliyor"
"These dogs have been barking at me"
"Bu köpekler bana havlıyor"
"And I have been frightened for my life"
"Ve hayatım için korkuyordum"
"So I have one more prayer to ask of you"
"Bu yüzden sizden bir dua daha isteyeceğim"
"Please may I be changed into a dog!"
"Lütfen beni bir köpeğe dönüştürün!"
The Rishi understood the cat's plight.
Rishi kedinin durumunu anlamıştı.
He threw some holy water on the cat.
Kedinin üzerine kutsal su döktü.
And the cat instantly became a dog.
Ve kedi bir anda köpeğe dönüştü.

She lived as a dog for some days.
Birkaç gün köpek olarak yaşadı.
But one night she spoke to the Rishi.
Ama bir gece Rishi'yle konuştu.
"I cannot thank your reverence enough"
"Saygınıza yeterince teşekkür edemem"
"You have been most kind to me"
"Bana karşı çok nazik davrandın"
"I was but a poor mouse"
"Ben zavallı bir fareydim"
"You not only gave me speech"
"Bana sadece konuşma hakkı vermedin"
"But you also turned me into a cat"
"Ama sen beni aynı zamanda bir kediye çevirdin"
"And your kindness didn't end there"
"Ve nezaketiniz burada bitmedi"
"Then you changed me into a dog"
"Sonra beni bir köpeğe çevirdin"
"As a dog, however, I suffer greatly"
"Ancak bir köpek olarak çok acı çekiyorum"
"I do not get enough to eat"
"Yeterince yemek yiyemiyorum"
"My only food is what you leave me"
"Benim tek yiyeceğim senin bana bıraktıklarındır"
"That was fine when I was a mouse"
"Ben fareyken bu iyiydi "
"But you have made me much larger"
"Ama sen beni çok daha büyük yaptın"
"And it is not enough to fill my mouth"
"Ve ağzımı doldurmaya yetmiyor"
"OH your reverence, how I envy those monkeys"
"Ah, saygıdeğer efendim, o maymunları ne kadar kıskanıyorum"
"They jump about from tree to tree"
"Ağaçtan ağaca zıplıyorlar"
"They eat all sorts of delicious fruits!"

"Her çeşit lezzetli meyveyi yiyorlar!"
"Please may reverence not get angry"
"Lütfen saygı öfkelenmesin"
"I pray to be changed into a monkey"
"Maymuna dönüşmek için dua ediyorum"
The sage was a very understanding man.
Bilge çok anlayışlı bir adamdı.
His heart was filled with patience.
Yüreği sabırla dolmuştu.
He was happy to grant his pet's wish.
Evcil hayvanının dileğini yerine getirmekten mutluluk duydu.
He threw some holy water on the dog.
Köpeğe kutsal su döktü.
And the dog instantly became a monkey.
Ve köpek bir anda maymuna dönüştü.

Our monkey was at first wild with joy.
Maymunumuz önce sevinçten çılgına döndü.
She leaped from one tree to another.
Bir ağaçtan diğerine atladı.
She sucked every luscious fruit.
Bütün lezzetli meyveleri emdi.
But her joy was short-lived again.
Ancak sevinci yine kısa sürdü.
Summer had brought with it its drought.
Yaz kuraklığı da beraberinde getirmişti.
Monkeys find it hard to climb down.
Maymunların aşağı inmesi zordur.
So she couldn't drink from the river.
Bu yüzden nehirden su içemiyordu.
She saw how the wild boars lived.
Yaban domuzlarının nasıl yaşadığını gördü.
All day they splashed in the water.
Bütün gün suda çırpınıp durdular.
She envied their life now.
Artık onların hayatlarını kıskanıyordu.
"Oh how happy those wild boars are!"

"Ah, şu yaban domuzları ne kadar da mutlu!"
"All day their bodies are cooled"
"Bütün gün vücutları serinliyor"
"All day they are refreshed by water"
"Bütün gün su ile ferahlıyorlar"
"How I wish I were a wild boar"
"Keşke yaban domuzu olsaydım"
That night she went to the Rishi.
O gece Rishi'ye gitti.
She recounted her troubles to him.
Sıkıntılarını ona anlattı.
She told him all about the wild boars.
Ona yaban domuzlarıyla ilgili her şeyi anlattı.
"Oh how pleasant their lives must be"
"Ah, hayatları ne kadar hoş olmalı"
And she begged to be changed again.
Ve tekrar değişmek için yalvardı.
"I pray to be changed into a wild boar"
"Yaban domuzuna dönüşmeyi diliyorum"
The sage's kindness knew no bounds.
Bilgenin nezaketinin sınırı yoktu.
and he complied with his pet's request.
ve evcil hayvanının isteğini yerine getirdi.
He threw some holy water on the monkey.
Maymunun üzerine kutsal su döktü.
And the monkey instantly became a wild boar.
Ve maymun bir anda yaban domuzuna dönüştü.

Our boar was now very content.
Domuzumuz artık çok mutluydu.
She kept her body soaking wet.
Vücudunu sırılsıklam ıslak tutuyordu.
Every day she went to the river.
Her gün nehre gidiyordu.
She splashed about in her favorite element.
En sevdiği elementte sıçradı.
But life is not safe for wild boars.

Ancak yaban domuzları için hayat hiç de güvenli değil.
One day the king was out hunting.
Bir gün kral avlanmaya çıkmıştı.
He was riding on an adorned elephant.
Süslenmiş bir filin üzerindeydi.
Only by luck did our wild boar escape.
Yaban domuzumuz şans eseri kurtuldu.
She thought a lot about her experience.
Yaşadığı deneyimi çok düşündü.
She dwelt on the dangers of her life.
Hayatının tehlikeleri üzerinde durdu.
And she envied the stately elephant.
Ve o heybetli fili kıskanıyordu.
The elephant was more fortunate than her.
Fil ondan daha şanslıydı.
He got to carry the king on his back.
Kralı sırtında taşımaya başladı.
Now she longed to be an elephant.
Artık bir fil olmayı arzuluyordu.
And at night she besought the Rishi.
Ve geceleyin Rishi'ye yalvardı.

Our elephant was roaming the wilderness.
Filimiz vahşi doğada dolaşıyordu.
On her adventures she saw the king.
Maceraları sırasında kralı gördü.
Our elephant went towards the king's suite.
Filimiz kral dairesine doğru gitti.
She had every intention of being caught.
Yakalanmaya çok niyetliydi.
The king saw the elephant from a distance.
Kral fili uzaktan gördü.
He couldn't help but admire her beauty.
Onun güzelliğine hayran kalmamak elde değildi.
He gave his orders to his servants.
Hizmetçilerine emirlerini verdi.
"Catch and tame this elephant"

"Bu fili yakalayın ve evcilleştirin"
Our elephant was easily caught.
Filimiz kolayca yakalandı.
She was taken into the royal stables.
Kraliyet ahırlarına alındı.
And she was tamed without any trouble.
Ve hiçbir zorluk çekilmeden evcilleştirildi.

One day the queen had a wish.
Bir gün kraliçenin bir dileği vardı.
She wished to go to the holy Ganges.
Kutsal Ganj'a gitmek istiyordu.
She wished to bathe in the holy waters.
Kutsal sularda yıkanmak istiyordu.
The king wanted to accompany his wife.
Kral karısına eşlik etmek istiyordu.
So he made his orders to his servants.
Bunun üzerine hizmetkârlarına emir verdi.
"Bring us the newly caught elephant"
"Yeni yakalanan fili bize getirin"
The king and queen mounted on her back.
Kral ve kraliçe onun sırtına bindiler.
Our elephant had gotten her wish.
Filimiz dileğine kavuşmuştu.
Well... she seemed to have gotten her wish.
Eh... dileği gerçekleşmiş gibi görünüyor.
The king had mounted on her back.
Kral onun sırtına binmişti.
But no, the elephant didn't get her wish.
Ama hayır, filin dileği gerçekleşmedi.
She looked upon herself as a lordly beast.
Kendini yüce bir canavar olarak görüyordu.
She could not a woman riding on her back.
Sırtında bir kadın olamazdı.
It wasn't enough that she was a queen.
Kraliçe olması yetmiyordu.
She could not bear the idea of it.

Bu düşünceye dayanamıyordu.
She felt she had been degraded.
Kendisinin aşağılandığını hissetti.
She jumped up as violently as elephants can.
Fillerin yapabileceği kadar şiddetli bir şekilde sıçradı.
Both the king and queen fell to the ground.
Hem kral hem de kraliçe yere düştü.
The king carefully picked up the queen.
Kral, kraliçeyi dikkatlice kucağına aldı.
He took the queen in his arms.
Kraliçeyi kollarına aldı.
He asked her whether she had been hurt.
Ona yaralanıp yaralanmadığını sordu.
He wiped off the dust from her clothes.
Elbisesinin üzerindeki tozu sildi.
And he tenderly kissed her a hundred times.
Ve onu yüzlerce kez şefkatle öptü.
Our elephant witnessed the king's caresses.
Filimiz kralın okşamalarına tanık oldu.
And she scampered off to the woods.
Ve koşarak ormana doğru gitti.
She ran as fast as her legs could carry her.
Bacaklarının onu taşıyabildiği kadar hızlı koştu.
As she ran, she thought within herself;
Koşarken kendi kendine şöyle düşündü;
"I have experienced many different lives"
"Birçok farklı hayat deneyimledim"
"And I have experienced different happiness"
"Ve farklı mutluluklar yaşadım"
"But those lives cannot be compared"
"Ama o hayatlar karşılaştırılamaz"
"A queen is the happiest creature of all"
"Bir kraliçe tüm yaratıkların en mutlusudur"
"Of what infinite regard is she the object of!"
"O, ne kadar sonsuz bir saygının nesnesidir!"
"The king lifted her off the ground"
"Kral onu yerden kaldırdı"

"And he carefully took her in his arms"
"Ve onu dikkatlice kollarına aldı"
"He made many tender inquiries to her"
"Ona pek çok nazik soru sordu"
"And he wiped off the dust from her clothes"
"Ve onun elbiselerinden tozu sildi "
"And he kissed her a hundred times!"
"Ve onu yüz kere öptü!"
"Oh, the happiness of being a queen!"
"Ah, kraliçe olmanın mutluluğu!"
"I must ask the Rishi to make me a queen!"
"Rişi'den beni kraliçe yapmasını istemeliyim!"

The sun was just about to set.
Güneş batmak üzereydi.
Our elephant made it back to the hut.
Filimiz kulübeye geri dönmeyi başardı.
The Rishi had just finished his devotions.
Rishi ibadetini yeni bitirmişti.
She fell on the ground at his feet.
Ayaklarının dibine yere düştü.
She was still the little mouse.
O hala küçük bir fareydi.
And he was still the holy sage.
Ve o hala kutsal bilgeydi.
"What's the news?" inquired the Rishi.
"Ne haber?" diye sordu Rişi.
"Why have you left the king's palace!"
"Kralın sarayından neden ayrıldın!"
Our elephant thought about her words.
Filimiz sözlerini düşündü.
"What shall I say to your reverence!"
"Sizin saygıdeğer efendimize ne diyeyim!"
"You have been very kind to me"
"Bana karşı çok nazik davrandınız"
"You have granted every wish of mine"
"Sen benim her dileğimi yerine getirdin"

"I was a mouse and you gave me speech"
"Ben bir fareydim ve sen bana konuşma verdin"
"But as a mouse my life was in danger"
"Ama bir fare olarak hayatım tehlikedeydi"
"You saved me by turning me into a cat"
"Beni bir kediye dönüştürerek kurtardın"
"But as a cat my life was no safer"
"Ama bir kedi olarak hayatım daha güvenli değildi"
"And you helped me become a dog"
"Ve sen benim bir köpek olmama yardım ettin"
"But as a dog I had not enough to eat"
"Ama bir köpek olarak yiyecek kadar yiyeceğim yoktu"
"You provided for me again"
"Bana yine destek oldun"
"And you turned my into a monkey"
"Ve sen beni bir maymuna çevirdin"
"I had all I could wish to eat"
"Yemek isteyebileceğim her şeyi yedim"
"But I had no way of cooling my body"
"Ama vücudumu soğutmanın bir yolu yoktu"
"You helped me with this too"
"Sen de bana bu konuda yardımcı oldun"
"And you turned me into a wild boar"
"Ve beni bir yaban domuzuna çevirdin"
"Wild boars have a comfortable life"
"Yaban domuzları rahat bir yaşam sürüyor"
"But they don't live without danger"
"Ama tehlikesiz yaşayamazlar"
"And again you protected me"
"Ve yine beni korudun"
"And you turned me into an elephant"
"Ve beni bir file çevirdin"
"Being an elephant has increased my bulk"
"Fil olmak hacmimi artırdı"
"But being an elephant has not increased my happiness"
"Ama fil olmak mutluluğumu artırmadı"
"I have one more boon to ask of you"

"Senden bir ricam daha var"
"It will be the last boon I ask for"
"İstediğim son iyilik bu olacak"
"I see now who the happiest creature is"
"Şimdi en mutlu yaratığın kim olduğunu görüyorum"
"A queen is the happiest in the world"
"Bir kraliçe dünyanın en mutlu insanıdır"
"Holy father, please make me a queen"
"Kutsal baba, lütfen beni kraliçe yap"
"Silly child," answered the Rishi.
"Aptal çocuk," diye cevapladı Rishi.
"How can I make you a queen!"
"Seni nasıl kraliçe yapabilirim!"
"Where can I get a kingdom for you!"
"Sana bir krallık nereden bulabilirim?"
"Where would I find a royal husband!"
"Kraliyet kocasını nereden bulacağım!"
But the Rishi was still patient.
Ama Rishi hâlâ sabırlıydı.
"There is one thing I can do for you"
"Senin için yapabileceğim bir şey var"
"I can change you into a beautiful girl"
"Seni güzel bir kıza dönüştürebilirim"
"You will be as beautiful as a queen"
"Kraliçe kadar güzel olacaksın"
"You will possess all the charms you need"
"İhtiyacınız olan tüm cazibelere sahip olacaksınız"
"Your charms can captivate a prince's heart"
"Çekiciliğiniz bir prensin kalbini fethedebilir"
"But you must wait for what the gods decide"
"Ama tanrıların kararını beklemelisin"
"They will grant you an interview"
"Size bir röportaj verecekler "
"Tou will have your chance with a prince!"
"Bir prensle şansın olacak!"
Our elephant agreed to the change.
Filimiz değişikliğe razı oldu.

The beast was transformed by the Rishi.
Canavar Rishi tarafından dönüştürüldü.
And now she was a beautiful young lady.
Ve artık o güzel bir genç kızdı.
The holy sage named her Postomani.
Kutsal bilge ona Postomani adını verdi.
Her name meant 'the poppy-seed lady'.
Adının anlamı 'haşhaşlı kadın'dı.

Postomani lived in the Rishi's hut.
Postomani, Rishi'nin kulübesinde yaşıyordu.
She spent her time tending the flowers.
Zamanını çiçeklerle ilgilenerek geçirdi.
And she watered the plants in the garden.
Ve bahçedeki bitkileri suladı.
One day she was sitting at the hut.
Bir gün kulübede oturuyordu.
The Rishi was at the holy Ganges.
Rishi kutsal Ganj'daydı.
A richly dressed man came towards the cottage.
Zengin giyimli bir adam kulübeye doğru geliyordu.
She stood up to welcome the man.
Adamı karşılamak için ayağa kalktı.
And she asked the stranger who he was.
Ve yabancıya kim olduğunu sordu.
"What have you come for?" she asked.
"Ne için geldin?" diye sordu.
"I have been on a hunt"
"Ava çıktım"
"But we chased the deer in vain"
"Ama geyiği boşuna kovaladık"
"Now I am thirsty from the heat"
"Şimdi sıcaktan susadım"
"I thought that a Rishi lives here"
"Burada bir Rishi'nin yaşadığını sanıyordum"
"I had come to ask him for water"
"Ondan su istemeye gelmiştim"

"But now I see you live here"
"Ama şimdi burada yaşadığını görüyorum"
Postomani answered the stranger.
Postomani yabancıya cevap verdi.
"Look upon this hut as your own"
"Bu kulübeyi kendi kulübeniz olarak görün"
"I am sorry, but we are poor"
"Üzgünüm ama biz fakiriz"
"We cannot offer you any entertainment"
"Size herhangi bir eğlence sunamayız"
"But let me make your visit comfortable"
"Ama ziyaretinizi konforlu hale getirmeme izin verin"
"Because, I believe you are a king"
"Çünkü senin bir kral olduğuna inanıyorum"
"If I am not mistaken," she added.
"Yanılmıyorsam" diye ekledi.
The stranger smiled in recognition.
Yabancı, onu tanıdığını belli eden bir gülümsemeyle karşılık
verdi.

Postomani then brought a pot of water.
Postomani daha sonra bir testi su getirdi.
She went to wash her royal guest's feet.
Saray misafirinin ayaklarını yıkamaya gitti.
But the visitor did not let her do this.
Fakat ziyaretçi buna izin vermedi.
"Holy maid, do not touch my feet"
"Kutsal kız, ayaklarıma dokunma"
"I am only a Kshatriya," he confessed.
"Ben sadece bir Kşatriya'yım" diye itiraf etti.
"And you are the daughter of a holy sage"
"Ve sen kutsal bir bilgenin kızısın"
"Noble sir;" Postomani begun to confess.
"Asil beyefendi," diye itiraf etmeye başladı Postomani.
"I am not the daughter of the Rishi"
"Ben Rishi'nin kızı değilim"
"And am I not a Brahmani girl either"

"Ben de bir Brahman kızı değil miyim?"
"There is no harm in me touching your feet"
"Ayaklarınıza dokunmamda bir sakınca yok"
"Besides, you are my guest"
"Ayrıca sen benim misafirimsin"
"And I am bound to wash your feet"
"Ve ayaklarınızı yıkamakla yükümlüyüm"
"Forgive my impertinence," the king wished.
Kral, "Küstahlığımı bağışlayın," diye dilekte bulundu.
"What caste do you belong to?" he asked.
"Hangi kasta mensupsun?" diye sordu.
"I only know what the sage told me"
"Ben sadece bilgenin bana söylediklerini biliyorum"
"I heard my parents were Kshatriyas"
"Anne ve babamın Kşatriya olduğunu duydum"
The stranger wanted to know more.
Yabancı daha fazlasını öğrenmek istiyordu.
"May I ask whether your father was a king!"
"Baban kral mıydı acaba?" diye sorabilir miyim?
"You have an uncommon beauty," he said.
"Çok güzelsin," dedi.
"And you possess a stately demeanor"
"Ve sen heybetli bir tavır sergiliyorsun"
"These qualities cannot be worked for"
"Bu nitelikler çalışılarak elde edilemez"
"It shows that you were born a princess"
"Bu, bir prenses olarak doğduğunuzu gösteriyor."
Postomani avoided answering the question.
Postomani bu soruya cevap vermekten kaçındı.
Instead she went inside the hut.
Bunun yerine kulübenin içine girdi.
She brought out a tray of delicious fruits.
Nefis meyvelerden oluşan bir tepsi getirdi.
And she set the fruits before the king.
Ve meyveleri kralın önüne koydu.
The king, however, did not touch the fruits.
Ancak kral meyvelere dokunmadı.

He waited until his question was answered.
Sorusuna cevap gelene kadar bekledi.
"I only know what the holy sage says"
"Ben sadece kutsal bilgenin ne dediğini biliyorum"
"He says that my father was a king"
"Babamın bir kral olduğunu söylüyor"
"But he was overcome in a battle"
"Ama bir savaşta yenildi"
"So he, with my mother, fled into the woods"
"Böylece annemle birlikte ormana kaçtı"
"My poor father was eaten by a tiger"
"Zavallı babamı bir kaplan yedi"
"My mother closed her eyes as I opened mine"
"Annem gözlerini kapatırken ben gözlerimi açtım"
"There was a bee-hive on the tree"
"Ağacın üzerinde bir arı kovanı vardı"
"I lay at the foot of that tree"
"Ben o ağacın dibinde yatıyordum"
"Drops of honey fell into my mouth"
"Ağzıma bal damlaları düştü"
"The honey maintained the spark inside me"
"Bal içimdeki kıvılcımı canlı tuttu"
"And then the kind Rishi found me"
"Ve sonra nazik Rishi beni buldu"
"The holy sage brought me into his hut"
"Kutsal bilge beni kulübesine getirdi"
"This is the simple story of this wretched girl"
"Bu zavallı kızın basit hikayesi"
"The girl who now stands before the king"
"Şu anda kralın önünde duran kız"
"Call not yourself wretched," replied the king.
Kral, "Kendine zavallı deme," diye cevap verdi.
"You are the most beautiful of women"
"Sen kadınların en güzelisin"
"And you are the loveliest of women"
"Ve sen kadınların en güzelisin"
"You would adorn the grandest palaces"

"En görkemli sarayları süslerdin"

Postomani had gotten her interview.
Postomani röportajını almıştı.
She fell in love with the king.
Krala aşık oldu.
And the king fell in love with her.
Ve kral ona aşık oldu.
The Rishi joined them in marriage.
Rishi de onlara evlilik yoluyla katıldı.
Postomani became the king's favourite queen.
Postomani kralın gözde kraliçesi oldu.
And the former queen was in disgrace.
Ve eski kraliçe rezil oldu.
But Postomani's happiness was short-lived.
Ancak Postomani'nin mutluluğu kısa sürdü.
One day as she was standing by a well.
Bir gün bir kuyunun başında duruyordu.
She was overcome by a moment of giddiness.
Bir an başı döndü.
Fortune had her fall into the water.
Talih onu suya düşürdü.
And she died in the water of the well.
Ve kuyunun suyunda öldü.
The Rishi then came to the king.
Daha sonra Rishi kralın yanına geldi.
"O king, grieve not over the past"
"Ey padişah, geçmişe üzülme"
"What is fixed by fate must come to pass"
"Kaderin takdir ettiği şey mutlaka gerçekleşir"
"The queen drowned in your well"
"Kraliçe senin kuyunda boğuldu"
"But she was not of royal blood"
"Ama o kraliyet soyundan değildi"
"She was born to a family of mice"
"Farelerden oluşan bir ailede doğdu"
"Each evening she came to my hut"

"Her akşam kulübeme gelirdi"
"And I gave her the power of speech"
"Ve ona konuşma gücü verdim"
"With speech she could express her wishes"
"Konuşarak isteklerini dile getirebiliyordu"
"I changed her according to her wishes"
"Onu kendi isteğine göre değiştirdim"
"As a mouse she feared the cat"
"Bir fare kadar kediden korkuyordu"
"And so I changed her into a cat"
"Ve böylece onu bir kediye dönüştürdüm"
"As a cat she feared the dogs"
"Bir kedi olarak köpeklerden korkuyordu "
"And so I changed her into a dog"
"Ve böylece onu bir köpeğe dönüştürdüm"
"As a dog she had not enough to eat"
"Bir köpek olarak yeterince yiyeceği yoktu"
"And so I changed her into a monkey"
"Ve böylece onu bir maymuna dönüştürdüm"
"As a monkey she couldn't bear the heat"
"Bir maymun olarak sıcağa dayanamıyordu"
"And so I changed her into a wild boar"
"Ve onu bir yaban domuzuna dönüştürdüm"
"As a boar her life was not safe"
"Bir yaban domuzu olarak hayatı güvende değildi"
"And so I changed her into an elephant"
"Ve böylece onu bir file dönüştürdüm"
"That was the elephant you caught"
"Yakaladığın fil oydu"
"But as an elephant she was not loved"
"Ama bir fil olarak sevilmiyordu"
"And so I changed her one last time"
"Ve böylece onu son kez değiştirdim"
"I changed her into a beautiful girl"
"Onu güzel bir kıza dönüştürdüm"
"That is the girl that you married"
"Bu evlendiğin kız"

"And that is the girl that drowned"
"Ve boğulan kız oydu"
"Take into favor your former queen"
"Eski kraliçenizi kendinize örnek alın"
"And don't worry for my daughter"
"Ve kızım için endişelenmeyin"
"I will make her name immortal"
"Onun adını ölümsüz kılacağım"
"Let her body remain in the well"
"Vücudu kuyuda kalsın"
"Fill the well up with earth"
"Kuyuyu toprakla doldur"
"In her flesh there is a seed"
"Onun etinde bir tohum var"
"From her bones a tree will grow"
"Onun kemiklerinden bir ağaç büyüyecek"
"We will name this tree after her"
"Bu ağaca onun adını vereceğiz"
"The tree shall be called 'Posto'"
"Ağacın adı 'Posto' olacak"
"This means 'the Poppy tree'"
"Bu 'Haşhaş ağacı' anlamına geliyor"
"From this tree there will come a drug"
"Bu ağaçtan bir ilaç çıkacak"
"This drug will be called opium"
"Bu ilaca afyon adı verilecek"
"Opium will be a powerful drug"
"Afyon güçlü bir uyuşturucu olacak"
"People will consume opium in every epoch"
"İnsanlar her çağda afyon tüketeceklerdir"
"Opium will either be swallowed or smoked"
"Afyon ya yutulacak ya da içilecek"
"And opium will be a wonderful narcotic"
"Ve afyon harika bir uyuşturucu olacak"
"Opium will be used till the end of time"
"Afyon kıyamete kadar kullanılacaktır"
"You will recognize the opium smoker"

"Afyon içicisini tanıyacaksınız"
"He will have many different qualities"
"Birçok farklı niteliğe sahip olacak"
"One quality for each of the animals"
"Her hayvan için bir nitelik"
"The animals which Postomani had lived as"
"Postomani'nin yaşadığı hayvanlar"
"He will be mischievous, like a mouse"
"Fare gibi yaramazlık yapacak"
"He will be fond of milk, like a cat"
"Kedi gibi sütü çok sevecek"
"He will be quarrelsome, like a dog"
"Köpek gibi kavgacı olacak"
"He will be filthy, like a monkey"
"Maymun gibi pis olacak"
"He will be savage, like a boar"
"Yaban domuzu gibi vahşi olacak"
"He will be confident, like an elephant"
"Fil gibi kendine güvenecek"
"And he will be high-tempered, like a queen"
"Ve kraliçe gibi asabi olacak"

Strike, but Listen First
Vur, ama önce dinle

There was once a king who had three sons.
Bir zamanlar üç oğlu olan bir kral varmış.
His royal subjects came to him one day and said;
Bir gün saray halkı yanına gelip şöyle dediler;
"Oh incarnation of justice! hear our plea"
"Ey adaletin tecellisi! Duy çağrımızı"
"The kingdom is infested with thieves and robbers"
"Krallık hırsızlar ve soyguncularla dolu"
"Our property is not safe from their thievery"
"Mallarımız onların hırsızlığından güvende değil"
"We pray your majesty to catch hold of these thieves"
"Majestelerinden bu hırsızları yakalamanızı rica ediyoruz"
"We beg you punish them to the full extent of the law"
"Sizden ricamız, bunları kanunun en ağır şekilde
cezalandırmanızdır"
The king said to his sons, "Oh, my sons, I am old"
Kral oğullarına dedi ki: "Ah oğullarım, yaşlandım."
"But you are all in the prime of manhood"
"Ama hepiniz erkekliğin en güzel çağındasınız"
"How is it that my kingdom is full of thieves?"
"Krallığım nasıl hırsızlarla dolu olabilir?"
"I look to you to catch hold of these thieves"
"Bu hırsızları yakalamanızı bekliyorum"
The three princes then made up their minds.
Üç prens daha sonra kararlarını verdiler.
They were going to patrol the city every night.
Her gece şehirde devriye gezeceklerdi.
They set up a watch out in the outskirts of the city.
Şehrin dış mahallelerine bir nöbetçi noktası kurdular.
The early part of the night had arrived.
Gecenin erken saatleri gelmişti.
So the eldest prince took on his duties.
Böylece büyük şehzade göreve başladı.
He rode upon his horse through the whole city.

Atına binip bütün şehri dolaştı.
But did not see a single thief anywhere he looked.
Ama baktığı hiçbir yerde tek bir hırsız göremedi.
He came back to the policing station.
Polis karakoluna geri döndü.
The middle part of the night had arrived.
Gece yarısı olmuştu.
So the second prince took on his duties.
Böylece ikinci şehzade göreve başladı.
And he too rode through every part of the city.
O da şehrin her yerini dolaşıyordu.
But he did not see or hear of a single thief.
Ama tek bir hırsız bile görmedi, duymadı.
He came also back to the policing station.
O da karakola geri döndü.
The latter part of the night had arrived.
Gecenin sonlarına doğru yaklaşıldı.
So the youngest prince took on his duties.
Böylece en genç prens görevi üstlendi.
He went near the gate of his father's palace.
Babasının sarayının kapısına yaklaştı.
There he saw a beautiful woman leaving the palace.
Orada saraydan çıkan güzel bir kadın gördü.
The prince asked the woman, "who are you?"
Prens kadına sordu: "Sen kimsin?"
"Where are you going at this hour of the night?"
"Gecenin bu saatinde nereye gidiyorsun?"
The woman answered the young prince.
Kadın genç prense cevap verdi.
"I am Rajlakshmi, the guardian deity of this palace"
"Ben Rajlakshmi'yim, bu sarayın koruyucu tanrısıyım"
"The king will be killed this night"
"Kral bu gece öldürülecek"
"I am therefore not needed here"
"Bu nedenle burada bana ihtiyaç duyulmuyor"
"And that is why I am going away"
"Ve bu yüzden gidiyorum"

The prince did not know what to make of this message.
Prens bu mesaj karşısında ne yapacağını bilemedi.
After a moment's reflection he said to the goddess;
Bir an düşündükten sonra tanrıçaya şöyle dedi;
"But, suppose the king is not killed tonight"
"Ama diyelim ki kral bu gece öldürülmedi"
"Have you any objection to return to the palace?"
"Saray'a dönmeye itirazın var mı?"
"I have no objection," replied the goddess.
"İtirazım yok," diye cevapladı tanrıça.
The prince then begged the goddess to go back.
Bunun üzerine prens tanrıçaya geri dönmesi için yalvardı.
And he promised to do his best to protect the king.
Ve kralı korumak için elinden geleni yapacağına söz verdi.
Then the goddess entered the palace again.
Daha sonra tanrıça tekrar saraya girdi.
Within a moment she disappeared into the palace.
Bir an sonra sarayın içinde kayboldu.

The prince went straight into the palace too.
Prens de doğruca saraya girdi.
And he went into the bedroom of his royal father.
Ve kral babasının yatak odasına girdi.
There his father lay immersed in deep sleep.
Babası orada derin bir uykuya dalmış yatıyordu.
The king had a second, younger wife.
Kralın ikinci, daha genç bir karısı daha vardı.
This woman was the stepmother of our prince.
Bu kadın bizim prensin üvey annesiydi.
She was sleeping in another bed in the room.
Odada başka bir yatakta uyuyordu.
There was a light that was burning dimly.
Hafifçe yanan bir ışık vardı.
But then the prince saw something that surprised him!
Ama sonra prens onu şaşırtan bir şey gördü!
A huge cobra going round and round the golden bedstead.
Altın karyolanın etrafında dönen kocaman bir kobra yılanı.

The bedstead on which his father was sleeping.
Babasının üzerinde yattığı karyola.
The prince with his sword cut the serpent in two.
Prens kılıcıyla yılanı ikiye böldü.
But he was not satisfied with killing the cobra.
Ama kobrayı öldürmekle yetinmedi.
So he cut the cobra up into a hundred pieces.
Bunun üzerine kobrayı yüz parçaya böldü.
And he put the pieces of the cobra inside a pan.
Ve kobranın parçalarını bir tavaya koydu.
But while cutting the cobra a misfortune happened.
Ancak kobrayı keserken bir talihsizlik yaşandı.
A drop of blood fell on the breast of his stepmother.
Üvey annesinin göğsüne bir damla kan düştü.
The prince was in great distress by what had happened.
Prens, olanlardan dolayı büyük bir üzüntü içindeydi.
"I have saved my father, but killed my stepmother"
"Babamı kurtardım ama üvey annemi öldürdüm"
How could he remove the drop of blood from her breast?
Göğsünden akan kanı nasıl temizleyebilirdi?
He wrapped round his tongue a piece of cloth sevenfold.
Dilinin etrafına yedi kat bez parçası doladı.
And with the cloth he licked up the drop of blood.
Ve bezle kan damlasını yaladı.
But his stepmother's sleep was not so deep.
Ama üvey annesinin uykusu bu kadar derin değildi.
And in his attempt to save her he awoke her.
Ve onu kurtarmaya çalışırken onu uyandırdı.
When opening her eyes she saw it was her stepson.
Gözlerini açtığında üvey oğlu olduğunu gördü.
The young prince rushed out of the room.
Genç prens odadan fırladı.
The queen, hated her stepson, the youngest prince.
Kraliçe, üvey oğlu olan en küçük prensten nefret ediyordu.
And she had every intention to ruin his reputation.
Ve onun itibarını mahvetmeye niyetliydi.
She called out to her husband, "My lord, my lord"

Kocasına seslendi: "Efendim, efendim!"
"Are you awake? are you awake? Rouse yourself up"
"Uyandın mı? Uyandın mı? Kendine gel."
"Here is a nice piece of news for you"
"İşte sizin için güzel bir haberimiz var"
The king on awaking inquired what the matter was.
Kral uyanınca ne olduğunu sordu.
"What the matter is, my lord, let me tell you"
"Ne oldu efendim, anlatayım size"
"Your worthy son was just here in this room"
"Sizin değerli oğlunuz az önce bu odadaydı"
"The youngest prince, of whom you speak so highly"
"Hakkında bu kadar övgüyle bahsettiğiniz en genç prens"
"I caught him in the act of touching my breast"
"Onu göğsüme dokunurken yakaladım"
"I don't doubt he came with wicked intents"
"Kötü niyetlerle geldiğinden şüphem yok"
The king was horror-struck by what he heard.
Kral duydukları karşısında dehşete kapıldı.
The prince went back to where his brothers kept watch.
Prens kardeşlerinin nöbet tuttuğu yere geri döndü.
But he told them nothing of what had happened.
Ama onlara olan biteni anlatmadı.

Early in the morning the king called his eldest son.
Sabahın erken saatlerinde kral büyük oğlunu çağırdı.
"I entrust my life and my honor to men"
"Hayatımı ve onurumu insanlara emanet ediyorum"
"But what if one of these men prove faithless?
"Peki ya bu adamlardan biri sadakatsiz çıkarsa?
"How should such a man be punished?"
"Böyle bir adam nasıl cezalandırılmalı?"
The eldest prince replied to his father, the king.
En büyük prens babası olan krala cevap verdi.
"Doubtless such a man's head should be cut off"
"Böyle bir adamın kafası kesinlikle kesilmelidir"
"But first you should establish the facts"

"Ama önce gerçekleri ortaya koymalısın"
"You must see whether the man is really faithless"
"Adamın gerçekten sadakatsiz olup olmadığına bakmalısın"
"What do you mean?" inquired the king.
"Ne demek istiyorsun?" diye sordu kral.
"Let your majesty be pleased to listen"
"Majesteleri dinlemekten mutluluk duysunlar"
Once upon on a time there lived a goldsmith.
Bir zamanlar bir kuyumcu yaşarmış.
This goldsmith had a son who had a wife.
Bu kuyumcunun bir oğlu ve bir karısı varmış.
His wife had the rare faculty of understanding beasts.
Karısı, hayvanları anlama konusunda nadir bulunan bir yeteneğe sahipti.
But she never told anyone about her uncommon gift.
Ama bu sıra dışı yeteneğinden hiç kimseye bahsetmedi.
Not even her husband knew she could understand animals.
Kocası bile onun hayvanları anlayabildiğini bilmiyordu.
One night she was lying in bed beside her husband.
Bir gece kocasının yanında yatakta yatıyordu.
From the river by their house she heard a jackal howl.
Evlerinin yanındaki nehirden bir çakalın ulumasını duydu.
"There goes a carcass floating on the river"
"Nehirde yüzen bir leş var"
"There's a diamond ring on the dead man's finger"
"Ölü adamın parmağında bir elmas yüzük var"
"Will anyone take the ring and give me the corpse?"
"Yüzüğü alıp cesedi bana verecek biri var mı?"
The woman understood the jackal's language.
Kadın çakalın dilini anlıyordu.
She got up from bed and went to the river-side.
Yataktan kalkıp nehir kenarına gitti.
The husband had not been in deep sleep.
Kocası derin uykuda değildi.
So with his wife's movements he woke up too.
Karısının hareketleriyle o da uyandı.
And he followed his wife to see where she went.

Ve karısının nereye gittiğini görmek için onu takip etti.
But he kept his distance, so that he could observe her.
Ama onu gözlemleyebilmek için ondan uzak duruyordu.
The woman went into the water next to their house.
Kadın evlerinin yanındaki suya girdi.
She tugged the floating corpse towards the shore.
Yüzen cesedi kıyıya doğru çekti.
And she saw the diamond ring on the finger.
Ve parmağındaki elmas yüzüğü gördü.
She was unable to loosen the ring with her hand.
Yüzüğü eliyle çıkaramadı.
Because the fingers of the dead body had swelled.
Çünkü cesedin parmakları şişmişti.
So she bit off the finger with her teeth.
Bunun üzerine parmağını dişleriyle ısırdı.
And she put the dead body upon land, for the jackal.
Ve çakal için ölü bedeni karaya koydu.
Then she returned to bed, where her husband already was.
Sonra kocasının çoktan yatağına döndüğünü gördü.
The young goldsmith lay almost petrified with fear.
Genç kuyumcu korkudan neredeyse taş kesilmişti.
He was convinced he was lying next to a Rakshasi.
Yanında bir Rakshasi'nin yattığına ikna olmuştu.
He spent the rest of the night tossing in his bed.
Gecenin geri kalanını yatağında dönüp durarak geçirdi.
And early in the morning spoke to his father.
Ve sabahın erken saatlerinde babasıyla konuştu.
"The woman thou hast given me is not a real woman"
"Bana verdiğin kadın gerçek bir kadın değil"
"The woman thou hast given me to wife is a Rakshasi"
"Bana eş olarak verdiğin kadın bir Rakshasi'dir"
"Last night I was lying in bed with her"
"Dün gece onunla yatakta yatıyordum"
"By the river I heard the howl of a jackal"
"Nehir kenarında bir çakalın ulumasını duydum"
"My wife too, heard the howl of the jackal"
"Karım da çakalın ulumasını duydu"

"Thinking I was asleep; she went towards the howl"
"Uyuyormuşum sanıp ulumaya doğru gitti"
"I was surprised to see her go out of bed alone"
"Onun yataktan tek başına çıktığını görünce şaşırdım"
"Suspecting some sort of evil, I followed her outside"
"Bir çeşit kötülükten şüphelenerek onu dışarıya kadar takip ettim"
"But she could not see that I had followed her"
"Ama onu takip ettiğimi göremedi"
"What did she do, do you think? O horror of horrors!"
"Ne yaptı dersiniz? Vay canına, dehşetlerin dehşeti!"
"From the stream she dragged a dead body out"
"Dereden bir ceset çıkardı"
"And what do you think she did with the dead body?"
"Peki sence cesetle ne yaptı?"
"She wasted no time devouring the dead man!"
"Ölü adamı yemekte hiç vakit kaybetmedi!"
"All this I had the misfortune to see with my own eyes"
"Bütün bunları kendi gözlerimle görme talihsizliğine uğradım"
"While she feasted on the carcass I went back to bed"
"O leşle ziyafet çekerken ben tekrar yatağa döndüm"
"In a few minutes she also returned to bed"
"Birkaç dakika içinde o da yatağa döndü"
"She bolted the door shut, and lay beside me"
"Kapıyı sürgüledi ve yanıma uzandı"
"Oh my father, how can I live with a Rakshasi?"
"Ah babam, bir Rakshasi ile nasıl yaşayabilirim?"
"She will certainly kill me and eat me up one night"
"Bir gece beni kesinlikle öldürecek ve yiyecek"
You can imagine the shock of the old goldsmith.
Yaşlı kuyumcunun yaşadığı şaşkınlığı hayal edin.
Both father and son agreed about what should be done.
Baba ve oğul ne yapılması gerektiği konusunda hemfikirdi.
The woman should be taken deep into the forest.
Kadının ormanın derinliklerine götürülmesi gerekir.
And she should be left for wild beasts to devoured.

Ve vahşi hayvanların yemesine terk edilmeli.
Accordingly, the young goldsmith spoke to his wife.
Bunun üzerine genç kuyumcu karısına seslendi.
"My dear love," he said to his wife.
"Sevgili aşkım," dedi karısına.
"You had better not cook much this morning"
"Bu sabah çok fazla yemek pişirmesen iyi olur"
"Boil a little rice and burn a brinjal"
"Biraz pirinç haşla ve patlıcan yak"
"Because today we are going to see your parents"
"Çünkü bugün anne babanı göreceğiz"
"Your mother and father are dying to see you"
"Annen ve baban seni görmek için can atıyor"
The woman was full of joy at the unexpected news.
Kadın, beklenmedik haber karşısında sevinçten havalara uçtu.
She loved returning to her father's house.
Babasının evine dönmeyi çok seviyordu.
And she finished the cooking in no time.
Ve kısa sürede yemeği bitirdi.
The husband and wife snatched a hasty breakfast.
Karı koca aceleyle bir kahvaltı hazırladılar.
And soon after breakfast they started their journey.
Ve kahvaltının hemen ardından yolculuklarına başladılar.
The way to her father's house was through dense jungle.
Babasının evine giden yol sık ormanlık bir alandan geçiyordu.
It was the perfect place to abandon his wife.
Karısını terk etmek için mükemmel bir yerdi.
She was bound to be eaten up by wild beasts there.
Orada vahşi hayvanlar tarafından yenmesi kaçınılmazdı.
But while they were walking the woman heard a snake.
Ama yürürken kadın bir yılan sesi duydu.
"Oh passer-by, in yonder hole there is a frog"
"Ey yoldan geçen, şu delikte bir kurbağa var"
"How thankful I would be if you caught the frog"
"Kurbağayı yakalarsan ne kadar minnettar olurum"
"And the hole is full of gold and precious stones"
"Ve çukur altın ve değerli taşlarla dolu"

"Give me the frog, and take the treasure for yourself"
"Kurbağayı bana ver, hazineyi kendine al"
The woman forthwith went to the frog's hole.
Kadın hemen kurbağanın deliğine gitti.
And she began digging the hole with a stick.
Ve elindeki sopayla çukuru kazmaya başladı.
The young goldsmith was now quaking with fear.
Genç kuyumcu artık korkudan titriyordu.
He thought his Rakshasi-wife was about to kill him.
Rakshasi karısının kendisini öldüreceğini düşünüyordu.
And then his wife called for him to help her.
Ve sonra karısı onu yardıma çağırdı.
"Take all this gold and these precious stones"
"Bütün bu altını ve değerli taşları al"
The goldsmith did not understand her request.
Kuyumcu onun bu isteğini anlamadı.
Timidly he went to where she had dug the hole.
Çekinerek onun kazdığı çukurun yanına gitti.
But he was infinitely surprised by what he saw.
Ama gördükleri onu sonsuz derecede şaşırttı.
The hole was full of gold and precious stones.
Çukur altın ve değerli taşlarla doluydu.
"How did you know there was a treasure here?"
"Burada bir hazine olduğunu nasıl bildin?"
And finally his wife told him of her gift.
Ve sonunda karısı ona hediyesini anlattı.
"I can understand all the beasts in the forest"
"Ormandaki tüm hayvanları anlayabiliyorum"
"Just over there, there is a snake coiled up"
"Tam şurada kıvrılmış bir yılan var"
"She had told me there was a treasure here"
"Bana burada bir hazine olduğunu söylemişti"
The husband now felt very blessed with his wife.
Koca artık karısıyla çok mutlu hissediyordu kendini.
"My love, it has gotten very late today"
"Aşkım, bugün çok geç oldu"
"I don't think we will reach your father's house"

"Babanın evine ulaşacağımızı sanmıyorum"
"Nightfall will catch us before we get there"
"Oraya varmadan önce gece çökecek"
"If we stay we might be devoured by wild beasts"
"Eğer kalırsak vahşi hayvanlar tarafından yutulabiliriz"
"I propose therefore that we both return home"
"Bu nedenle ikimizin de eve dönmemizi öneriyorum"
You can imagine the wife's disappointment.
Eşinin hayal kırıklığını tahmin edebilirsiniz.
But she agreed with her husband's assessment.
Ancak kocasının değerlendirmesine katılıyordu.
It took them a long time to reach home.
Eve ulaşmaları uzun zaman aldı.
They were laden with a large quantity of gold.
Üzerlerinde yüklü miktarda altın vardı.
And they were carrying many precious stones.
Ve üzerlerinde çok sayıda değerli taş taşıyorlardı.
But eventually the got close to their home.
Ama sonunda evlerine yaklaştılar.
"My dear, go by the back door," said the goldsmith.
"Sevgilim, arka kapıdan git," dedi kuyumcu.
"I will go by the front door and see my father"
"Ön kapıdan gidip babamı göreceğim"
"And I will show him all this treasure"
"Ve ona bütün bu hazineyi göstereceğim"
So she entered the house by the back door.
Böylece eve arka kapıdan girdi.
But the old goldsmith had reason to be there too.
Ama yaşlı kuyumcunun da orada olmasının bir sebebi vardı.
He had gone there to collect a hammer.
Oraya bir çekiç almaya gitmişti.
The old goldsmith saw his Rakshasi daughter-in-law.
Yaşlı kuyumcu Rakshasi gelinini gördü.
He concluded she had swallowed up his son.
Oğlunu yuttuğu sonucuna vardı.
And he therefore struck her with the hammer.
Ve bunun üzerine ona çekiçle vurdu.

The blow immediately killed his daughter-in-law.
Darbe anında gelinini öldürdü.
At that moment the son came into the house.
Tam o sırada oğlu eve girdi.
But it was too late for him to explain.
Ama artık açıklama yapması için çok geçti.
And so the eldest prince's story concluded.
Ve böylece büyük prensin hikayesi sona erdi.
"You might have to cut a man's head off"
"Bir adamın kafasını kesmeniz gerekebilir"
"But first you should establish the facts"
"Ama önce gerçekleri ortaya koymalısın"
"You must see whether the man is really faithless"
"Adamın gerçekten sadakatsiz olup olmadığına bakmalısın"

The king then called his second son to him.
Kral daha sonra ikinci oğlunu yanına çağırdı.
"I entrust my life and my honor to men"
"Hayatımı ve onurumu insanlara emanet ediyorum "
"But what if one of these men prove faithless?
"Peki ya bu adamlardan biri sadakatsiz çıkarsa?
"How should such a man be punished?"
"Böyle bir adam nasıl cezalandırılmalı?"
The second prince replied to his father, the king.
İkinci prens babası olan krala cevap verdi.
"Doubtless such a man's head should be cut off"
"Böyle bir adamın kafası kesinlikle kesilmelidir"
"But first you should establish the facts"
"Ama önce gerçekleri ortaya koymalısın"
"What do you mean?" inquired the king.
"Ne demek istiyorsun?" diye sordu kral.
"Let your majesty be pleased to listen"
"Majesteleri dinlemekten mutluluk duysunlar"
Once upon a time there reigned a king.
Bir zamanlar bir kral hüküm sürüyormuş.
This king was very fond of going out hunting.
Bu kral avlanmaya çok düşkündü.

One day his horse took him into a dense forest.
Bir gün atı onu sık bir ormana götürdü.
He went far from his followers, deep into the woods.
Takipçilerinin arasından uzaklaşıp ormanın derinliklerine
doğru gitti.
He rode on and on through the endless, quiet forest.
Uçsuz bucaksız, sessiz ormanın içinde ilerlemeye devam etti.
He saw neither villages nor towns, only trees.
Ne köy ne de kasaba görüyordu, sadece ağaçlar vardı.
On the long, lonely journey he became very thirsty.
Uzun ve yalnız yolculuğunda çok susadı.
He could see no pond, nor lake, nor stream.
Ne bir göl, ne bir göl, ne de bir dere görebiliyordu.
But then he saw something dripping from a tree.
Ama sonra bir ağaçtan damlayan bir şey gördü.
He concluded it was rainwater resting in a cavity.
Bunun bir oyukta duran yağmur suyu olduğu sonucuna vardı.
He stood on horseback beneath the tree, cup in hand.
Ağacın altında at sırtında, elinde fincanla duruyordu.
He caught the drops slowly dripping into the small cup.
Yavaş yavaş küçük fincana damlayan damlaları yakaladı.
The water, however, was not rain from the sky.
Ancak su gökten yağan yağmur değildi.
A huge cobra sat on top of the tall tree.
Uzun ağacın tepesinde kocaman bir kobra oturuyordu.
The snake had struck the tree in rage with its sharp fangs.
Yılan öfkeyle keskin dişlerini ağaca saplamıştı.
**The snake's poison came out and fell downward in heavy
drops.**
Yılanın zehri dışarı çıktı ve ağır damlalar halinde aşağıya
doğru düştü.
The king thought the falling liquid was simple rainwater.
Kral düşen sıvının sıradan yağmur suyu olduğunu düşündü.
The horse sensed the danger and tried to warn him.
At tehlikeyi sezdi ve onu uyarmaya çalıştı.
The cup was nearly filled with the deadly snake-poison.
Bardak neredeyse ölümcül yılan zehriyle dolmuştu.

The king raised the cup and prepared to drink.
Kral kadehi kaldırdı ve içmeye hazırlandı.
But the horse moved wildly, with the king on its back.
Fakat at, sırtında kralla birlikte çılgınca hareket ediyordu.
The cup fell from his hand, and the poison spilled.
Bardak elinden düştü, zehir döküldü.
The king became angry and struck the horse's neck.
Kral öfkelendi ve atın boynuna vurdu.
The blow from the sword immediately killed his horse.
Kılıç darbesi atını anında öldürdü.
And so the second prince's story concluded.
Ve böylece ikinci prensin hikayesi sona erdi.
"You might have to cut a man's head off"
"Bir adamın kafasını kesmeniz gerekebilir"
"But first you should establish the facts"
"Ama önce gerçekleri ortaya koymalısın"
"You must see whether the man is really faithless"
"Adamın gerçekten sadakatsiz olup olmadığına bakmalısın"

The king then called to him his third youngest son.
Kral daha sonra üçüncü küçük oğlunu yanına çağırdı.
"I entrust my life and my honor to men"
"Hayatımı ve onurumu insanlara emanet ediyorum"
"But what if one of these men prove faithless?
"Peki ya bu adamlardan biri sadakatsiz çıkarsa?
"How should such a man be punished?"
"Böyle bir adam nasıl cezalandırılmalı?"
"Doubtless such a man's head should be cut off"
"Böyle bir adamın kafası kesinlikle kesilmelidir"
"But first you should establish the facts"
"Ama önce gerçekleri ortaya koymalısın"
"What do you mean?" inquired the king.
"Ne demek istiyorsun?" diye sordu kral.
"Let your majesty be pleased to listen"
"Majesteleri dinlemekten mutluluk duysunlar"
Once long ago there reigned a wise and noble king.
Çok eski zamanlarda bilge ve asil bir kral hüküm sürüyormuş.

In his palace he kept a bird of Suka species.
Sarayında Suka cinsi bir kuş besliyordu.
One day the bird went out flying into the fields.
Bir gün kuş uçarak tarlaya doğru gitti.
There he saw his father and mother calling from above.
Orada annesi ve babasının yukarıdan seslendiğini gördü.
They asked him to come visit them in their nest.
Ondan yuvalarına gelip kendilerini ziyaret etmesini istediler.
The nest was far away in a distant hidden land.
Yuva çok uzakta, saklı bir diyardaydı.
The Suka said, "I'll come if I get king's leave"
Suka , "Kralın izni olursa gelirim" dedi.
"I'll speak to the king today and return tomorrow"
"Bugün kralla konuşacağım ve yarın döneceğim"
"Please wait at this same spot in the morning"
"Lütfen sabah aynı noktada bekleyin"
That very day, Suka spoke with the gentle, kind king.
Suka o gün nazik, iyi kalpli kralla konuştu.
The king gave permission for the bird to leave.
Kral kuşun gitmesine izin verdi.
Although he was sad to part with his bird.
Kuşundan ayrılmanın hüznünü yaşasa da.
The next morning, Suka met his parents again.
Ertesi sabah Suka tekrar anne ve babasıyla buluştu.
He flew with them to their nest on a tall tree.
Onlarla birlikte yüksek bir ağaçtaki yuvalarına uçtu.
The three birds lived together happily in peaceful joy.
Üç kuş, huzurlu ve mutlu bir şekilde birlikte yaşıyorlardı.
They stayed like this for a fortnight of lovely days.
İki hafta kadar güzel günler geçirdiler.
But even those quiet and pleasant days had to end.
Ama o sakin ve güzel günlerin de bir sonu vardı.
Suka said, "Beloved parents, the king gave me two weeks"
Suka, "Sevgili ebeveynler, kral bana iki hafta süre verdi" dedi.
"That time is now over, so I must return tomorrow"
"O zaman artık bitti, bu yüzden yarın geri dönmeliyim"
His father and mother agreed and blessed his decision.

Annesi ve babası da bu kararı onaylayıp kutsadılar.
They told him to carry a gift for the king.
Krala bir hediye götürmesini söylediler.
After some talk, they chose some fruit as a gift.
Biraz sohbetin ardından hediye olarak meyve seçtiler.
The fruit had grown from the Immortality Tree.
Ölümsüzlük Ağacı'ndan meyve yetişmişti.
Early the next morning, Suka went to the tree.
Ertesi sabah erkenden Suka ağacın yanına gitti.
And he plucked a magical glowing fruit.
Ve sihirli bir şekilde parlayan bir meyve kopardı.
He held the fruit gently in his beak, full of care.
Meyveyi gagasında nazikçe, özenle tutuyordu.
The fruit was heavy and slowed his swift flying pace.
Meyveler ağırdı ve onun hızlı uçuşunu yavaşlatıyordu.
He could not reach the city before night arrived.
Gece olmadan şehre ulaşamadı.
Suka stopped to rest in a tree along the way.
Suka yol üzerindeki bir ağacın altında dinlenmek için durdu.
He feared the fruit might drop while he slept.
Uyurken meyvenin düşmesinden korkuyordu.
If he kept the fruit in his beak, it could fall.
Meyveyi gagasında tutarsa düşebilir.
But he saw a hole in the trunk of the tree.
Fakat ağacın gövdesinde bir delik gördü.
He placed the fruit safely inside the dark tree.
Meyveyi karanlık ağacın içine güvenli bir şekilde yerleştirdi.
But inside the hole, there lived a poisonous black snake.
Ama deliğin içinde zehirli siyah bir yılan yaşıyordu.
In the night, the snake bit the fruit with venom.
Geceleyin yılan meyveyi zehirle ısırdı.
And the fruit became smeared with deadly poison.
Ve meyve ölümcül bir zehirle lekelendi.
At dawn Suka took the fruit back in his beak.
Şafak vakti Suka meyveyi gagasına geri aldı.
He flew again on his journey to the king's palace.
Kralın sarayına doğru yolculuğuna tekrar başladı.

As he reached the palace the king was sitting with ministers.
Saraya vardığında kral, bakanlarıyla birlikte oturuyordu.
The king was overjoyed to see Suka return once more.
Kral, Suka'nın tekrar döndüğünü görünce çok sevindi.
He greatly admired the beautiful, shining fruit gift.
Güzel, parıldayan meyve hediyesine çok hayran kaldı.
The fruit was lovely to look at and admire.
Meyveler bakmaya ve hayranlık duymaya değerdi.
It was the finest fruit found across the earth.
Dünyanın en güzel meyvesiydi.
And anyone who ate the fruit was granted immortality.
Ve o meyveyi yiyen kişiye ölümsüzlük bahşedilirdi.
The king was about to eat the beautiful fruit.
Kral güzel meyveyi yemeye hazırlanıyordu.
But his ministers warned him the fruit might be poisoned"
Ancak bakanları ona meyvenin zehirli olabileceği konusunda
uyarıda bulundular"
"It would be better to test the fruit before you eat it"
"Meyveyi yemeden önce denemek daha iyi olur"
He threw the fruit to a crow sitting on the wall.
Meyveyi duvarda oturan kargaya fırlattı.
The crow ate from the fruit, and dropped dead instantly.
Karga meyveyi yedi ve anında öldü.
The king, thinking Suka tried to kill him, grew furious.
Kral, Suka'nın kendisini öldürmeye çalıştığını düşünerek
öfkelendi.
He seized the bird and killed him with his bare hands.
Kuşu yakalayıp elleriyle öldürdü.
He ordered the seed to be planted outside the city.
Tohumun şehrin dışına ekilmesini emretti.
The seed became a tree with the same glowing fruit.
Tohum aynı parlayan meyveye sahip bir ağaç oldu.
The king feared the fruit would bring more death.
Kral meyvenin daha fazla ölüm getireceğinden korkuyordu.
So he had the tree fenced off and guarded.
Bu yüzden ağacı çitle çevirip koruma altına aldı.

There lived in that city an old, poor Brahman man.
O şehirde yaşlı, fakir bir Brahman adam yaşıyordu.
He and his wife survived only on the town's charity.
Kendisi ve eşi, ancak kasabanın bağışlarıyla hayatta
kalabiliyorlardı.
One day the Brahman mourned his long, miserable, life.
Bir gün Brahman uzun ve sefil hayatının yasını tutuyordu.
He said, "Instead of begging, I will eat poison fruit."
"Dilencilik yapmaktansa zehirli meyve yiyeceğim" dedi.
"I'll end my life beneath that deadly tree in silence."
"O ölümcül ağacın altında sessizce hayatıma son vereceğim."
That very night, he rose quietly and left his home.
Aynı gece sessizce kalkıp evinden ayrıldı.
His wife suspected and followed behind in silence.
Karısı şüphelendi ve sessizce peşinden gitti.
She had decided to die too, alongside her sad husband.
O da üzgün kocasıyla birlikte ölmeye karar vermişti.
She loved him deeply and didn't wish to stay behind.
Onu çok seviyordu ve geride kalmak istemiyordu.
The palace guard was asleep that night, unaware of visitors.
Saray muhafızı o gece ziyaretçilerden habersiz uyuyordu.
**The Brahman reached the garden and plucked a hanging
fruit.**
Brahman bahçeye ulaştı ve asılı bir meyveyi kopardı.
He looked at it once and ate the entire fruit.
Bir kez baktı ve meyvenin tamamını yedi.
His wife cried, "If you die, my life becomes nothing"
Karısı ağladı, "Sen ölürsen hayatım hiç olur"
"I will also eat and die here with you now"
"Ben de şimdi burada seninle birlikte yiyip öleceğim"
So saying she plucked a fruit and ate it.
Böyle diyerek bir meyve koparıp yedi.
**They thought the poison would act slowly through the
night.**
Zehrin gece boyunca yavaş yavaş etki edeceğini
düşünüyorlardı.
So they both went home and quietly lay down in bed.

Böylece ikisi de evlerine gidip sessizce yatağa uzandılar.
They believed they would never again rise from sleep.
Bir daha asla uykudan uyanamayacaklarına inanıyorlardı.
To their surprise, they woke up feeling full of life.
Şaşırtıcı bir şekilde, hayat dolu bir şekilde uyandılar.
Not only were they alive, but they were young again.
Sadece hayatta değillerdi, aynı zamanda yeniden gençtiler.
And they were strong and had new found energy.
Ve güçlüydüler ve yeni bir enerji bulmuşlardı.
Neighbors hardly recognized them, so changed they looked.
Komşular onları pek tanıyamadı, o yüzden görünüşleri
değişmişti.
The old Brahman was now handsome and full of youth.
Yaşlı Brahman artık yakışıklı ve gençti.
His grey hair vanished, and had colour again.
Gri saçları yok oldu, yeniden renklendi.
His wrinkled cheeks turned smooth, and his skin shone.
Buruşuk yanakları yumuşadı, cildi parladı.
And as for his wife, she became extremely beautiful.
Karısına gelince, o da son derece güzel oldu.
She looked as beautiful as any lady of the kingdom.
Krallığın herhangi bir hanımı kadar güzel görünüyordu.
The king heard of their miraculous transformation.
Kral onların mucizevi dönüşümünü duydu.
He asked his guards to send the Brahman to him.
Muhafızlarına Brahman'ı kendisine göndermelerini söyledi.
And he asked the Brahman the source of his youth.
Ve Brahman'a gençliğinin kaynağını sordu.
The Brahman told the king every detail of the story.
Brahman, krala hikayenin bütün ayrıntılarını anlattı.
The king then wept for his poor, loyal pet bird.
Kral daha sonra zavallı ve sadık evcil kuşu için ağladı.
He deeply regretted killing his faithful bird.
Sadık kuşunu öldürdüğü için çok pişmandı.
And he wished he had known the bird's loyalty.
Ve keşke kuşun sadakatini bilseydim diye düşündü.
And so the second prince's story concluded.

Ve böylece ikinci prensin hikayesi sona erdi.
"You might have to cut a man's head off"
"Bir adamın kafasını kesmeniz gerekebilir"
"But first you should establish the facts"
"Ama önce gerçekleri ortaya koymalısın"
"You must see whether the man is really faithless"
"Adamın gerçekten sadakatsiz olup olmadığına bakmalısın"
"I know Your Majesty suspects me of evil last night"
"Majestelerinin dün gece benden şüphelendiğini biliyorum"
"Please allow me to explain myself before punishing me"
"Beni cezalandırmadan önce kendimi açıklamama izin verin lütfen"
"While making rounds I saw a woman leave the palace"
"Sarayda dolaşırken bir kadının çıktığını gördüm"
"I stopped her, and she said her name was Rajlakshmi"
"Onu durdurdum ve adının Rajlakshmi olduğunu söyledi"
"She claimed to be the guardian deity of the palace"
"Sarayın koruyucu tanrısı olduğunu iddia ediyordu"
"She said she was leaving because death was near"
"Ölümün yakın olduğunu söyleyerek ayrıldığını söyledi"
"The king," she said, "would be killed later that night"
"Kral," dedi, "o gece daha sonra öldürülecekti."
"I begged her to go back into the palace"
"Ona saraya geri dönmesi için yalvardım"
"And I promised to do my best to protect you."
"Ve seni korumak için elimden geleni yapacağıma söz verdim."
"I ran quickly into Your Majesty's chamber without delay."
"Hiç vakit kaybetmeden Majestelerinin odasına koştum."
"There I saw a cobra circling your golden bedstead."
"Orada altın karyolanızın etrafında dönen bir kobra gördüm."
"I fought the snake and killed it with my blade."
"Yılanla savaştım ve onu bıçağımla öldürdüm."
"I chopped the body into many exactly one hundred pieces."
"Vücudu tam yüz parçaya böldüm."
"I placed those pieces inside the pan for proof."
"Bu parçaları kanıt olsun diye tavaya koydum."

"But something occurred as I was cutting up the snake."
" Ama yılanı keserken bir şey oldu."
"A drop of blood fell onto the breast of your wife."
"Karınızın göğsüne bir damla kan düştü."
"I feared I had saved my father, but killed my stepmother."
"Babamı kurtardığımdan korktum ama üvey annemi öldürdüm."
"I wrapped my tongue tightly with cloth seven times."
"Dilimi yedi kez bezle sıkıca sardım."
"Then I licked up the drop of venomous blood."
"Sonra zehirli kan damlasını yaladım."
"While I was licking the blood, my stepmother awoke."
"Ben kanı yalarken üvey annem uyandı."
"She saw me and opened her eyes with confusion."
"Beni görünce şaşkınlıkla gözlerini açtı."
"This is the truth of what I did last night."
"Dün gece yaptığım şeyin gerçeği bu."
"If Your Majesty commands, then cut off my head now."
"Majesteleri emrederse, başımı şimdi kesin."
The king, full of love and joy, embraced his son.
Kral, sevgi ve sevinçle oğlunu kucakladı.
From that moment, he loved him more than ever before.
O andan itibaren onu her zamankinden daha çok sevdi.